*Amnistie*

Aravind Adiga

# Amnistie

Traduit de l'anglais (Inde)
par Annick Le Goyat

GLOBE

116, rue du Bac, Paris 7e

*Titre de l'édition originale :*
Amnesty
*(Scribner, New York)*

*Dépôt légal : avril 2022*

ISBN : 978-2-38361-105-9

*Pour Mark Greif*

*Merci de ces vingt-deux années d'amitié*

*Entre les quatre mers, tous les hommes sont frères.*

Inscription figurant sur une arche
dans Chinatown, à Sydney

## *Pays natal*

Toute la côte de l'île de Sri Lanka est dentelée, mystérieuse et belle, mais aucun endroit n'est plus mystérieux que Batticaloa. La ville est célèbre pour sa lagune, où peuvent se produire des choses extraordinaires. Par exemple, les poissons y chantent. C'est la vérité. L'absolue vérité. Mettez un roseau contre votre oreille, penchez-vous par-dessus le plat-bord de votre barque, et vous entendrez leur musique. À minuit, la surface de l'eau se fend et les *kadal kanni*, les sirènes, émergent, ruisselantes de lumière lunaire.

Dès l'âge de quatre ou cinq ans, Danny avait espéré parler avec une sirène.

Du toit de son école, il surplombait les palmiers et les maisons aux couleurs vives jusqu'au point où la lagune, dotée d'innombrables lobes et pointes, rétrécissait avant de s'écouler dans une étendue d'eau plus vaste. Juste avant de rejoindre l'océan Indien, l'onde brûlait comme du feu, éclairant ainsi l'énigme antique qu'était la devise inscrite sous le blason de l'école : *Lucet et Ardet*. Brille et Brûle, avaient traduit les prêtres à robe grise. (Mais *qui* brille ? *Qui* brûle ?)

Voilà comment, perché sur le toit de l'école, Danny eut la révélation.

C'est la lagune qui brille. La lagune qui brûle.

En observant au loin le point incandescent, il comprit que, à la jonction de la lagune et de l'océan, existait un second passage. Or ce passage était secret – dissimulé pendant la plus grande partie de l'année, dans un lieu nommé Mugathwaram, le Visage de la Grande Porte, près de l'ancien phare hollandais. Danny était convaincu que c'était là, près de cette grande porte dérobée, que les *kadal kanni* sortaient à découvert.

Il dut attendre l'âge de quinze ans, quelques années après la mort de sa mère, pour découvrir la Grande Porte. Un samedi, alléguant auprès de son père un prétendu pique-nique scolaire, il enfourcha le porte-bagages du vélo d'un ami et se rendit pour la première fois de sa vie au vieux phare hollandais, puis, au-delà, sur la plage cachée depuis laquelle, disait-on, l'on pouvait apercevoir la seconde ouverture. Lorsqu'il descendit de vélo, quelle ne fut pas sa déception de découvrir que la seule chose visible dans le lointain était un banc de sable continu obstruant cette partie de la lagune. « Il n'y a aucun accès à l'océan possible », conclut-il. Après avoir recouvert la bicyclette de feuilles de palme pour déjouer les voleurs, son ami, un Tamoul chrétien, suggéra : « Allons jusque là-bas et elle apparaîtra. » Ils dérobèrent une barque près du phare et ramèrent à tour de rôle pour gagner Mugathwaram. Plus ils s'en approchaient, plus la musique des poissons s'amplifiait. Soudain, ce qu'ils espéraient tant se produisit : le banc de sable se rompit. Son homogénéité était pure illusion d'optique, et une brèche de plusieurs mètres apparaissait entre deux bras de sable.

La Grande Porte était ouverte.

Au milieu de la trouée étincelait l'île magique de Mugathwaram, incrustée de corail et de méduses, sur laquelle les deux garçons accostèrent pour observer la rencontre et le bouillonnement des eaux, tandis que cormorans, aigles de mer et pélicans aux larges ailes tournoyaient au-dessus de leurs têtes. Les courants sortants de la lagune et les courants entrants de l'océan Indien se neutralisaient, créant l'illusion d'une parfaite immobilité. Une aigrette blanche solitaire se tenait sur une de ses pattes noires juste au milieu pour signaler la porte du monde.

Danny savait qu'il avait deviné juste. C'était là que les *kadal kanni* avaient le plus de chances de se montrer. Assis côte à côte, son ami chrétien et lui guettèrent la sirène. La marée commençait à monter et la barque qui les avait amenés ballottait. Le jour faiblissait. L'océan avait pris la couleur de la vieille argenterie de famille. À cette heure, son père, qui attendait son retour chaque soir à cinq heures et demie pour faire ses devoirs, devait le guetter assis dehors avec sa canne en rotin. Danny attendait. Il avait un ami près de lui. Il n'avait pas peur. Ils ne rentreraient pas avant d'avoir parlé avec une sirène.

*Australie*

Homme de ménage, soixante dollars de l'heure, s'apprêtait à répondre Danny. Mais il se contenta de sourire à la femme.

Sanglé sur son dos, il portait ce qui ressemblait à un réacteur d'astronaute – une bonbonne argentée d'où sortait un embout en caoutchouc bleu, entourée d'un câble rouge –, et qui était simplement un aspirateur portable, Turbo Model E, Super Aspiration, acheté un an plus tôt au Kmart pour soixante-dix-neuf dollars. Dans sa main droite, il portait un sac en plastique contenant les outils de son métier.

– Je vous ai demandé ce que vous êtes, répéta l'Australienne.

Elle est peut-être agacée par les mèches dorées dans mes cheveux, songea Danny. Il renifla. De l'extérieur, son nez paraissait droit, mais à l'intérieur il était cassé : un médecin l'avait informé, quand il était enfant, qu'il était l'heureux propriétaire d'une cloison nasale déviée. La femme y faisait-elle allusion ?

– Australien, risqua-t-il.

– Non, répliqua la femme. Vous êtes un perfectionniste.

Elle finit par indiquer, en pointant l'index, qu'elle parlait de la manière dont il mangeait.

En effet, dans sa main gauche, Danny tenait un petit pain au fromage à demi entamé qu'il avait confectionné chemin faisant en ouvrant un sachet de dix fines tranches de fromage Black & Gold à deux dollars vingt-cinq, apporté avec ses ustensiles de ménage, et en insérant deux tranches au milieu d'un petit pain complet à soixante cents. C'est ce qui expliquait pourquoi la femme australienne, qui l'avait apparemment observé tandis qu'il préparait son sandwich et en croquait une bouchée, lui avait fait cette remarque.

Rajustant l'aspirateur sur son dos, Danny continua de mâcher en examinant ce qu'il restait de son petit pain au fromage, et regarda la femme.

C'est donc la raison pour laquelle je suis devenu visible à ses yeux. Ma façon de manger la dérange. Après quatre ans, il apprenait encore des choses et les notait scrupuleusement : Ne jamais marcher en mangeant en plein jour. Ils te voient.

Maintenant, Dhananjaya, débrouille-toi pour te tirer de ce mauvais pas. Tu pourrais expliquer : À l'école, je faisais du triple saut. Cloche-pied, enjambée, saut. Là, c'est pareil. Préparer, manger, marcher. Je fais tout ça en même temps.

Ou alors raconter une histoire, une histoire courte mais émouvante : Mon père m'interdisait de manger en marchant, et maintenant c'est devenu pour moi une forme de rébellion.

Parfois, néanmoins, avec les Blancs, on peut se contenter de commencer à réfléchir et cela suffit. Comme dans la jungle, si vous croisez un tigre, vous êtes censé retenir votre respiration et soutenir son regard. Il s'en va.

Et si, en effet, la femme parut sur le point de s'éloigner, elle changea subitement d'avis et se retourna pour lancer :

– C'était de l'*ironie*, mon gars, de vous dire que vous êtes un perfectionniste !

En terminant son sandwich sur Glebe Point Road, au bout de laquelle il tournerait à gauche jusqu'à Central Station, Danny se demanda si la femme avait voulu lui signifier qu'il ne savait rien faire de bien.

Les sourcils froncés, il ressassait le mot de l'Australienne. *Ironie.*

Danny connaissait la définition du dictionnaire. Dans la pratique, avait-il noté, les usages du mot étaient plus variés, plus insaisissables, et répondaient généralement au désir d'offenser par la parole. Ironie.

Donc, en me traitant de perfectionniste, elle a dû vouloir dire…

Qu'elle aille se faire foutre. Moi, j'aime manger de cette façon.

Danny se prépara un autre sandwich en se dirigeant vers la gare centrale, puis un troisième sur le quai, en attendant le train de 8 h 35 pour St. Peters.

Son corps d'un mètre soixante-sept semblait s'être habilement replié en lui-même et, malgré l'effort physique considérable que cela exigeait, il parvenait à afficher l'expression rêveuse d'un homme propriétaire d'une ferme quelque part loin d'ici. Avec l'élégant ovale de sa mâchoire, son front long et mince qui lui donnait un air d'intellectuel, il n'avait pas l'apparence, sauf lorsqu'il souriait et dévoilait ses dents fêlées, d'une menace étrangère. Une boursouflure proéminente, qui n'était pas de naissance, apparaissait bien en évidence sur son avant-bras droit, l'ongle du majeur de sa main gauche, qu'il avait intentionnellement laissé pousser, était long et opalescent, et ses cheveux s'ornaient depuis peu de mèches claires.

*8 h 46*

Le train était bondé. Danny avait trouvé un siège près d'une fenêtre. En passant les doigts dans ses cheveux mordorés, pour lesquels il avait déboursé quarante-sept dollars cinquante chez un coiffeur de Glebe, il se sentit observé et se tourna vers l'homme asiatique qui tenait un sac de provisions noir et blanc.

L'homme ne regardait pas Danny, mais son sac à dos.

C'était pire.

Un astronaute était confronté à une concurrence croissante ces temps-ci, c'était indubitable. Des équipes de deux ou trois Chinois arpentaient Sydney pour offrir le même service, au même prix, en deux fois moins de temps. Sans parler des Népalais : quatre hommes pour le prix d'un.

C'est pourquoi Danny se présentait avec son propre matériel. Il y avait investi son capital. Outre l'aspirateur portable sanglé sur son dos, il transportait dans un sac en plastique un rouleau de papier, des lingettes jetables, un nettoyant moussant pour les vitres et une pompe en caoutchouc rouge pompier qui résolvait tous les problèmes de toilettes bouchées. Bien entendu, les maisons étaient toutes équipées d'un aspirateur, de brosses et de produits ménagers rangés dans un placard, toutefois un homme de ménage autonome impressionnait toujours.

Les Australiens sont un peuple logique et méthodique.

Dans le sac en plastique, il y avait aussi un cactus en pot, petit mais déjà couvert d'épines, avec une notice d'instructions piquée dans la terre (JE SUIS UN CACTUS 🌵), acheté trois dollars quatre-vingts à une femme assise près du parc de Glebe, qu'il prévoyait d'offrir un peu plus tard dans la journée.

Un cadeau-surprise.

À la gare d'Erskineville, l'Asiatique prit son sac à provisions et se leva juste avant l'ouverture des portes vitrées. Danny comprit qu'il n'était pas un rival. Ce sac noir et blanc ne contenait pas un aspirateur. L'homme n'était qu'un voyageur un peu fouineur.

Danny se relaxa contre le dossier. Il se passa de nouveau la main sur la tête et huma ses doigts pour vérifier si la teinture utilisée par le coiffeur était encore détectable – saleté de produit –, puis il lissa ses cheveux.

Prodigieux.

Il se rappela la façon dont les yeux de Sonja s'étaient éclairés en découvrant sa nouvelle coiffure. « Bizarre. » Voilà ce qu'elle avait dit. C'était un compliment. En Australie, les gens raffolaient de ce qui était bizarre, audacieusement bizarre, voire agressivement bizarre : un Tamoul avec des mèches dorées par exemple. Une minorité. Et une fois que vous aviez compris ce que le mot *minorité* signifie dans ce pays, goûté à l'ivresse d'être désiré *parce que* vous êtes différent des autres, comment pouvait-on oser vous dire de retourner au Sri Lanka et, là encore, de vivre de nouveau comme une minorité ?

Pour fêter ses mèches dorées, Sonja lui avait préparé un dîner à Parramatta, la veille au soir, et Danny n'avait cessé de l'observer tandis qu'elle mangeait, histoire de rafraîchir sa vision de lui-même à travers la vision qu'elle avait de lui.

Je suis ici en Australie, songea-t-il. J'y suis presque.

Il fallait bien avouer que, après la bouffée de triomphe qui avait suivi sa première nuit avec Sonja, qui était également sa première expérience avec une femme non tamoule, l'idée de revoir la jeune Vietnamienne végétarienne l'avait perturbé. Qui se ressemble s'assemble, avait toujours pensé Danny. Comment fréquenter une fille qui ne parle pas le tamoul et ne connaît rien de votre héritage ? Il s'était fait à l'idée. Il existait des précédents. En Malaisie, par exemple, un grand nombre de mariages se concluaient entre Tamouls et Chinois. Non que Sonja fût chinoise, bien sûr, c'était juste pour dire. Les enfants mi-tamouls mi-chinois réussissaient fort bien dans la vie. L'un d'eux était venu passer un été à Batticaloa et y avait vécu comme un millionnaire.

Dans un village voisin de Batticaloa, il y avait une racine de banian qui perforait l'abri en tôle protégeant le tombeau d'un *pir*, un saint musulman, et touchait le cénotaphe en ciment vert tel un doigt géant. Ici, sur ce nouveau continent, Danny se remémorait la racine de banian transgressive, il se la rappelait en homme conscient que la vie ne s'était pas encore suffisamment répandue en lui ni à travers son corps.

Ainsi donc il avait revu Sonja, à de multiples reprises, et leur relation en était maintenant à sa deuxième année.

Sonja croyait à certaines idées. Le végétarisme, le socialisme, les droits LGBT, les opinions politiques. Les maçons contrôlent le Parti travailliste, certes, mais les entrepreneurs du bâtiment *sont* le Parti libéral. Tu saisis la différence, Danny ? Il y avait des choses que Danny ne comprenait pas, mais il savait que Sonja n'en démordrait pas. Ses Croyances. Ce trait lui plaisait chez elle. Il appréciait aussi que son appartement à Parramatta eût une chambre séparée. Après dîner, il allait s'asseoir sur le lit à côté de la couette, jouait avec la lampe de chevet, et haussait la voix pour répondre aux questions que Sonja lui posait de la cuisine. « Oui, bien sûr ! La promotion professionnelle ! J'irai me renseigner sur les cours du soir au centre de formation du TAFE ! Tu as parfaitement raison, Sonja ! Faire le ménage ne suffit pas. »

Peut-être avait-elle compris l'allusion. Peut-être l'inviterait-elle à venir vivre dans l'appartement.

Ce matin, Sonja lui avait téléphoné juste avant de prendre son service à l'hôpital – pour lui rappeler, soi-disant, d'acheter le cactus, alors qu'en réalité il savait que c'était pour entendre sa voix –, et lorsqu'elle lui avait posé la question : « Quels sont tes plans pour la semaine ? », car Sonja croyait que tout le monde avait besoin de planifier, aussi bien sa vie en général que chacune de ses semaines, Danny avait répondu :

– Le salaire hebdomadaire moyen, selon le Bureau australien des statistiques, est de mille cent…

– Ce n'est pas ce que je voulais dire, avait coupé Sonja en riant. Je voulais savoir si tu projetais de me voir ?

Danny se leva. Il rajusta le poids de l'aspirateur sur son dos et se posta près de la porte vitrée. Il vérifia l'heure sur son téléphone : le dos de l'appareil était tombé et il utilisait du sparadrap pour maintenir la batterie en place. La vitre était craquelée à la suite d'un petit accident, et l'heure avançait de quatre minutes, à dessein. Le but était d'alterner anxiété – je suis en retard, je suis en retard – et soulagement – non, il me reste quatre minutes, quatre minutes. Ce dispositif renforçait chez Danny le sens du devoir.

À la gare de St. Peters, les portes s'ouvrirent dans un sifflement hydraulique. Il prit son sac en plastique et descendit sur le quai.

Une nouvelle journée de travail débutait.

Quatre cheminées noires cerclées d'acier, pareilles à des obélisques égyptiens, se dressaient à l'extérieur de la gare comme pour déclarer : C'est Ici Que Cela Finit – alors qu'en vérité, cela ne finissait pas, ni ici, ni là, ni ailleurs. Cette ville de Sydney était en expansion constante, sauf pour les gens pour qui elle ne cessait de se contracter. Danny marchait. Derrière les clôtures des banlieues, on apercevait des plantains tropicaux, des feuilles de bégonia dont le dessous était aussi rouge que la langue d'un mâcheur de bétel, et des frangipaniers dont les pétales blancs tombés sur le trottoir recouvraient en partie les injonctions tracées à la craie : NE VOUS GAREZ PAS ICI – PRÉSERVEZ LES ENFANTS DU CANCER. Un pitbull, gardien des secrets des familles blanches, qui surveillait la rue à travers les lattes gris anthracite, se mit à grogner.

Danny renifla. Une brume bleutée reposait sur les arbres comme sur un trône, et une odeur de fumée imprégnait l'atmosphère. Il devina aussitôt qu'un feu brûlait dans les montagnes. Le soir, à la télévision, on annoncerait : *Les incendies qui se sont déclarés la nuit dernière près de Blackheath sont en passe d'être maîtrisés, néanmoins l'odeur de fumée risque de perdurer plusieurs jours encore dans certaines parties de la ville.*

Il dépassa une voiture en stationnement à l'intérieur de laquelle il remarqua un requin en caoutchouc rose, un journal de courses et de paris, et une ravissante relique : un globe terrestre sur un socle, semblable à celui que le Superméchant fait tournoyer au bout de son index. Danny se pencha pour mieux observer le globe et chercher le Sri Lanka, lorsque, derrière lui, une voix…

*Déménage.*

… dit quelque chose.

Il se retourna mais ne vit aucun être humain.

Un avion volait bas et bruyamment au-dessus de la banlieue, le logo rouge de Qantas disparaissant et réapparaissant chaque fois qu'il passait d'un immeuble à un autre.

Deux colonnes classiques avaient été déposées près de la clôture grise voisine, à côté d'une statue en ciment décapitée, laquelle représentait, pensa Danny, une de ces divinités que les Blancs vénéraient avant Jésus. Cette vision, ajoutée à l'odeur de fumée qui flottait dans l'air, donnait le sentiment que cette banlieue de Sydney condensait des siècles de destruction. Danny examina la statue, se demandant si elle pourrait faire un joli cadeau pour Sonja, plus reluisant que le cactus à quatre dollars cinquante qu'il promenait dans son sac en plastique, lorsqu'il l'entendit de nouveau.

C'était bien une voix d'immigré.

Danny fit le tour de la clôture et découvrit le propriétaire de la voix dans le jardin. Vêtu d'un uniforme gris de déménageur, son téléphone coincé contre son épaule droite, il parlait tout en déchirant des cartons vides avec une force naturelle et décontractée. Chaque mouvement brutal de ses avant-bras puissants proclamait : *Je suis ici, Australiens. Que vous me voyiez ou non, je suis là.*

Le baraqué à peau sombre interrompit soudain son travail de déchiquetage, lâcha les cartons qu'il tenait, et regarda Danny avec une curieuse expression ; il semblait s'apprêter à lui adresser la parole.

Cet homme était probablement originaire de Java ou de Malaisie, en tout cas certainement pas d'Asie du Sud.

Avant que Danny pût émettre le moindre son, le déménageur pivota vers la droite, comme s'il cherchait une direction, puis se mit à genoux et ferma les yeux. Ses lèvres remuaient. Il tourna la tête d'un côté puis de l'autre, ensuite il s'inclina en avant et pressa son front contre le trottoir tout en marmottant. Ah, se dit Danny, il prie. Il m'a regardé pour voir si j'étais musulman et voulais me joindre à lui.

Certains êtres humains impriment leur rythme propre au temps. Tel cet homme, là, maintenant. Toutes les aiguilles des horloges de Sydney étaient réglées sur son heure.

Ils faisaient cela cinq fois par jour, non ?

Est-ce la deuxième ou la troisième prière ? eut envie de demander Danny en regardant l'homme tourner de nouveau la tête de droite à gauche puis poser son front contre le sol.

Un ange à la queue rouge et vert se matérialisa au-dessus de leurs têtes. Danny leva les yeux et s'aperçut qu'il s'agissait, fort opportunément, d'un vol Emirates. L'aéroport de Sydney n'était pas très loin.

Il renifla encore, et se demanda s'il avait dérangé le dévot.

Après un dernier regard à l'Indonésien qui, sa prière terminée, reprenait son travail de déménageur, Danny s'éloigna.

Le 36 Flora Street dominait les maisons voisines. C'était un immeuble de trois étages en briques, sobre et rudimentaire, destiné aux jeunes actifs. Danny divisait Sydney en deux types de banlieues : la banlieue des *gros culs* où les classes laborieuses habitaient, mangeaient mal et faisaient leur propre ménage, et les banlieues des *petits culs*, où les jeunes adultes convenables et en bonne santé mangeaient des salades et faisaient beaucoup de jogging mais quasiment jamais leur ménage eux-mêmes. Erskineville appartenait à la seconde catégorie. Dans un faubourg tel que celui-ci, un immeuble tel que le 36 Flora Street, composé de quinze ou vingt appartements, était un pot de miel pour un homme de ménage hebdomadaire. Danny n'en revenait pas d'y avoir un emploi régulier.

D'abord, la clé.

N'importe qui pouvait s'introduire dans la moitié des logements d'Erskineville en regardant simplement sous le paillasson ou le deuxième pot de fleurs. Ici, la clé se trouvait dans un endroit encore plus évident. Danny souleva le rabat cassé de la boîte à lettres mauve et en retira un petit objet argenté.

Après quoi il pénétra dans le 36 Flora Street et gravit l'escalier en courant.

*8h57*

L'appartement était désert. Daryl l'Avocat était rarement chez lui le lundi ou le mardi. Même si vous veniez faire le ménage le soir. Il arrivait que l'on rencontre ce genre de client le premier jour, pour établir l'emploi du temps, et ensuite pas une fois pendant des mois. Voire des années.

Danny déposa son sac à dos sur le sol, puis il ôta son T-shirt et le suspendit dans la salle de bains.

Règle numéro un : pour rester en tête de la compétition, toujours porter un maillot de corps blanc. Ainsi qu'il l'avait expliqué à sa petite amie : « Les gens pensent que les Chinois sont plus propres parce qu'ils n'ont pas de poils. »

Les règles. Tout est une affaire de règles.

*Nombre d'entre nous fuient le chaos pour venir ici. Les Australiens sont un peuple optimiste et méthodique, régi par la loi. Assimiler le concept que la loi ne peut être violée est vital pour s'intégrer. (*Mes contradictions vous aident à évoluer – Un immigré s'adresse à l'autochtone*, page 24.)*

Le paragraphe le plus utile de l'ouvrage. À partir de ce paragraphe et de ses vérités, Danny s'était forgé un nombre incalculable de règles, lesquelles l'avaient conduit à obtenir la responsabilité du ménage hebdomadaire de douze appartements dans Sydney intramuros et d'une maison entière à Rose Bay, avec vue sur la mer bleue et les yachts pour cent dix dollars mensuels, dont il devait déduire les neuf dollars de chaque aller-retour en covoiturage.

Danny tapota son maillot de corps. Il toussa.

Autre règle : ne jamais porter de masque, ainsi que le font tant de Chinois indépendants. Cela effraie les clients. Poussière ? Saleté ? Inhaler, inhaler.

Il sangla le Turbo Model Z sur son dos et se mit à l'ouvrage, en prenant garde de ne pas trébucher sur le fil rouge sang branché dans la prise murale.

*Bada-bada-bada-boum* : l'aspirateur faisait du bruit à chaque rencontre avec un obstacle. Le téléphone portable de Danny, via les écouteurs, jouait de vieux standards : Backstreet Boys, Madonna, Céline Dion. Aucune musique tamoule ; exclusivement de l'anglais. En circulant dans la pièce, il pouvait voir les trois billets de vingt dollars coincés sous la coupelle en osier dans laquelle l'avocat accumulait les pièces de vingt et de cinquante cents.

Danny les voyait mais n'y touchait pas.

Pas avant d'en avoir terminé avec l'aspirateur. L'argent déposé ainsi était fondé sur un système de confiance, et l'argent empoché sur le même système. Soixante dollars pour nettoyer l'appartement, y compris deux salles de bains, plus quinze dollars par salle de bains ou toilettes supplémentaires.

Le Prodigieux Homme de Ménage.

Danny était certain que Daryl l'Avocat, Maison Numéro Quatre, avait été le premier à lui donner ce surnom ; désormais *tout le monde* l'utilisait. Cette épithète ne l'avait jamais mis à l'aise. Il se demanda même, en approchant du canapé avec son aspirateur, si ce n'était pas une autre manifestation de ce terme bizarre et agressif qu'était l'*ironie*. Il se promit d'en parler avec Sonja.

Est-ce que Daryl l'Avocat se moque de moi en m'appelant le Prodigieux Homme de Ménage ?

Pourquoi *toi* l'appelles-tu Daryl l'Avocat ? Peut-être te moques-tu de lui. C'était le genre de réponse qu'elle pourrait donner. Un point partout.

Cette femme.

*Badabadabadadoum*… Il engagea le suceur de l'aspirateur sous un fauteuil à bascule. « Daryl l'A… ! Daryl l'A… ! » Danny haussa la voix pour couvrir le rugissement de l'aspirateur. Me voilà, Daryl l'Avocat !

Aucun homme de ménage ne devient prodigieux sans un certain degré d'agressivité à l'encontre de son client.

*Prrrromppppp.* Danny roulait les r, roucoulait. Depuis son plus jeune âge, il s'amusait à produire des sons chaque fois qu'il faisait une chose déplaisante. *Badabadabadaboum*…

Le suceur de l'aspirateur se faufilait d'une pièce à l'autre. La bonbonne gonflée d'air chaud et de poussière sanglée sur son dos se relâcha lorsque Danny coupa le moteur.

L'aspirateur rangé, la vaisselle lavée, les tables et les chaises remises en place, restait le principal. *Vous serez jugé d'après vos toilettes. Et vos toilettes seront jugées d'après la cuvette.* Danny retira ses gants de caoutchouc en sortant des toilettes, puis il alla s'asseoir dans le fauteuil de l'avocat pour inspecter le salon.

Dans la bibliothèque, il prit un gros volume relié de cuir bordeaux : *Guide du voyageur : Introduction à la loi islamique.*

Ces gens ne lisent donc jamais de livres sur la loi hindoue ? Ces Blancs. Obsédés par les musulmans. Tout ça parce qu'ils en ont peur. Danny feuilleta l'ouvrage.

Un après-midi, à Lakemba – Abe, son ami brésilo-japonais cordiste, as de la descente en rappel, lui avait donné un tuyau pour un boulot de peinture payé au noir –, Danny avait aperçu trois Arabes sur une véranda, torse nu, chacun muni d'une chicha, qui exhalaient de la fumée sultanesque au-dessus d'un jardin encombré de détritus et d'objets rouillés. Certaines banlieues ouest de Sydney – sérieusement *gros culs* – étaient crasseuses, avec des jardinets encombrés de bois pourri et de caddies renversés ; or cette maison de musulmans était de loin la chose la plus sale qu'il eût jamais vue en Australie. Danny l'adora. Bien entendu, l'attitude *allez-vous-faire-foutre-vous-autres-Blancs* forçait l'admiration, mais on ne pouvait s'empêcher de se demander par quel miracle des gens comme *ça* avaient obtenu un statut d'immigré en situation régulière. À moins qu'un agent du Service d'immigration n'ait pris la décision de son propre chef : « Vous, là, vous n'avez pas l'air d'un terroriste. Désolé, vous ne pourrez jamais entrer en Australie. Suivant ! Vous, là, avec la longue barbe, venez donc chez nous ! » Rendez-vous compte : l'autre jour, Yahoo! Actualités racontait l'histoire d'un Malais obèse et aveugle, prétendument joueur de guitare mais en réalité incapable d'en jouer, pour qui les Australiens ont lancé une pétition sur Internet parce qu'il est musulman, et qui s'est vu accorder un visa de résidence permanent. Moi, je vous le dis, il y a des Tamouls qui se font *brûler* vifs.

Rien que l'autre jour, à Melbourne, un homme originaire de Jaffna s'est arrosé d'essence et a gratté une allumette parce qu'on lui avait refusé le statut de réfugié. Le Malais musulman aveugle l'a obtenu, lui.

Tout au long de sa jeunesse, Danny avait assisté à des violences fréquentes entre Tamouls et musulmans. Satrukondan, Xavierpuram, Siththandy : des noms anciens, des carnages anciens.

Assez de la loi islamique. Quand Danny replaça le livre sur l'étagère du bas de la bibliothèque, son regard embrassa le canapé dans son ensemble et, dessous, il aperçut une balle.

Elle avait roulé jusqu'au mur.

En Australie, la règle tacite veut que l'employé de ménage ne se penche jamais pour toucher quelque chose, n'importe quoi, situé *au-dessous* du niveau d'une table basse. Le propriétaire des lieux est censé ramasser tout ce qui traîne sur le sol avant que vous ne commenciez à travailler. Dans ce métier, il existe des règles pour les deux parties. (« Nous devons nettoyer afin que les nettoyeurs puissent nettoyer derrière nous », avait grommelé l'un de ses clients, probablement Daryl l'Avocat.) Au pays, en revanche, la règle voulait que la bonne se mette à quatre pattes et frotte tout ce que vous vouliez, mais que jamais elle ne touche quoi que ce fût *au-dessus* du niveau de la table basse, de peur d'être accusée de vol. Danny sourit. *Prrrrompppppp. Badabadoum.*

Allons-y. Impressionnons-le.

Danny se mit à plat ventre sur la moquette et glissa un bras sous le canapé en direction de la balle bleue. Celle-ci resta hors d'atteinte.

*Prrrrp. Ba-da-ba-da-doum.*

Il allongea la main – « Le salaire net hebdomadaire s'élève à mille cent cinquante dollars et quarante cents, selon le Bureau des… le Bureau des staaaaa-tis-tiques… » – jusqu'à ce que le caoutchouc lui chatouille le bout des doigts.

(« Mon étrange garçon », avait coutume de dire sa mère. Par exemple lorsqu'elle découvrit que c'était Danny qui coupait toutes les épines des rosiers de son jardin. « Les épines sont là pour protéger les roses. Si tu les enlèves, tu n'aides pas les roses. Quel garçon étrange tu es, mon fils. »)

Nous *sommes* un homme de ménage prodigieux.

Ses doigts saisirent enfin la balle, l'extirpèrent de sous le canapé et la présentèrent à la lumière. Il l'approcha de ses narines pour la sentir. Du bout de son ongle long, il gratta la surface bleue et la huma de nouveau.

Il détecta une âcreté semblable à l'odeur corporelle d'un mort. Ce qui déclencha chez lui une association : N'oublie pas le cactus. Elle est de service à l'hôpital Saint-Vincent aujourd'hui.

Chaque semaine, Sonja travaillait alternativement dans un hôpital ou une maison de santé pour personnes âgées. « Tout est privatisé, maintenant. On est obligés d'aller là où l'agence nous envoie, et aussi longtemps qu'on nous le dit. Sinon, je perds mon emploi. »

Je devrais retourner chercher cette statue grecque pour la lui offrir.

Danny se redressa sur ses genoux et s'approcha de la table de travail de l'avocat pour y déposer la balle élastique, en la pressant fortement pour la maintenir en place. Puis il jeta un coup d'œil circulaire dans la pièce.

Lorsqu'il était enfant, il avait questionné un voisin revenu depuis peu de l'étranger : « À quoi ressemble la ville de Toronto ? » Le voisin lui avait demandé en retour : « Sais-tu à quoi ressemble l'hôtel cinq étoiles Galadari à Colombo ? » Danny avait acquiescé. « Eh bien chaque centimètre carré de la ville de Toronto est comme le Galadari. »

Que d'histoires on vous raconte sur l'Occident avant que vous n'y arriviez ! Aucun endroit en Australie ne ressemble au palace Galadari. Sydney est infesté de cafards, de grillons, d'insectes volants, sauf dans les pièces que Danny venait d'aspirer, d'épousseter, de lessiver.

Prodigieux Homme de Ménage.

Son téléphone portable, qui lui n'avait *rien* de prodigieux, émit un bip.

*9 h 16*

*Message de votre opérateur téléphonique :*

*Afin de poursuivre le développement de notre réseau mobile du futur, nous serons dans l'obligation d'abandonner les technologies anciennes. De ce fait, le téléphone que vous utilisez, conçu pour la 2G, ne pourra plus fonctionner à partir de la semaine prochaine. Achetez le plus tôt possible un nouvel appareil 3G sur notre site, dans une de nos nombreuses agences, ou bien dans un de nos magasins partenaires.*

Les messages avaient commencé deux semaines auparavant. Danny les avait effacés l'un après l'autre.

« Bonjour, monsieur, lance l'employé de l'agence ou du magasin partenaire. Un nouveau téléphone ? Certainement, monsieur. Quel est votre numéro de dossier fiscal ? Avez-vous votre passeport sur vous, monsieur ? »

Une odeur de brocoli s'échappait de la cuisine de l'avocat ; ses intestins se contractèrent. Après toutes ces années, il ne s'était toujours pas réconcilié avec cette abomination. Comment les Australiens pouvaient-ils manger cette horreur, dans de telles quantités, et *cru* ? Le brocoli !

Plissant le nez de dégoût, Danny reprit son T-shirt sur la patère et l'enfila avant d'empocher sa paye ; il retira un à un les trois billets de vingt dollars glissés sous la coupelle en osier alourdie des pièces de dix, vingt cents, et autres piécettes jugées inutiles par les Australiens. Puis il posa ses deux mains sur ses cheveux.

Magnifique.

Il sentait, dans l'extrémité de ses doigts, le pouvoir des mèches dorées qui ne manqueraient pas de susciter l'envie de tous les hommes, toutes races confondues, qui le rencontreraient.

Plus personne désormais ne penserait qu'il était né ailleurs qu'en Australie.

Après tout, dans une ville telle que Sydney, qui peut dire qui est étranger ? Observer, comprendre, et dresser une liste.

1. D'abord et avant tout : l'attitude.
2. La barbe (trop broussailleuse), la coiffure (trop docile).
3. La bedaine : les jeunes Australiens n'en ont pas.
4. Ne pas cracher en public.
5. La classe (n'en avoir *aucune*, comparée à celle des gens au pays).

En adoptant la posture d'un Australien à la colonne vertébrale bien droite, en portant un short en public, en partageant le plaisir vulgaire d'avoir encore l'allure d'un adolescent, il avait impeccablement soigné sa personne pendant deux ans. La voix intérieure de Danny s'adressait à lui par étapes. Dans le courant de la troisième année, il avait laissé pousser ses cheveux. Même enfant, il avait désiré avoir les cheveux longs. (Des cheveux longs et un chien : un berger allemand.) Une fois que ses cheveux eurent poussé suffisamment pour former des boucles dans sa nuque, il se souvint d'un homme, à Enmore, un Africain qui se tenait en bas d'une maison où il venait régulièrement faire le ménage (Maison Numéro Deux), et lui avait parlé de ses tatouages. « Pour finir, je suis allé à Bondi. Le type m'a dit que le tarif était de deux cents dollars de l'heure, et que ça prenait trois heures au minimum. On ne vit qu'une fois, pas vrai ? On ne vit… » L'Africain s'était alors tourné pour exhiber le tatouage de perroquet qui enserrait sa jambe noire, et son accent avait soudain pris des intonations *british*. À moins qu'il n'eût toujours eu l'accent britannique. « … qu'une fois, pas vrai ? »

Ce jour-là, Danny avait imaginé son enveloppe charnelle striée et gainée de tatouages, et, pour la première fois maître incontesté de son propre corps, il avait découvert quelque chose qu'il pouvait faire évoluer et virevolter pour son seul plaisir…

Il existe une hiérarchie dans l'invisibilité, et des moyens plus efficaces que d'autres pour ne pas être vu.

Aux tatouages (il y avait là quelque chose de vulgaire, voire de non civilisé), il préféra les cheveux longs. Mais cela ne suffit pas. Non, mon vieux, tu es à Sydney. Abe, le cordiste, avait les cheveux teints en blond, et *lui* était un clandestin. Danny décida donc d'aller chez le coiffeur à Glebe et de poser la question. Des mèches brun-roux ? Il lui en coûterait quarante-sept dollars cinquante. Sonja donna son accord. Mieux que cela même.

*Un message de votre opérateur téléphonique.*

Son portable recommença à vibrer. *Afin de poursuivre le développement de notre réseau mobile du futur, nous serons dans l'obligation d'abandonner les technologies anciennes.*

Il devait bien exister un moyen de conserver son téléphone encore un mois ou deux. De ne pas être obligé d'aller tout de suite dans une agence Telstra et de répondre à des questions personnelles.

L'ordinateur de bureau de l'avocat était recouvert de koalas : une toile de coton imprimée le protégeait.

Danny pouvait le faire ici : se connecter à Internet et chercher des réponses. Quel était le mot de passe sur cet ordinateur ? Le bouton de retour. Daryl. Le soi-disant avocat !

Par le passé, Danny avait réalisé de grandes choses sur cet ordinateur de bureau recouvert de chintz. En fait, c'était là qu'il avait rencontré l'amour de sa vie.

Mais puisqu'il allait travailler à Newton aujourd'hui, il pourrait consulter gratuitement sa boîte courriel à la bibliothèque publique.

L'État australien lui refusait les soins médicaux, l'obtention du permis de conduire et la protection de la police, en revanche il offrait l'accès illimité et libre à ses salles de lecture et centres d'information publics. Non loin de l'épicerie Sunburst se trouvait la bibliothèque de Glebe, un lieu bien connu de tous les immigrés en situation irrégulière ; celles de Parramatta, Blacktown, Surry Hills et Haymarket étaient également très bien, mais la meilleure de toutes, en raison de sa hauteur de plafond digne d'une église et du premier étage largement ouvert où vous pouviez vous allonger pendant des heures pour bouquiner en oubliant qui vous étiez, était la bibliothèque de Newton. Danny s'était même lié d'amitié avec un Indien chauve prénommé Ramesh qui y travaillait. Lui était un immigré en situation régulière. Leur amitié avait donc ses limites.

Danny rassembla son matériel de ménage et hissa l'aspirateur sur son dos. Il était redevenu astronaute.

La maison suivante – Danny vérifia l'heure sur son téléphone –, était l'appartement de Rodney le Comptable, à Newton, située vers le milieu de King Street, où l'attendraient, en plus du chat blanc qu'il ne devait en aucun cas laisser sortir, trois billets de vingt dollars posés sur le haut du réfrigérateur couvert de slogans hostiles à l'exploitation des gisements d'uranium.

Bon. Allons-y.

Comme s'il attendait son coup d'œil d'inspection finale pour se matérialiser au-dessus du linteau de la porte, apparut soudain, noir et menaçant, un petit Shiva doté de plusieurs bras hésitants.

Aussitôt, Danny prit son téléphone et fit défiler les numéros de ses contacts jusqu'à…

Sonja.

Et il pressa la touche d'appel verte.

– Danny, dit Sonja. Je suis au travail. Qu'est-ce qu'il y a ?

– Je suis chez Daryl l'Avocat. Il y a une araignée juste au-dessus de la porte. Et je dois passer dessous pour sortir.

– Quel genre ? Une araignée chasseuse ?

– Je n'en sais rien. Elle est grosse et velue.

– Oui, c'est une araignée chasseuse. Elles sont inoffensives. Ne t'inquiète pas. Tu peux sortir. Elle ne tombera pas sur toi. Et si elle tombe, elle ne te fera aucun mal.

– Tu oublies que je suis un prodigieux homme de ménage. Si l'avocat revient et voit l'araignée, il pensera…

– Danny, ne la tue pas. Elle n'est pas dangereuse. Maintenant je dois te laisser. Je suis infirmière, Danny. J'ai des patients dont je dois m'occuper. C'est une journée chargée.

Il remisa le téléphone dans sa poche. Bon, d'accord. Il observa la chose immobile au-dessus de la porte.

« Araignée chasseuse. » Danny l'interpella par son vrai nom animal. « Ouste ! Pschtt ! » Ils savent quand vous manquez de conviction. *Bada-bada-boum-boum.* Aucun effet.

Un claquement de porte serait-il plus efficace ?

Il tourna la poignée, tira la porte, et découvrit trois policiers en uniforme bleu qui montaient l'escalier quatre à quatre.

Danny se figea.

Ils passèrent devant lui sans un mot et continuèrent jusqu'au palier supérieur. Là, l'un d'entre d'eux toqua à une porte. Un autre resta sans bouger. Le troisième baissa les yeux vers Danny.

*9 h 21*

– Eh, mon vieux, vous habitez... ? lança-t-il d'une voix forte.

Danny hocha la tête, recula dans l'appartement et ferma la porte.

De retour sous le regard de l'araignée chasseuse, en sécurité.

Compte jusqu'à dix, vingt, trente. Il entrouvrit la porte. Le policier qui lui avait adressé la parole descendait l'escalier en courant.

Il s'arrêta net et examina Danny par l'entrebâillement en plissant les yeux. Le policier était tout bleu, immensément, phénoménalement bleu, son ventre emplissait sa chemise et débordait par-dessus sa ceinture noire tel un sac de chair ferme et bleue. Posant les mains sur ses hanches, il fit saillir davantage encore son ventre et souffla.

– Eh, je vous ai demandé si vous habitez ici ?

– Juste le…

Le policier écarta Danny d'une main et passa la tête par la porte pour jeter un coup d'œil dans l'appartement immaculé. Il renifla comme s'il allait éternuer.

– … l'homme de ménage.

– Okay. Okaaaaayyy. C'est bien ce que je pensais. Il s'est passé un truc de l'autre côté de la rue. On jette un coup d'œil.

– Oui, monsieur. Très bien, monsieur.

Au moins ils ne sont pas venus pour moi. Au moins je suis à l'abri pour l'instant. Danny ferma la porte. Quelque chose de l'autre côté de la rue – le policier parlait peut-être de la fumée causée par l'incendie dans les Blue Mountains. Quoi d'autre ? La grosse araignée continuait de le fixer. Mais Danny savait désormais comment distinguer, dans ses entrailles, le timbre aigu de la tension nerveuse (police australienne) du timbre grave (police srilankaise). Quoi que cherche la police, se répéta-t-il, tu dois simplement patienter.

Ils ne sont pas là pour toi. Ils ne peuvent même pas te voir.

Il enleva le chintz aux koalas de l'ordinateur de bureau, pressa le bouton de mise en marche et attendit. Dès que l'écran s'anima, il se connecta à Google News et tapa : *Kiran Rao.*

Danny pensait être le seul homme de ménage à Sydney à emporter partout un livre avec lui. Un homme ne doit pas cesser de lire s'il veut continuer de réfléchir. Le premier avait été un livre de poche à la couverture rose : *Si belle en satin blanc*, de Madeline Bright. Puis, dans la poubelle des livres mis au rebut de la bibliothèque de Newton, il avait trouvé *Mes contradictions vous aident à évoluer – Un immigré s'adresse à l'autochtone*, de Kiran Rao, dont la couverture s'ornait du beau visage indien de l'auteur. Dès lors, transporté clandestinement avec brosses, vaporisateurs et sachets de fromage en tranches Black & Gold, l'ouvrage avait accompagné Danny dans tous ses trajets ménagers pendant plus d'un an, jusqu'à ce qu'il le connaisse par cœur et n'ait plus besoin de l'avoir avec lui.

De son point de vue, c'était le meilleur livre du siècle.

*Dernières nouvelles*

*Rao donne une conférence au Festival de Sydney*

*… vêtu de son habituel costume sombre et cravate rouge, Kiran a répondu aux questions du public sur les aspects tantôt âpres tantôt exquis de la vie d'immigrant à Sydney.*

Assis devant l'ordinateur de Daryl l'Avocat, Danny s'invita dans le public et leva la main pour questionner son auteur préféré sur une situation délicate :

*Que dois-je faire si on me demande mon numéro de dossier fiscal le jour où j'irai échanger mon téléphone, Kiran ?*

Il put entendre le respectable personnage en costume se détourner de ses admirateurs du festival pour répondre :

*Tu as largement le temps de rendre ton vieux téléphone, Danny. N'y pense pas trop. À ta place, je ne me soucierais que d'une seule chose. La réussite de ma relation amoureuse.* (Le public s'esclaffa.) *Pour un Australien, il n'y a rien de plus difficile, crois-moi.*

Vraiment ? Danny n'avait pas trouvé cela si ardu. Sa relation avec Sonja était *parfaite*. D'ailleurs tout avait débuté ici, devant l'ordinateur non protégé de l'avocat. Un ami, un Australien qui connaissait tous ses secrets, une personne sage et avisée, lui avait parlé du site de rencontre et Danny s'y était connecté ici même.

*Rencontres végétariennes*

*Amour sans cruauté.*

– Végétariennes. Les plus belles filles de Sydney sont végétariennes.

– Mais je mange de…

– Écoute-moi, idiot. Les Australiens imaginent que les Indiens sont végétariens parce qu'ils vénèrent les vaches. Une petite tricherie, ça ne te tente pas ?

Évidemment, il savait que c'était mal. Mal d'utiliser l'ordinateur personnel de l'avocat et mal de prendre contact avec les femmes. Végétarien ? Danny adorait le mouton. Et le porc.

C'est mal, très mal. On me surnomme Danny l'Intègre. Néanmoins il le fit. Une petite tricherie le tentait.

Sonja fut la troisième qu'il rencontra. Ils se retrouvèrent à Parramatta.

Leur premier rendez-vous se déroula dans un pub. Danny l'attendit dans un box en bois tout en observant son propre reflet dans le miroir mural. Il lui sembla que l'éclairage conçu pour optimiser le sex-appeal des clients à peau plus claire rehaussait crûment les cuticules de ses doigts brun foncé et le blanc de ses yeux. « Prends un air intelligent », souffla-t-il à son image. Quand Sonja arriva, elle le trouva dans une pose de *penseur*, les doigts entrelacés devant son menton, les pouces effleurant sa bouche.

– Tu sais ce que j'aime chez les Indiens ? Ce sont les seuls végétariens gros du monde. Des végétariens gros et heureux.

C'était une fille petite, pas vilaine, déterminée, vêtue d'un T-shirt clamant LES VÉGÉTARIENS D'ABORD, avec un regard curieux de l'altérité. Elle était chinoise.

Non, vietnamienne. Le gentleman connaissait-*il* la différence ?

Elle commanda des bières pour l'un et l'autre, bio, assura-t-elle. En l'écoutant parler de maltraitance animale, Danny étira les muscles au-dessus de ses oreilles et sourit. « Tu sais ce qu'est le lait ? Un genre de pus. Penses-y. Tu absorbes du pus. » Sur ces mots, elle avala trois gorgées de bière avant de reposer son verre. Elle aussi, elle est nerveuse, songea Danny.

Sur le point de reprendre son verre, elle demanda : « Tu es musulman ? » La réponse de Danny la déçut visiblement, cependant elle se reprit et ajouta : « Au moins, tu n'es pas un *costume.* »

Sa remarque désarçonna Danny car il s'était toujours considéré comme un homme venu à Sydney pour porter des costumes. Des costumes de qualité avec des boutons argentés et un mouchoir de soie à la poitrine. Un seul tailleur à Batticaloa savait confectionner un costume chic de ce genre, et seuls quatre hommes en ville avaient les moyens de se l'offrir.

« Que penses-tu du lait en tant que source nutritive ? »

« Quel est ton engagement pour la défense des droits des animaux ? »

« Dans ton pays, il y a des végétariens ? »

Pour détourner la conversation de la nourriture, Danny parla du Sri Lanka et de Dubaï. Oui, il était allé à Dubaï. Il y avait travaillé pendant un an, à Deira, dans un hôtel d'affaires. Il portait un uniforme – costume vert et cravate verte – et accueillait les clients à l'enregistrement avec un sourire. Non, sérieusement : il avait travaillé dans un hôtel avant de venir en Australie ? Et ici ? Il était homme de ménage. Chez des particuliers. Oui, bien sûr, il cherchait un meilleur travail.

Connaissance faite, ils étaient sortis du pub pour se promener le long de la rivière Parramatta.

C'était très différent de ce qu'il connaissait : ici les berges étaient impeccables et vertes, comme découpées dans la terre par une machine à fabriquer des rivières.

– Qu'est-ce que cela signifie ? Tu as une idée ? avait demandé Sonja.

Danny suivit son regard vers une vieille bâtisse qui se dressait sur la rive.

– Pourquoi avoir utilisé les mêmes lettres que sur les anciennes églises ? avait insisté Sonja. Qu'est-ce que cela veut dire ?

Danny déchiffra l'inscription.

MDCCCLXVII.

– Mille huit cent soixante-sept, traduisit-il.

– Comment est-ce que *tu* connais toutes ces choses ? s'étonna-t-elle en arrondissant les lèvres.

Les Romains, lui expliqua Danny, avaient une façon particulière d'écrire les chiffres, qui se trouva grandement améliorée lorsqu'ils empruntèrent les décimales aux hindous.

Sonja le dévisagea.

– Tu as lu un dictionnaire dès ton arrivée en Australie ?

Devant son silence, elle se rembrunit, puis elle sourit, comprenant ce que sa question avait d'offensant.

Dès cet instant, ce fut Danny qui mena la conversation.

Pour finir, elle lui demanda :

– Si tu habitais au bord d'une lagune, au Sri Lanka, pourquoi être venu en Australie ?

– J'ai un problème. Une cloison nasale déviée, dit-il en se touchant le nez. Ce qui fait que je m'enrhume facilement. Mes sinus s'infectent.

C'était vrai.

Liste des mesures de précaution pour les sinus :

1. Eau chaude : commencer les gargarismes dès que les sinus sont encombrés.

2. Interdiction stricte de fumer. Bannir les mauvaises habitudes.

3. Nébulisation mentholée les deux premiers jours.

Comment vivre avec des sinus malades fut le principal sujet de conversation tout au long de leur promenade jusqu'au petit barrage où la rivière chutait dans une masse d'eau plus sombre. La végétarienne se tourna alors vers Danny.

– Si tu arrêtais de parler de ta cloison nasale pour répondre à ma question ?

– Désolé.

– Ma question était : pourquoi abandonner une lagune pour venir dans ce pays ?

Maintenant, je vais devoir commencer à mentir, songea Danny. Par chance, la rivière Parramatta le sauva de justesse : une plume blanche arrivait au fil de l'eau et Danny la désigna du doigt.

– C'est parce qu'ils ont privatisé absolument tout à Sydney, expliqua la végétarienne, pensant qu'il faisait référence aux détritus flottants. Même cette rivière.

– Dans ma lagune, les poissons chantent, dit Danny.

Il expliqua à la jeune femme incrédule comment, dans sa région natale non privatisée, on plaçait un roseau à la surface de l'eau pour entendre les poissons fredonner. Batticaloa, cité des poissons chantants. Joyau du Sri Lanka. Marcheurs sur le feu devant le temple. Perceurs de langues. Plages argentées. Sirènes habitant dans la lagune. Chez nous, on les appelle *kadal kanni*.

– Tu comprends un mot de ce que je te dis ? s'enquit-il.

– Pas nécessairement, mais continue.

Et il continua, mais pas nécessairement au sujet de la lagune.

– Tu aimes le football, Danny ?

– Non.

– Le cricket ?

– Aucun sport. Le ratio d'accomplissement humain dans le sport est seulement d'un pour un virgule quatre.

– Ce qui signifie ?

Danny sourit.

– Accomplissement signifie performance, non ?

Elle éclata de rire.

– Et alors ?

Après deux années passées à soigner son accent, Danny n'avait jamais pu se défaire de son penchant pour les truismes. Les tautologies lui venaient naturellement. Sous son anglais appliqué (non pas australien, mais neutre) était tapi un animal d'un anglais différent que, désormais, au bout de deux ans, il laissait ronronner.

Il lui expliqua le caractère frauduleux de tous les exploits sportifs.

– Un mâle moyen de vingt et un ans, après un entraînement basique d'un mois, peut courir cent mètres en quatorze secondes environ. D'accord ? L'homme le plus rapide court la même distance en neuf secondes neuf. La différence est minime. Le ratio est d'un pour un virgule quatre. Maintenant, quelle est la différence entre l'intelligence d'un homme moyen et celle d'Einstein ? Incommensurable.

Les faits venaient ainsi à l'esprit de Danny, des faits étranges, uniquement reliés par un vibrant fil conducteur de subversion. Tandis qu'ils arpentaient les berges de la rivière Parramatta, un petit oiseau voletait en zigzaguant autour d'eux, comme s'il avait découvert un champ entier de canne à sucre pour lui tout seul.

Le lendemain matin, Danny remplissait des bidons à l'épicerie Sunburst à Glebe quand son téléphone sonna. C'était Sonja. Son cœur se mit à tambouriner et cela lui évoqua la cavalcade forcenée des chevaux de course devant Tom Cruise dans cette scène absolument géniale de *Mission impossible 2*.

*9 h 43*

– Ce doit être terminé, maintenant, lança-t-il à haute voix.

Ce « truc de l'autre côté de la rue » évoqué par le policier était certainement fini, et les uniformes bleus partis. Danny quitta la table de l'ordinateur pour s'approcher de la porte et coller son oreille contre le battant.

*Excusez-moi, inspecteur. Puis-je vous demander ce qui se passe ?*

*Désolé. Simple routine. Il s'est produit un incident de l'autre côté. On est juste venus prendre des photos depuis ici. C'est la procédure.*

*Un incident ?*

*Ouais. Un meurtre.*

*Merde alors. Qui ?*

*Vous connaissiez vos voisins ?*

*Pas vraiment, non. C'est dans quel immeuble ? Comment dites-vous que s'appelle la femme ? Non je ne connais personne de ce nom.*

Danny s'éloigna de la porte.

Combien de temps allait-il rester coincé ici ? Devait-il appeler Rodney le Comptable pour le prévenir d'un retard possible ?

Sans compter qu'il n'avait pas encore occis la grosse araignée au-dessus de la porte.

*9 h 47*

Armé de la bombe antimoustique rangée sous l'évier par Daryl l'Avocat, Danny s'approcha de l'araignée aux pattes brunes et commença à fredonner le thème musical de *Mission impossible* pour donner une dernière chance à la créature. Au lieu de la saisir, celle-ci se mit à agiter ses pattes comme si la musique et la plaisanterie lui plaisaient. Elle comprit trop tard et se mit en mouvement. Danny avait déjà pressé le bouton blanc de l'atomiseur. L'araignée se recroquevilla et tomba.

En la ramassant dans une serviette de papier, Danny trouva que, ainsi compactée dans la mort et d'une teinte plus rouge, elle avait un air beaucoup plus dangereux.

La fenêtre au-dessus de l'évier, la seule qui donnait sur la rue de derrière, était toujours verrouillée. Tenant l'araignée morte dans la serviette en papier à bout de bras, Danny défit le loquet de sa main libre et souleva la vitre. C'était la première fois depuis des mois qu'il l'ouvrait. Il jeta un coup d'œil dans la rue paisible qui se trouvait en arrière de Flora Street.

Tout en bas, comme apparue par magie dans le seul but de le punir de sa décision d'avoir ouvert la fenêtre, une lumière bleue et rouge tournoyait en silence sur le toit d'une camionnette garée juste devant un immeuble.

Un véhicule de police.

Le seul individu présent dans la rue, un homme en uniforme bleu, était adossé contre le tronc d'un gommier et il exhalait de puissantes bouffées de fumée de cigarette.

Le gommier était gigantesque, son écorce marbrée gris-blanc pelait telle de la vieille peinture. Quand vous débarquez pour la première fois en Australie, la peau de ces arbres peut vous effrayer car elle évoque la lèpre et d'autres maladies encore redoutées ailleurs.

Le regard de Danny revint au véhicule de police, puis à l'immeuble neuf en briques rouges juste derrière, où les policiers grimpaient, étage après étage.

Là. Quatrième étage. Danny se figea pour vérifier.

Au quatrième étage de cet immeuble devant lequel stationnait le véhicule de police, il y avait un balcon sur lequel poussaient des tulipes rouges dans une jardinière noire.

Danny gardait en mémoire ce que le policier entrevu sur le pas de la porte de Daryl l'Avocat avait dit. *Un meurtre a été commis de l'autre côté de la rue.* Il n'avait pas dit *dans la rue derrière.* Donc ça ne peut pas être cet immeuble. Ça ne peut pas. Ça ne peut pas.

Parce que l'immeuble devant lequel poussait le gommier lépreux, celui avec la jardinière de tulipes rouges au quatrième étage, cet immeuble, Danny le connaissait. Tu le connais, c'est le sien, celui de Radha.

Danny sentit sa gorge le picoter.

Chaque lundi matin pendant deux ans, presque deux ans, il s'était rendu dans cet appartement du quatrième avec son aspirateur et son matériel. C'était la Maison Numéro Cinq.

*Un meurtre a été commis de l'autre côté de la rue.*

L'araignée morte ! Il l'avait complètement oubliée. Danny laissa tomber la serviette en papier et suivit des yeux la petite forme rouge virevolter jusqu'en bas. Après quoi il abaissa la fenêtre et la verrouilla.

Un-deux-trois, un-deux-trois. Il respira comme on le lui avait appris à Dubaï lors du programme de formation hôtelière. Puis il se gratta la nuque, sortit son téléphone de sa poche, parcourut la liste des contacts. Il lui fallut un moment avant de trouver le numéro…

Il descendit jusqu'à la dix-huitième entrée du répertoire, identifiée simplement par *M5.*

Autrement dit Maison Numéro 5.

Oui, la voilà. C'était bien elle. La propriétaire de l'appartement aux tulipes rouges sur le balcon, dans la rue de derrière.

Ou de l'autre côté. Cette façon qu'ont les Australiens de parler l'anglais. De l'autre côté, derrière.

Appelle-la. Appelle-la pour vérifier que tout va bien. Assure-toi qu'il s'agit d'une autre femme.

Son index effleurait déjà le bouton d'appel. Mais il y avait ce véhicule de police en bas, avec son gyrophare bleu et rouge. S'il téléphonait et que les policiers se trouvaient chez elle… La police de Sydney peut tout repérer de nos jours.

Prudemment, il jeta de nouveau un coup d'œil par la fenêtre de la cuisine.

Le policier adossé au gommier lépreux jeta son mégot de cigarette juste au moment où l'un de ses collègues en bleu le rejoignait.

Danny s'écarta de la fenêtre. Puis il y revint et baissa le store.

Il contempla la balle bleue sur la table, la prit, la fit rebondir sur le sol, et enfin la poussa du bout de sa chaussure jusqu'à ce qu'elle eût repris sa place sous le canapé. Voilà. Retourne chez toi.

Ce recoin sombre sous le canapé de l'avocat, Danny le classa désormais parmi les lieux interdits de la ville de Sydney. Jamais je n'aurais dû mettre la main là-dessous.

Il revint s'asseoir devant l'ordinateur et tapa : *Crimes à Sydney, dernières infos.*

Tandis que l'ordinateur poussif effectuait ses recherches, il sortit son téléphone, ouvrit de nouveau le répertoire, le fit défiler jusqu'à la première entrée – Maison – et pressa le bouton vert sur le cadran. Quatre sonneries, suivies d'un clic, puis une voix lente de vieil homme, avec en fond sonore un tube pop des années 1970.

– Pourquoi tu m'appelles ? J'ai déjà bien trop de tension, grommela la voix. Très mauvaise matinée pour nous. Très mauvaise.

Tommo utilisait le nous exclusivement pour les Parramatta Eels – son équipe de rugby.

– Tommo. Vous voulez bien regarder la télé pour moi ?

– Ils disent que Joey Mitchell ne pourra pas jouer l'année prochaine. Et ne m'appelle pas depuis ton téléphone portable, Danny. Tu le sais.

– C'est urgent. Vous voulez bien regarder s'il y a eu un meurtre ?

Un silence.

– À Erskineville, précisa Danny. Près de Flora Street. Est-ce qu'on en parle à la télé ?

– Un meurtre ?

La voix de Tommo Tsavdaridis baissa d'un ton.

– Tu travailles à Erskineville, aujourd'hui, non ?

– Oui. S'il vous plaît, vérifiez si, aux infos, on parle d'un meurtre à Erskineville.

La communication fut coupée.

Le salaud. Danny revint à la cuisine et souleva de nouveau la fenêtre.

*M6.* Il chercha sur son téléphone le dix-neuvième nom du carnet d'adresses. Si quelque chose était arrivé à Maison Numéro Cinq, alors Maison Numéro Six était au courant. Très probablement.

Cependant, au lieu de *M6*, Danny préféra rappeler Sunburst.

– Tommo, je vous en prie, allumez la télé. Je ne peux pas l'avoir sur mon portable. Il est trop vieux.

– Danny, pourquoi tu téléphones ? Je t'ai dit de ne jamais me téléphoner.

– Dites-moi simplement si une femme dénommée Radha a été assassinée.

Après un silence, M. Tsavdaridis, propriétaire de l'épicerie Sunburst où Danny logeait depuis quatre ans, demanda :

– Pourquoi ?

– Vérifiez si une femme du nom de Radha Thomas a été tuée hier soir à Erskineville. Je ne bouge pas d'ici tant que je n'ai pas la réponse.

– Danny, Danny, dit la voix lasse de M. Tsavdaridis, Joey Mitchell a été suspendu aujourd'hui. Nous sommes fichus.

Là-dessus, son propriétaire et protecteur raccrocha.

Sur le rebord de la fenêtre, deux yeux jaunes parfaitement ronds observaient Danny. Un corbeau – non pas l'oiseau qui portait ce nom dans son pays mais une autre créature, deux fois plus grosse, avec des yeux de dessin animé –, un corbeau, donc, tournait la tête d'un côté et de l'autre derrière la vitre. Sa robe noire luisait sous le soleil.

Depuis le premier jour, ces corbeaux australiens étaient une énigme pour Danny. De quoi se nourrissaient-ils pour être aussi énormes ? Et aussi criards ?

D'un coup, avec ces corbeaux, son pays est là, tout proche.

D'en bas montaient le brouhaha des policiers et les bip-bip-bip du panneau indicateur sonore destiné aux piétons.

Danny regarda les tulipes rouges, si vivantes, si colorées, et fut de nouveau tenté d'appeler Maison Numéro Cinq. Si Radha Thomas répondait, il pourrait lui demander de s'approcher de la fenêtre, juste pour la voir.

Soudain les tulipes frémirent et la fenêtre s'ouvrit, cependant ce ne fut pas une femme mais un homme, blanc, qui jeta un coup d'œil dans la rue pour montrer la vue au policier. Danny sut aussitôt qui était cet homme blanc. Mark. Le mari de Radha. Son visage était rouge. Il avait pleuré.

Et elle…

*9 h 54*

L'appartement de l'avocat s'emplit de bruit. Un avion effectuait sa descente au-dessus de la banlieue d'Erskineville en direction de l'aéroport international Kingsford-Smith.

*9 h 56*

La drogue.

Danny répéta ce mot, encore et encore, et se sentit mieux. Il s'était lavé le visage trois fois et avait décidé de ne pas le sécher. En Australie, rien n'est compliqué à comprendre dès lors que l'on a saisi que tous les jeunes gens ont un regard bleu vitreux à cause de la drogue.

Il s'assura de n'avoir rien oublié.

Allons, Danny, réfléchis. Un drogué s'est introduit chez elle, lui a tiré une balle dans la tête, ou l'a étranglée, ou… Il se peut même qu'elle ne soit pas morte. Tu ignores pourquoi les policiers sont là, Danny. Ne va pas trop vite. Pas de triple saut.

Il ferma la porte à clé derrière lui, descendit l'escalier, glissa la main dans la boîte à lettres du 36 Flora Street pour y déposer la clé, et resta calme, très calme, en voyant deux immenses créatures bleues, deux agents de patrouille, deux policières de Nouvelle-Galles du Sud, arriver droit vers lui sur le trottoir. Il se figea et pensa : elles ne m'ont pas vu.

Sa jambe se mit à trembloter. Ses dents grincèrent. Villawood ! Le centre de détention pour migrants !

Les deux policières le dépassèrent. Il expira. Lentement, il retira sa main de la boîte à lettres et la passa dans ses cheveux.

Sauvé ?

Au loin se dressaient les quatre tours en briques grises, à côté de la gare St. Peters, mais entre les tours et l'endroit où il se trouvait, l'avenue était envahie de passages piétons, de panneaux de limitation de vitesse, de traits, de pointillés, de courbes – une forêt d'arcs blancs, de déviations, de chiffres énigmatiques, de zigzags tracés à la peinture épaisse sur l'asphalte. Ce n'était plus vraiment une avenue, plutôt le corps couvert de tatouages guerriers du chasseur. La City de Sydney, autrement dit le quartier des affaires. De petites machines se connectaient à des machines plus grosses, des guichets de péage automatique à des distributeurs automatiques de billets, à des cartes magnétiques et des cartes visa, l'ensemble convergeant vers une seule et même araignée ubiquitaire. Laquelle recherchait un dénommé Dhananjaya Rajaratnam.

Danny.

*10 h 11*

DES CAMÉRAS DE SURVEILLANCE CONTRÔLENT EN PERMANENCE L'INTÉRIEUR ET EXTÉRIEUR DE CE TRAIN, informait l'affichette autocollante sur la porte vitrée, tandis que le message électronique en lettres orange sur l'écran à bord du train réitérait le message, mais avec une correction : … EN PERMANENCE L'INTÉRIEUR ET L'EXTÉRIEUR DE CE TRAIN.

Assis dans le compartiment de queue, Danny médita sur la divergence entre l'autocollant et son énoncé électronique.

La bonbonne argentée sanglée dans son dos, le pistolet d'aspersion et la brosse mousse dans son sac se mirent à peser plus lourd.

Il jeta un regard circulaire, prêt à s'adonner à un jeu ancien.

Cette femme qui lisait le *Sunday Morning Herald*, par exemple : cheveux blonds tirés en chignon, tension visible dans la crispation de la mâchoire carrée. Si la police militaire ou le service d'immigration du Sri Lanka l'épinglait dans le faisceau d'une torche, elle se contenterait de pincer les lèvres et ne dirait pas un mot. Avec quel flegme elle absorberait sarcasmes, psychologie inversée, insultes, gifles… !

Mais une cigarette dans la cuisse, mademoiselle ?

La blonde au chignon feuilletait un journal. Danny prit son front entre ses mains. Ridicule. Tu es en Australie. Tu es ici depuis quatre ans. Commence à penser comme eux.

Maison Numéro Cinq. Elle, c'est sûr, aurait pu supporter la torture. Oui, cette femme-là en aurait été capable.

Une femme solide, Maison Numéro Cinq. Radha. Des hanches larges, un corps musclé. Il la revoyait, vêtue d'un ample T-shirt blanc sur un collant de gym noir. Il y avait de la puissance chez cette femme, et pourtant elle était légère. Une danseuse. Danny l'imagina sur un toit à Hong Kong en train de danser le Lindy Hop. Elle était véloce.

Ça n'avait pas dû être facile de la tuer.

À supposer qu'elle soit morte. Après tout, la police avait peut-être interrogé son mari pour autre chose. N'était-il pas agent immobilier ? Un de ses confrères n'avait-il pas été arrêté la semaine précédente pour escroquerie ? C'était dans le journal.

Appelle Radha, se dit Danny. Maison Numéro Cinq. Demande-lui si elle va bien.

Le grincement des compartiments de queue s'amplifia, s'intensifia, comme si, d'une seconde à l'autre, l'arrière du train allait se détacher du reste.

Oui, mais si elle n'allait *pas* bien, la police devait avoir trouvé son téléphone.

Près de la gare centrale, un employé des chemins de fer en chemise grise, cheveux et barbe argentés, version australienne du sage tamoul Thiruvalluvar, les mains derrière le dos, traquait quelque chose sur les rails.

Le train passa devant la tour de l'horloge en grès de la gare, et cette tour évoqua à Danny un minaret pourvu d'un cadran près de Batticaloa, qui étincelait d'une lumière argentée tout au long du ramadan. Le temps, sur une horloge qui passe, est un élément en liberté qu'il faut saisir au vol. Regarde, Danny, et note l'heure. C'est ce que faisaient les gens quand il était enfant, parce que, à cette époque, ils ne possédaient rien, pas même une montre. Comme son pays lui semble proche de nouveau.

L'employé des chemins de fer qui arpentait les rails leva la tête et croisa son regard.

– O-kay, dit Danny à voix haute.

C'était ainsi qu'elle le prononçait, une singularité de langage qui lui était propre, la seule étrangeté qui sortait de sa bouche australienne, avec un h expiré sur le O, et le kay explosif, un tic nerveux, une tentative pour calmer le jeu.

– O-kay.

À l'intérieur du train, l'air charriait un relent de graisse animale rance qu'aucun autre passager ne semblait remarquer, ce qui conduisit Danny à s'inquiéter. C'était peut-être l'odeur de son équipement, ou de son destin.

En face de lui, quelqu'un déplia un journal. *Le Dragon chinois – Menu à 8 $ – 7 jours sur 7 !* vantait un encart publicitaire.

L'odeur de graisse animale qui flottait dans l'air s'accentua. Ne fais rien de stupide, ordonna Danny à son estomac, ne vomis pas.

Pour passer inaperçu pendant quatre ans en Australie, il faut posséder la langue, c'est bien connu.

*Fraîchement débarqué à Sydney, j'avais encore un accent, comme tous les nouveaux immigrés. À l'école, j'étais raillé, harcelé. Ensuite j'ai discuté, argumenté avec les gros durs, et ils sont devenus mes copains. (*Mes contradictions vous aident à évoluer, *page 12.)*

Avant même d'arriver en Australie, Danny s'était entraîné à devenir australien. Chez lui, à Batticaloa, devant un miroir. Il ralentissait sur les *V*, mordait sa lèvre inférieure pour prononcer *volleyball*.

Plus tard, dans l'épicerie Sunburst à Glebe, tout en rangeant les briques de lait longue conservation et de milk-shakes au chocolat, il s'était interrogé sur les clés magiques qui menaient à l'australianité. Il gardait en mémoire ce qu'on lui avait raconté à Dubaï sur ces villageois chinois qui demandaient au médecin de leur faire une entaille sur la langue afin de parler l'anglais sans accent. S'ils en sont capables, moi aussi. Je pense que je peux. En effet, qu'est-ce qui rend australien un Australien ? *L'accent australien*. Éliminer les tics de langage que les Tamouls glissent dans leur anglais : les rythmes ondulants, le *yo* et le *ree* ajoutés aux mots, l'usage du *non* pour souligner quelque chose, d'un silence au milieu d'une phrase.

Il prenait *plaisir* à ce changement.

Comparez, point par point, la façon dont les gens discutent. Par exemple, un matin vous dites : Fumer donne le cancer. Votre interlocuteur tamoul rétorque : *Oh, non, non, ree, non !* Tu oublies Eswaran, qui a vécu jusqu'à quatre-vingt-dix-neuf ans, non, en fumant des bédis matin, midi et soir ! L'Australien, lui, remarque : *Simple exception* à la règle, vieux. Danny aimait ça. La logique. Une fois, alors qu'il faisait le ménage dans la Maison Numéro Neuf, à Ashfield, il avait inondé la salle de bains. Après avoir expliqué à la propriétaire des lieux, une rousse qui travaillait dans le marketing, que le robinet était cassé, et en avoir apporté la preuve, elle s'était calmée. Ce n'était pas la faute de Danny, et elle avait même considéré qu'elle lui devait vingt-cinq dollars pour le temps passé supplémentaire. Un peuple logique. Ta vie t'appartient, la mienne m'appartient.

Le parler australien. Ne jamais prononcer le p avant le t. Faire un usage généreux de *je pense*. Ajouter un *Écoute* sonore au début de la phrase, et *ridicule* à la fin. Si vous êtes heureux, parlez de rugby : « Allez les Eels ! » Si vous êtes malheureux, parlez de rugby : « Où en sont les Rabbitohs de South Sydney ? »

Et surtout ne *jamais* appeler ce sport du rugby.

Donc, il vous faut la manière de parler. La langue. Mais pour rester invisible, il vous faut aussi, à l'autre extrémité, les intestins d'un Australien.

*Le Dragon chinois – Menu à 8 $ – 7 jours sur 7 !*

Tournez la page, s'il vous plaît, implorait silencieusement Danny. Je n'ai pas envie de chier ici.

Pour détourner les yeux du journal, il jeta un coup d'œil derrière lui, sur sa gauche, et s'aperçut qu'on l'observait.

La femme en jean et chemisier blanc lisait un magazine, tandis que son enfant blond, la tête posée sur les cuisses de sa mère à la manière d'un chat, regardait fixement Danny.

Sous l'auvent du magazine de sa mère, ses yeux étincelèrent. Tes mèches dans les cheveux ne me trompent pas, vieux. Je sais ce que tu es.

Détestable redresseur de torts. Danny pencha la tête et soutint le regard de l'enfant.

Sale petit légaliste. Jamais je ne retournerai chez moi. L'enfant inclina la tête un peu plus, un peu plus, sans cesser de scruter Danny.

Danny fit de même.

Je n'ai pas tenu quatre années, jeune flicaillon, pour me faire pincer par toi.

*Première année en situation irrégulière*

*Au bout d'à peine six mois, un matin, au centre commercial de Burwood, Danny se fit surprendre.*

*Tenant un large parapluie vert au-dessus de sa tête, la femme s'arrêta subitement pour le regarder ; puis le sac de provisions qu'elle tenait dans l'autre main fléchit, soudain étrangement alourdi. Elle était tamoule, aucun doute. De son côté, elle devina dans l'instant, comme lui, qu'il était tamoul et sri lankais. Au volume de son sac de courses, à sa façon de marcher au soleil plutôt que de l'éviter, il comprit qu'elle était en situation régulière. Et à la façon dont lui-même marchait à l'ombre, elle comprit qu'il était en situation irrégulière.*

*Aussitôt, Danny tourna les talons et s'enfuit en courant.*

*Lorsqu'il avoua ensuite à Tommo qu'une femme de son pays l'avait repéré, le vieux Grec s'assit derrière son comptoir et, montrant la rue de son bras tendu, se mit à crier : « Sors d'ici tout de suite ! Pars ! Je suis citoyen australien. J'ai un passeport. J'ai prêté serment à l'hôtel de ville de Parramatta et j'ai mon certificat de citoyenneté. Ils ne peuvent rien me faire. Danny, je pourrais louer cette chambre à un étudiant de l'université pour trois cents dollars par semaine. Facile. Mais je te la donne gratis. Pourquoi ? Tu es nul. Complètement nul. »*

*Danny monta en courant l'escalier métallique et s'allongea sur le canapé de la réserve de l'épicerie Sunburst, l'oreille en alerte, guettant le : « Y a-t-il un étranger en situation irrégulière, ici ? Un Sri Lankais ? »*

*Il savait que Tommo le trahirait dans la seconde.*

*Je suis désolé pour ce que j'ai fait, aurait-il aimé pouvoir dire à la police, à l'immigration, aux douanes, et à son père, là-bas, au pays. Leur dire aussi que, depuis le jour où il était entré dans l'illégalité, il s'était efforcé de faire marche arrière. De trouver un moyen de revenir sur sa décision.*

QUESTION :

Je suis venu en Australie grâce à un visa d'étudiant, puis je me suis rendu compte que la faculté où j'étudiais était une arnaque et ne m'aiderait pas à trouver un emploi. Donc j'ai laissé tomber. J'ai commis une erreur de bonne foi et je suis resté plus de vingt-huit jours après avoir quitté l'établissement. Est-ce que quelqu'un, sur ce forum, peut me dire s'il est maintenant possible de déposer une requête pour obtenir une prolongation ?

MEILLEURE RÉPONSE (3 LIKES) :

Tu sais lire un calendrier, vieux ? En ma qualité d'agent chargé de faire respecter la loi, je peux t'expliquer ce qui va se passer de façon très précise parce que j'en ai arrêté des dizaines dans ton genre. Je sais parfaitement que tu n'as pas excédé la durée autorisée par erreur. Tu l'as décidé. Mais peu importe. De bonne ou (plus vraisemblablement) de mauvaise foi, vingt-huit jours après avoir arrêté tes études et être resté sur le territoire australien, tu deviens un étranger en situation irrégulière. Tu en as sûrement appris assez sur ce pays pour savoir qu'on y applique une tolérance zéro pour tout type d'activité illégale. Ce n'est pas la France. Ce n'est pas l'Amérique. Nous sommes une île et personne ne peut y entrer ni en sortir sans autorisation. Je te conseille d'aller te livrer gentiment dans un bureau d'immigration et de te soumettre immédiatement à la sanction d'expulsion. Car si tu continues de faire ce que tu fais, si tu fuis et te caches jusqu'à ce que tu sois arrêté (parce que tu *seras* arrêté), tu auras des ennuis beaucoup plus graves. Tu dois comprendre que tout agent de police, des impôts, d'immigration ou des douanes a le pouvoir de t'arrêter et de t'enfermer indéfiniment si tu n'es pas en mesure de montrer, sur-le-champ, des documents autorisant ta présence sur le sol australien. Il existe aussi un système appelé arrestation opérée par un citoyen. Je suppose que tu as un accent, ce qui revient à dire : *Hé ! Messieurs les policiers, venez donc vérifier que je suis un sans-papiers !*

QUESTION :

Et alors ?

MEILLEURE RÉPONSE (3 LIKES) :

Et alors, laisse-moi t'expliquer. Tu seras arrêté, c'est sûr. Ensuite, tu passeras tes journées avec des tas d'étrangers, peut-être des Irakiens, peut-être des Pakistanais, mais dans l'ensemble des gens charmants. J'espère que tu aimes entendre parler arabe dès le petit déjeuner ! Avant d'être expulsé, tu seras traduit devant un tribunal pour répondre de tes activités illégales et de non-paiement d'impôts. Tu peux évaluer la facture du gouvernement à plus de dix mille dollars. Tu devras aussi payer les dépenses d'expulsion, y compris les quelque trois cents dollars par jour dans le centre de détention. Ah, j'oubliais, quand tu t'es connecté sur ce forum, ton adresse IP a été enregistrée. Étant donné que la police surveille activement les réponses de Yahoo pour traquer les pédophiles, les escrocs, les drogués et les sans-papiers tels que toi, ils savent déjà dans quelle ville tu te trouves, et peut-être même dans quelle maison tu habites. Tu comprends ce que je dis, vieux ? Tu connais assez l'anglais pour comprendre ?

QUESTION :
Oui. Nandry.

MEILLEURE RÉPONSE (3 LIKES) :
Qu'est-ce que ça veut dire, bordel ?

*Cela voulait dire que, chaque fois qu'une porte s'ouvrait ou claquait, à Glebe, le cœur de Danny se contractait. Il voyait un homme au teint basané tenant une cigarette dans la fourche de ses doigts ; un policier chargé des interrogatoires qui stationnait généralement aux abords de l'aéroport international Bandaranaike. Chaque fois qu'une porte s'ouvrait ou claquait, il avait envie de crier « Je suis désolé, monsieur, je suis désolé. » Mais à quoi bon dire cela maintenant ? Il était devenu un homme privé de droits en ce monde.*

*Et il ne pouvait blâmer personne. Personne d'autre que Dhananjaya Rajaratnam.*

*10 h 32*

Sept sorties permettent de quitter la gare centrale. Elles vous conduisent derrière le quartier des affaires, à l'ombre de Surry Hills, dans le cœur même de l'étincelant centre financier, en passant par une galerie marchande en forme de U ; ou bien elles vous hissent vers le métro via un escalator, ou encore, grâce à un long tunnel pavé de mosaïques qu'empruntait présentement Danny, vous mènent à Railway Square et à une station d'autobus.

Danny s'arrêta devant un kiosque à sandwichs. Un écran de télévision était fixé dans un angle du plafond ; derrière le comptoir, une femme lavait une assiette. Elle leva les yeux sur l'homme au sac à dos d'astronaute.

Dans une minute, elle lui ferait remarquer que le téléviseur était réservé à la clientèle, mais pour l'instant il fixait l'écran, bouche bée.

*… la police enquête sur le meurtre d'une femme à Erskineville. La victime, une ancienne administratrice de Medicare âgée de quarante-trois ans, a été découverte dans une crique à Toongabbie. Après avoir été poignardé à mort, son corps a été enveloppé dans une veste en cuir, les poches remplies de pierres, et jeté à l'eau. Mais le corps a refait surface et s'est échoué sur le rivage, où il a été découvert tôt ce matin par un joggeur. Selon la police, les coups de couteau portés à la gorge et à la tête étaient horribles.*

Apparut alors une ancienne photo de la victime, une femme à la peau sombre, avec un large sourire et des bras solides. Vivante. Danny ferma aussitôt les yeux.

*Prrrromppppp. Badabadabadaboum.* Je suis Danny l'Intègre. L'Intègre Danny.

Un jour, en effet, quand il était enfant, il avait parcouru six kilomètres à pied pour rapporter un parapluie oublié par un vieil oncle, et quelqu'un avait remarqué : « Abraham Lincoln a fait la même chose au même âge. Ce garçon deviendra un grand homme ! » Danny était devenu assistant de direction dans un hôtel d'affaires à Dubaï. Un matin, il avait trouvé par terre le portefeuille contenant une liasse de dollars d'un client qui était déjà dans un taxi en route pour l'aéroport. Le client lui avait adressé en pièce jointe un mot de félicitations pour son honnêteté. Là où Danny avait grandi, on n'avait pas le choix : à Batticaloa, même les criminels devaient respecter la loi. Un exemple : le gouvernement a instauré le couvre-feu et tous les magasins doivent fermer avant vingt heures. Un soir, deux policiers qui font leur ronde dans le marché entendent du bruit derrière un rideau métallique. « Ouvrez ! » Il s'avère que le boutiquier et son fils sont en train de dîner derrière le rideau baissé. Techniquement, déclarent les deux policiers, puisque nous avons entendu des bruits de repas de l'extérieur, vous êtes en infraction pour avoir violé le couvre-feu. Suivez-nous. Le père et le fils se lavent les mains et les suivent au commissariat, où on les boucle. Le père sort dans la soirée, ivre mort. Les policiers sont des mal compris, vraiment. Des gens charmants. Le fils ne sort pas le lendemain. Le père se rend au commissariat tous les jours pour s'enquérir de lui. Une semaine plus tard, un cadavre nu est retrouvé flottant dans la lagune, un morceau de bois attaché à la cheville. Le père passe des heures à essayer de l'identifier. En conclusion, si le couvre-feu est à vingt heures, vous devez commencer à l'observer à dix-neuf heures quarante-cinq. Si la loi dit *a*, vous faites *A*.

Intègre, Danny l'était à cent pour cent.

*Prrrromppppp.* Il rouvrit les yeux.

La télévision montrait toujours une ancienne photo de Radha Thomas, son ex-employeuse propriétaire de la Maison Numéro Cinq.

On ne s'était donc pas introduit de force dans l'appartement aux tulipes rouges. Le mobile n'était ni la drogue ni l'argent. La police était peut-être seulement là pour interroger le mari. Une autre équipe devait enquêter à la crique où l'on avait découvert le corps.

Tuée dans une crique. Enveloppée dans une veste et jetée à l'eau.

Un cadavre de noyé ne ressemble pas à ça, songea Danny. C'était bien différent de ce que montrait la télévision. Lui, il savait. Le lendemain du tsunami de 2004, il s'était trouvé au milieu de la foule sur le pont Kallady qui reliait Batticaloa au monde, à scruter la surface de l'eau où réapparaissaient les disparus. La lagune en crue rejetait un à un des corps gonflés et blanchâtres, accueillis par les cris de ceux qui les reconnaissaient.

C'était à cela qu'aurait dû ressembler Radha sur le rivage de la crique. Or elle était morte avant d'être noyée.

Poignardée. Que ressent-on quand le sang jaillit ? À quoi ressemble le sang ? À de l'huile de foie de requin, peut-être. C'était ce que sa mère lui donnait à boire quand il était petit. Elle disait que c'était du sang de requin, pour le rendre fort.

Une soudaine envie de viande lui tordit l'estomac. Un petit encas, avec du porc ou de l'œuf, un morceau de paratha fourré de viande, un samossa frit, un de ces beignets présentés derrière une vitre dans les échoppes sri lankaises pour parer les moments difficiles de la journée. Mais non, c'en était fini de la viande. Plus jamais. C'était le prix à payer pour fréquenter une végétarienne.

Il rajusta son sac à dos sur ses épaules, jeta un regard circulaire et repéra une pendule.

Minute. Il regarda de nouveau l'écran de télévision. Au fait, de quelle couleur était la veste ? Est-ce que cela avait été précisé ?

*10 h 37*

– Tout va bien ? demanda la femme derrière le comptoir du kiosque à sandwichs.

Danny lui sourit.

À présent, la télévision annonçait :

*L'incendie qui s'est déclaré dans les Blue Mountains va durer au moins jusqu'à…*

Danny tourna les talons et revint dans la gare, où il monta l'escalier menant à la voie la plus proche. Il resta sur le quai sans savoir où menait ce train.

Une canette de Coca light, prise dans le vortex de petits vents, cliquetait de façon erratique sur les rails.

Appelle le Dr Prakash. Appelle-le. Vérifie s'il a entendu la nouvelle à propos de la Maison Numéro Cinq. C'est tout.

Même sur ce quai n° 17, on sentait l'odeur des forêts en feu dans les Blue Mountains. Les deux pieds sur la ligne jaune illuminant le bord du quai, Danny pivota pour faire face aux voyageurs qui attendaient derrière lui.

Un garçon myope coiffé d'un turban sikh avait les yeux rivés sur le panneau d'affichage électronique comme si on lui présentait un plat à manger. Trois bonnes sœurs catholiques bavardaient dans une langue que Danny présuma être du français, ou de l'espagnol. Il entendit aussi parler hindi et, un peu plus loin, tamoul. On était dans les quartiers déshérités de Sydney, et une foule telle que celle-ci, chaleureuse, volubile, évoquant une leçon de physique sur l'expansion des molécules liquides sous l'effet d'une force de convection, enveloppait et dissimulait Danny, tout à l'inverse de l'autre espèce de foule, plus habituelle en Australie, qu'il avait pu voir dans une gare de ville de campagne ou une station d'autobus à l'extérieur de Sydney. Ici, sur cette ligne jaune, au bord du quai, il se sentait en sécurité.

Quand il se tourna vers le jeune Sikh, Danny remarqua ses yeux. Des yeux couleur noisette.

Pareils à ceux du Dr Prakash. L'amant de Radha Thomas. L'homme que, depuis près de deux ans, Danny appelait Maison Numéro Six.

Danny eut envie de demander au jeune Sikh : de quelle couleur était la veste ? Celle dans laquelle le meurtrier a enveloppé Radha. Tu le sais, toi ?

Sur les rails, la boîte de Coca light tintinnabulait de plus en plus frénétiquement à l'approche du train suivant.

*10 h 44*

Debout derrière la porte vitrée du train, une Indienne en costume bleu regardait fixement le sol. Dès l'instant où les portes s'ouvrirent, laissant les banlieusards se déverser sur le quai n° 17, elle releva la tête, jeta ses cheveux en arrière et regarda Danny droit dans les yeux.

Radha Thomas.

N'avez-vous pas été tuée, hier soir ? Ne vous a-t-on pas jetée dans la crique ? Votre corps n'a-t-il pas reflué ce matin sur le rivage, où il a été découvert par un joggeur qui, j'imagine, a dû hurler en vous voyant ?

L'Indienne en costume bleu passa devant lui. La gorge serrée, Danny la suivit un moment, jusqu'à ce que la foule l'eût engloutie.

*10 h 54*

Central Station possède donc sept sorties. La septième, tout en haut de l'escalier, débouche en pleine lumière.

La rue brillamment éclairée qui se trouve en face se nomme Chalmers Street. Lorsque vous arrivez là, vous êtes derrière le quartier d'affaires.

Cette fois, l'homme harnaché comme un astronaute avec une bonbonne argentée dans le dos essayait de quitter la gare par la sortie arrière.

Dans la pénombre de l'escalier, cerné de tous côtés par des voyageurs qui empruntaient les marches ou l'escalator, il regardait vers le haut, au-delà de l'épaisse ligne noire, les arbres de l'avenue. Exubérant sous la lumière, leur feuillage se balançait et l'interpellait. *Approche, Prodigieux Homme de Ménage. Franchis la ligne noire. Demande à Prakash ce qu'il sait du meurtre.*

Pour s'approcher des arbres, Danny devait franchir une ligne noire. Aucun Australien ne la discernait, mais toute personne née au Sri Lanka dans les années 1990 connaissait bien cette ligne noire qui suivait Danny partout dans le monde, ce qu'elle ordonnait d'une voix puissante, ce qu'elle autorisait à voix basse.

Tabou.

Et la ligne noire prescrivait :

*Survis.*

*Ne te mêle pas de ça.*

*Tu es un homme privé de droits en ce monde.*

Au-delà de l'épaisse ligne noire, chaque feuille au bout incandescent, chaque veine de l'arbre susurrait d'une voix de femme morte :

*La raison pour laquelle je ne pourrai jamais quitter Sydney, c'est la lumière. Tu sais qu'on m'a proposé un poste d'administratrice dans le plus grand hôpital de Hong Kong. J'ai aussi reçu des offres à Dubaï. Aucun impôt, là-bas. J'aurais pu aller partout. Hong Kong, la Malaisie, Singapour. Mais il m'est impossible de quitter cette lumière.*

Devant les arbres baignés de soleil, Danny, négociateur ès tabous hors pair, proposa ceci : il lui restait une heure et demie pour se rendre chez le Comptable. Une heure et demie avant de reprendre son travail du jour.

Je sors de la gare centrale juste cinq minutes, puis j'y retourne.

*Que fais-tu ?* La ligne noire s'élargit.

Quand il avait du temps libre, Danny le passait à Glebe, dans l'arrière-boutique. Ou bien à la bibliothèque, pour discuter avec les autres sans-papiers. Jamais dehors.

À chaque nouveau train qui arrivait en gare, les roues pulvérisaient bruyamment la boîte de Coca light sur les rails de la voie n° 17.

Un homme blanc bouscula Danny en montant quatre à quatre l'escalier, et lui jeta un coup d'œil de côté.

Danny eut l'impression de recevoir un coup de poing dans l'estomac. Je dois avoir l'air ridicule. Il sentit tout le poids comique de ses mèches teintes en or. On aurait pu croire qu'il trimbalait une araignée chasseuse sur son crâne à travers Sydney. Rentre tout de suite, lui intima sa honte, retourne dans l'arrière-boutique à Glebe et attends.

Les feuilles des arbres ondulaient sous la brise, étincelantes dans la lumière de l'hémisphère sud.

*Pour toi, Nelson, ce doit être une ville terrible, non ? Certains matins, en tout cas. Une prison de lumière. Je vais essayer de t'aider. Je connais des gens au gouvernement et je leur poserai la question, sans mentionner de nom évidemment. Je leur demanderai s'il existe un moyen pour toi de présenter tes excuses et d'obtenir le pardon pour tes actes. Je me renseignerai.*

Finalement, ce fut trop fort. La voix de la femme morte était trop forte.

*10 h 57*

Les trains de banlieue bondés d'honnêtes travailleurs continuaient d'affluer à Central Station tandis que Danny marchait le long des arbres au feuillage d'un vert étincelant.

Il l'avait fait. Il avait brisé le tabou. Quitté la gare et traversé la rue.

Aussitôt l'envie le saisit de manger quelque chose de frit, quelque chose avec du poulet, du porc ou de l'œuf. Du mouton.

S'il n'a pas de viande, un homme doit au moins avoir un ami.

Danny serra les dents et continua d'avancer.

En bas de Chalmers Street, il avisa une supérette ouverte vingt-quatre heures sur vingt-quatre. Il savait d'avance qui dirigeait un magasin de ce genre.

Un carillon tinta à l'ouverture de la porte. Danny chercha des yeux le propriétaire.

*11 h 01*

Dans le centre-ville de Sydney, le client est un enfant plongé dans un conte de fées, au cœur d'un château enchanté rempli de bonbons, chatoyant de mille couleurs, où la Méchante Sorcière se dissimule derrière les messages gouvernementaux.

Derrière sa montagne de sucreries à deux dollars cinquante et de cartes de vœux à trois dollars cinquante se tenait un Indien, sa tête masquant en partie l'affichette FUMER TUE, alors même qu'il veillait sur sa plus précieuse marchandise : des cigarettes et des tickets de loterie à gratter défendus par une vitre protectrice.

L'homme était râblé, barbu, probablement bangladais et, Danny l'aurait juré, dans la plus totale légalité.

Cela se devine à la façon dont ils vous toisent.

L'homme à la peau sombre dans une ville de Blancs qui regarde d'autres hommes à la peau sombre. Danny avait étudié tous les comportements : les regards aimables des Indiens des banlieues ouest, très satisfaits de leurs emplois et de leurs Toyota Camry ; le *Sab Teek Hai, Bhai ?* volontiers intéressé (ou, plus récemment et mystérieusement, le jamaïcain *Hey maaaan*) des étudiants frais émoulus de Haymarket, ceux-là mêmes qui traversent follement les rues en courant ; le coup d'œil ostensiblement indifférent qui dit *Je n'ai rien de commun avec toi, mec* des enfants nés en Australie de parents médecins nés en Inde habitant Balmain ou Castle Hill (les Indiens Glaçons, ainsi que les surnommait Danny, car ils portaient en permanence des lunettes noires et semblaient ne jamais transpirer, même en été). Les pires étaient ces familles de touristes venues de Malaisie ou de Chennai qui photographiaient la plage, téléphonaient bruyamment à leurs parents et amis « au pays » pour leur demander quel médicament contre le cholestérol ou souvenir de kangourou il fallait leur rapporter d'Australie. *Toi, l'homme qui a fui ta famille, tu n'es pas normal*, disaient leurs yeux à Danny. Et lui, avec son penchant inné pour le quitte ou double, n'avait rien trouvé de mieux que de se faire des mèches chez un coiffeur. Il s'était exercé devant un miroir à imiter le regard d'un Indien né en Australie : *Mon père est chirurgien à l'hôpital Westmead. Je n'ai pas de temps à perdre avec des immigrants tels que toi.* Il en avait également adopté la posture. Désormais, dans les rues de Sydney, Pakistanais, Indiens, Sri Lankais continuaient de le dévisager, mais avec envie.

La chose la plus aisée au monde : devenir invisible aux yeux des Blancs qui, de toute façon, ne vous voient pas. Mais devenir invisible aux yeux des gens à la peau foncée qui, de toute façon, vous verront, est la chose la plus difficile. Puisqu'ils me verront, s'était dit Danny, qu'ils me voient ainsi : non pas comme un immigré clandestin au regard furtif, mais comme un natif de Sydney, un homme avec des mèches dorées, un homme qui se tient droit, qui exhale une insolente indifférence par tous les pores de sa peau. Qu'ils voient un Danny *infiniment* glaçon.

Mais pas *ici*. Car il n'y avait aucun glaçon dans le quartier de la gare centrale.

Ici, dans ces rues Chalmers et Devonshire où résonnait encore le fracas des trains sur les vieilles voies ferrées, Danny avait seulement croisé le regard cru, le regard Central Station, ce regard qui transmet d'un immigrant à un autre cette vérité atroce : *À Sydney, tout homme à la peau brune doit, un jour ou l'autre, supplier.*

Aujourd'hui, justement, est mon jour de supplique – les yeux de Danny imploraient le Bangladais – car j'ai de gros ennuis, mon frère légal.

Légal ? Bien plus que cela. Ce jeune Bangladais était un mur dont chaque brique proclamait : Foutu Immigré en Situation Régulière.

Le Bangladais soutint le regard de Danny et croisa les bras. Il était l'image même de la respectabilité, du zèle, de la responsabilité envers sa famille, c'est-à-dire tout ce que les Blancs attendent d'un individu qu'ils ont laissé entrer sur leur territoire. Il n'avait pas besoin de parler de la pluie et du beau temps, de cricket ou de football, pour se faire bien voir de ses clients ; secrètement, ils enviaient sa foi, sa résolution, sa force intérieure.

Afin de le gagner à sa cause, en procédant par étapes, Danny effleura le haut de la pile de *Daily Telegraph*, courba l'échine, rentra la tête et sourit.

Cela signifiait : Puis-je jeter un coup d'œil au journal sans l'acheter ? Pour le cricket. Juste pour le cricket.

Tout cela sans prononcer un mot. D'un natif du sous-continent à un autre natif du sous-continent.

Alors, sans sourire, le Bangladais s'adoucit. Mais il précisa : « Attention à ne pas salir. »

Danny passa devant les cartes de vœux, les babioles en métal enveloppées dans des pochettes en plastique, un réfrigérateur dédié aux esquimaux Magnum, avant d'atteindre le *Daily Telegraph*.

Il tourna les pages. Attention à ne pas *le* salir. Crétin d'immigré.

Rien, pas une ligne. Sans doute parce que cela s'était passé tard dans la soirée. Sans quitter le journal des yeux, Danny s'improvisa tueur au couteau et porta des coups dans le vide. Il fallait être sacrément fort pour faire ça. Même avec un grand couteau. C'était une femme solide. Elle avait dû batailler.

De sa place, il surprit des bribes de conversation du Bangladais qui chuchotait au téléphone : « … un vrai malik, Louie bhai, il est vraiment… » Un bref instant, il fut charmé par ce nom, Louie bhai, puis très vite il revint à ses réflexions : Sauf si elle connaissait le meurtrier, elle ne s'attendait pas à être poignardée et ne s'est donc pas défendue. Un claquement de doigts le rappela à la réalité.

Danny leva les yeux. Le Bangladais lui faisait signe. *Temps écoulé.*

Danny replia le journal et le remit en place avec un large sourire. *Merci, mon frère.*

– J'ai un cactus, dit-il. Et de son sac il sortit la chose emballée dans un plastique épais.

Le Bangladais considéra le cactus avec un semblant de curiosité. Danny savait ce qui faisait briller ses yeux.

Au lieu du cactus version bonsaï avec des branches, il avait préféré acheter l'autre, moins engageant, en forme de dôme.

– C'est pour ma petite amie. Sonja. Elle est infirmière. Aujourd'hui elle travaille à l'hôpital Saint-Vincent. Une très bonne infirmière. Elle va aimer le cactus, je pense. Oui, je pense.

Le cactus en forme de dôme coûtait soixante cents de moins que celui à branches. Le Bangladais ne le savait-il pas ? Il suffisait de le voir sourire.

– Vous avez des revues de tricot ? demanda Danny en haussant la voix. Elle aime la couture. Les Australiennes ne cousent pas, elle oui. C'est une excellente couturière.

– Là-bas, répondit le Bangladais, qui connaissait maintenant Danny. Ne le lis pas gratis.

Le temps que Danny s'approche du présentoir de revues féminines et pratiques, le bulletin d'informations télévisées était passé à la rubrique des sports.

Et pendant qu'il feuilletait l'unique magazine de tricot proposé, un client entra et acheta quelque chose.

– Sept dollars, annonça le Bangladais. Vous voulez le reçu ?

Danny sourit : il prononce encore le *p* avant le *t*.

Mais le Bangladais n'avait rien à cacher : il était en situation régulière, et peu importait s'il prononçait le *p* avant le *t*. Cette fois, le temps imparti à Danny dans le magasin était bel et bien révolu.

Louie bhai. Louie bhai, le nouveau Malik, le nouveau patron du Sydney multiculturel. C'est à *lui* que je dois m'adresser, se dit Danny une fois sur le trottoir devant la boutique du Bangladais, de nouveau assailli par le vacarme ferroviaire. Louie bhai, Louie bhai, Louie bhai…

Le stress avait toujours un effet douloureux sur ses sinus. Il sentait leurs cavités s'alourdir à l'intérieur de son crâne ; sa cloison nasale déviée lui faisait mal. Il frissonna. Louie bhai, Louie bhai… Il scruta le trottoir en quête d'un mégot de cigarette. S'il vous plaît. Même la seule odeur du tabac rend un homme plus rationnel.

En déambulant autour de Central Station à la recherche de quelque chose à manger, ou simplement à humer, Danny découvrit des éclats de verre éparpillés sur le trottoir.

Il y avait un trou béant au milieu d'une vitrine. Inutile de demander pourquoi. À Sydney, les jeunes gens font ce genre de choses. Ils cognent, cassent, démolissent.

Danny ne pouvait plus détacher ses yeux des bris de verre. Cela lui sembla soudain horriblement intime. Trop éloquent.

Comme une évocation de la mort.

Et une image s'imposa subitement : Radha Thomas, en pleine santé, musclée, dans le reflet étincelant du petit bassin d'une piscine municipale, un serpent d'eau géant de carreaux rouges et bleus, un *Nagaveda*, juste au-dessus de sa tête, et des enfants en maillot de bain et lunettes de piscine qui piaillaient de joie tandis que la femme aux épaules robustes les éclaboussait…

Ce soir-là, le docteur et Radha avaient offert à Danny une place de spectateur à deux dollars afin qu'il pût se fendre de commentaires drôles en les regardant nager et batifoler dans le petit bassin.

Cette femme, si vivante dans l'eau turquoise, cette Radha Thomas de la Maison Numéro Cinq, était morte.

Assassinée !

Danny ressentit une contraction le long du cordon qui reliait le plaisir à la terreur. La dernière fois qu'il avait éprouvé cette sensation, songea-t-il tandis que le bout de sa chaussure essayait de pousser un éclat de la vitrine vandalisée, c'était le vingt-huitième jour après la rupture des conditions de son visa d'étudiant en Australie. Le jour où il était entré dans l'illégalité. À tout jamais.

Des lettres peintes en noir apparaissaient sur les morceaux de verre et, dès l'instant où il reconnut le kangourou et l'émeu du blason australien, il devina le nom que formaient les lettres et entreprit…

M

… de les assembler pour restaurer le mot.

Dans la vie, toutes les choses, toutes les bonnes choses, prennent du temps à émerger, tel un plantain lustré qui luit dans la pénombre d'une cocoteraie. Prends ton temps, Danny. Réfléchis.

Il mit la première lettre en place et recula.

E

Que sais-tu, Danny ?

Ils se disputaient beaucoup.

Et alors ? Tout le monde se dispute. Est-ce que Sonja et toi ne vous disputez jamais ?

Il se souvint de son oncle Sankar, qui emportait partout avec lui un inhalateur mentholé Vicks qu'il enfonçait dans une narine… Si seulement j'avais du Vicks, se dit-il en approchant un autre morceau de verre.

I

Le Dr Prakash était son amant, oui. L'amant de Radha. Et c'était un homme étrange, oui. Il buvait beaucoup. Parfois il avalait vingt bières d'affilée. Mais il n'était pas méchant. Pas comme ces poivrots de Kings Cross. Il avait fait ses études dans une école privée. Il possédait un placard rempli de cravates.

Danny se boucha une narine et inspira de l'autre, un vieux truc pour soulager les sinus douloureux.

Un train s'engouffra avec fracas dans Central Station. Comme pour accompagner le vacarme grandissant, les immenses bâtiments de verre jetaient des reflets incandescents, et la haute tour de l'horloge à quatre faces de la gare, tel le dieu Brahma avec Ses quatre visages, s'élevait au-dessus de l'incendie en affichant l'heure du jour à tous les méridiens de la ville. Danny contempla avec émerveillement ces visions pourtant familières.

Sur le sol, un morceau de verre attira son regard. Il le poussa du bout du pied.

C

Des cravates à rayures noir et blanc. À côté, une veste en cuir. Une veste que le docteur portait en permanence. Une veste en cuir rouge.

La police avait-elle précisé si la veste trouvée sur la morte était de couleur ?

À présent, Danny se voyait : en haut de Kings Cross, juste à côté de l'enseigne Coca-Cola, regardant en bas la rangée de palmiers californiens qui séparait les voies de circulation. Radha était près de lui. Elle attendait. C'était un de ces matins d'août, quand il fait une chaleur étouffante au Sri Lanka et dans le reste du monde normal. Or ici c'était glacé, l'air se condensait quand on respirait. Radha était si proche de lui que le parfum de son shampoing venait lui chatouiller les narines. *Là*, dit-elle. *Là*. Elle avait raison : remontant à pied William Street, vêtu d'une veste de cuir toute neuve – non pas noire mais rouge –, le Dr Prakash leur adressait un signe de la main. Mais oui, Prakash, dans sa veste rouge, exubérant et souriant, venu informer tout un chacun que le long hiver australien s'achevait.

Tu es fou d'oser même penser que cela peut être lui, se réprimanda Danny en cherchant le morceau de verre suivant :

A

Puis le R et le E.

Il s'aperçut qu'il manquait le D. Tant pis. Utilisant sa chaussure avec agilité et mouvements délicats, il accola les éclats jusqu'à ce que chacun brille telle une dent au soleil.

ME ICARE

Bien sûr !

Ils ont dit que le corps de Radha a été découvert dans une crique à Toongabbie. Et elle a été tuée hier. Dimanche, donc.

Si son corps gisait dans une crique, un dimanche, alors je crois savoir de quelle crique il s'agit.

Danny avait l'impression de se tenir devant un public, comme Kiran Rao au Festival de Sydney. Oui, monsieur, c'est ça. Je connaissais un détail au sujet de la morte que personne d'autre ne connaissait. Mon statut même d'immigré clandestin, assez bizarrement, me donnait ce privilège unique, et j'en usais pour faire le bien. Mes contradictions vous aident à évoluer.

Mais lorsqu'il leva les yeux et vit le trou dans la vitrine d'où l'enseigne de Medicare était tombée, il sentit un picotement dans le fond de sa gorge.

Je n'étais que l'homme de ménage, se surprit-il à plaider devant son auditoire imaginaire. Une fois par semaine, passage de l'aspirateur et nettoyage des toilettes. Point. Il espérait que le public d'Australiens rationnels comprendrait. J'aime frimer un peu, c'est tout. Je suis vraiment désolé.

Oui, Danny avait assemblé les morceaux de verre brisé, mais peut-être le nom était-il erroné.

ME ICARE

Un Blanc examinait maintenant Danny en train d'examiner les éclats de vitrine. Danny tourna les talons et s'éloigna. Un autre train pénétra dans Central Station et il se figea au beau milieu de la chaussée.

De l'autre côté de la rue, les vitres convexes du bâtiment déformaient les rayures du passage pour piétons sur lequel il marchait en une sorte de colonne vertébrale crayeuse, et renvoyaient de Danny une image incohérente. Les mèches dorées dans ses cheveux, l'aspirateur sur son dos, l'infidélité dans son cœur, et l'accent australien sur sa langue. Petit cul. Gros cul. *Prrrromppppp.*

Parvenu sur le trottoir d'en face, il se planta devant l'une des vitres incurvées. Un astronaute.

Mais, sous ses yeux, la silhouette d'astronaute bizarroïde se modifia pour devenir celle de Cousin Kannan. Tu te souviens de Cousin Kannan, n'est-ce pas ? Le jour même où Danny s'envolait pour l'Australie, Cousin Kannan avait payé un gang de contrebandiers qui devait conduire des habitants de Batticaloa à Rameswaram puis, de là, leur faire contourner l'Afrique et traverser l'Atlantique. Kannan était resté assis dans un bateau pendant dix-sept jours, à se nourrir de pain sec et de pommes de terre bouillies, guetter les requins, recueillir l'eau de pluie, jusqu'à ce que les garde-côtes canadiens arrêtent tous les passagers. Huit mois de prison. Puis, comme un miracle, des papiers. Un statut légal. Il fallait une belle confiance en soi, même pour devenir un réfugié.

Danny, quant à lui, était arrivé en Australie par avion. Il avait déposé une demande de régularisation, et on l'avait envoyé se faire voir. Pouvait-il vraiment reprocher aux autorités australiennes d'avoir douté de son histoire ? Idem avec le policier qui l'avait interrogé au Sri Lanka, celui qui tenait sa cigarette dans la fourche de ses doigts. Les gens voyaient clair en Danny, pourtant ils se trompaient sur ce qu'ils voyaient. La supercherie, le sourire ne cachaient aucun autre secret.

Certains vieux murs sont englués de couches successives d'affiches. Retirez les affiches, et c'est toute la structure qui s'effondre.

Intègre Danny. Intelligent Danny. Fiable Danny. Intelligemment fiable Danny.

Au loin retentit le sifflement d'un train.

En même temps, quelqu'un se mit à fredonner le thème de *Mission impossible.* Sans réfléchir, Danny glissa une main dans sa poche à la recherche de son portable. Bien. Dans sa main, l'appareil lui parut rassurant et solide. Il fit défiler les contacts et s'arrêta sur *M6.*

Maison Numéro Six.

Il pressa le bouton vert et attendit la sonnerie.

– Ridicule, dit-il à voix haute. Ridicule. Et il mit fin à l'appel.

Sa jambe tremblait comme s'il avait vu un policier, mais il y avait de la joie dans son cœur.

Alors que Central Station était de nouveau ébranlée par l'arrivée d'un train, tout autour du mur de grès qui formait son périmètre les arbres luisaient, et leur feuillage prenait la transparence des raisins verts. Dans chacun de ces arbres frémissants et incandescents, Danny voyait la queue du paon en flammes monté par le dieu Murugan. Toute vibrante du passage de la locomotive, la queue du paon ondulait et promettait : *Tu vas redevenir toi-même.*

Murugan. Danny ferma les yeux.

Bouddha était leur dieu, le dieu des Singhalais. Murugan, divinité des Tamouls dans le besoin, chevauchait un paon et tenait un *vel*, une lance. Des temples lui étaient dédiés en Inde, à Jaffna, à Batticaloa, et une statue d'or à son effigie se dressait devant les grottes de Batu en Malaisie.

Quand Danny rouvrit les yeux, son téléphone sonnait. Le contact numéro dix-neuf sur sa liste, *M6*, le rappelait.

Murugan, dieu des minorités, protège-moi aujourd'hui ainsi que tu le fais depuis quatre ans.

Danny répondit à l'appel.

*Le travail en extra à Campbelltown était un des bons tuyaux de M. Tsavdaridis. Outre l'épicerie Sunburst dont il était propriétaire à Glebe et son officine de prêts sur gages à Petersham, Tommo dirigeait aussi une agence de nettoyage affiliée au réseau À Votre Service qui rayonnait jusqu'en banlieue.*

*Cette fois, il s'agissait de couper cinq cactus saguaro dans un jardin à Campbelltown. Un jardinier du secteur appelé sur place avait fixé son prix pour enlever les cinq « gentlemen du Texas ». Trop cher, de l'avis des propriétaires. « Embauchez quelqu'un d'autre », avait répliqué le jardinier. C'est ainsi que l'annonce avait circulé sur le réseau À Votre Service jusqu'à Tommo, qui s'était rendu à Campbelltown. Le vieil homme, en dépit de son arthrite, était toujours prêt à empocher quelques billets en supplément, mais lorsqu'il avait découvert les cinq cactus dans le jardin de Campbelltown, il était resté coi.*

*Danny était la roue de secours du réseau.*

*Tommo lui donna sa matinée, l'adresse, et lui paya même la moitié de son ticket de train, étant bien sûr entendu qu'il toucherait cinquante pour cent de la rétribution. Danny accepta. Avant de partir pour Campbelltown, il s'acheta trois cigarettes dans une boutique proche de la gare, en fuma une, enveloppa les deux autres dans un mouchoir, et prit un journal gratuit.*

Encore un mort à Villawood.

Une nouvelle fois, un migrant en attente d'expulsion dans le centre de détention de Villawood à Sydney s'était donné la mort, alors même qu'il avait été placé en « surveillance suicide ». Selon les déclarations du ministère de l'Intérieur à la presse, un homme âgé de trente-trois ans, originaire d'Afghanistan, avait avalé une lame de rasoir et succombé à une hémorragie interne dans la nuit. Des rapports officieux soulignaient que l'on avait décompté six cent quatre-vingt-dix-huit tentatives d'automutilation au cours de l'année sur environ trois mille cinq cents détenus.

*Le trajet en train était long. Trois jeunes hommes étaient assis en face de Danny, avec deux bouteilles de Coca de deux litres coincées entre leurs jambes nues et blanches. « Mon grand-père était écossais, vous savez, expliquait celui du milieu aux deux autres. Ce qui veut dire que le Royaume-Uni doit m'accorder un droit d'entrée. Mais ça ne veut pas dire que j'ai une envie folle d'aller en Écosse, remarquez… »*

*À la sortie de la gare de Campbelltown, en passant devant une rangée de friteries, Danny vit quatre gros mainates qui se pavanaient. Ces oiseaux australiens, très différents des discrets mainates du Sri Lanka, étaient gras et bruyants, plus enclins à marcher qu'à voler, et rôdaient comme des voleurs autour des frites. Parce que Sydney est une ville sans rapaces. Ici, le doux peut devenir téméraire.*

*Danny trouva la maison : à l'extérieur, des meules d'herbe tondue étaient entassées en gros rouleaux. On aurait dit des éclairs fourrés à la muscade.*

*Danny se lécha les lèvres.*

*Une Australienne d'une trentaine d'années répondit à son coup de sonnette et le conduisit dans le jardin derrière la maison pour lui montrer ce qu'elle appelait « les gentlemen du Texas ». Des cactus saguaro. Cinq géants texans, l'un dépassant les autres de cinquante centimètres, pâles, avec des branches en U, fièrement hérissés d'épines, au fond du jardin caillouteux. Danny en fit le tour.*

*– Les gens qui habitaient ici avant nous les ont abreuvés d'engrais. Maintenant regardez à quel point ils ont l'air dangereux. Et nous projetons d'avoir un bébé l'année prochaine.*

*Le jardinier qui avait tondu la pelouse avait refusé de couper les cactus, supposa Danny. Il effleura du bout du doigt une épine de près de cinq centimètres.*

*– … quand nous aurons le bébé, pas question qu'il risque de se crever un œil sur ces monstres. Elle lui indiqua des outils rangés dans un abri de jardin, notamment une scie circulaire à batterie. Il faudra arracher les racines pour éviter les rejets. Et je voudrais que vous les rouliez jusqu'à ce coin, là-bas. Vous comprenez ce que je dis ?*

*Danny déballa sa deuxième cigarette et l'alluma.*

*Il comprenait.*

*Lors des fêtes religieuses, dans les temples de l'est du Sri Lanka, les hindouistes marchent sur des braises, car c'est ainsi que font les gens là-bas. Dans le dargah de Kalmunai, les croyants musulmans se percent la langue avec une brochette en métal ; pendant les grandes chaleurs d'avril, un homme s'entaille l'avant-bras avec un stylet. Car c'est ainsi que font les habitants de l'est du Sri Lanka. Tout au long de la guerre civile, les choses les plus atroces ont été commises dans la partie orientale du pays par des habitants de la partie orientale à l'encontre d'autres habitants de la partie orientale.*

*Danny écrasa son mégot de cigarette sur un cactus. L'Australienne émit un son curieux. Elle referma sa porte vitrée et observa Danny de l'intérieur.*

*Il commença par dégager la terre autour du pied du premier cactus à l'aide d'une pelle ; il continua ainsi pendant une vingtaine de minutes, puis il entama la base avec le tranchant de la pelle. Ensuite il se mit à fredonner et alluma la scie. Un mélange d'épines, de sève et de pulpe jaillit du cactus. « Attendez ! Mettez ça ! » cria la femme derrière sa porte vitrée en brandissant une paire de lunettes de protection.*

*Maniant la scie à deux mains, Danny chantait de plus en plus fort.*

*Les épines sont là pour protéger les roses. Il souriait en s'attaquant au cactus. Les épines sont là…*

*– Êtes-vous un clandestin ?*

*Danny éteignit la scie, ôta les lunettes de protection et se tourna vers la femme blanche qui se tenait sur le pas de sa porte, bras croisés.*

*– Vous avez accepté de travailler pour une somme si minime.*

*Danny posa la scie et s'apprêta à fuir. Mais la femme rentra dans la maison et ferma la porte, avant de la rouvrir brièvement pour lui crier : « Quand vous aurez fini de couper les gentlemen du Texas, il faudra les rouler jusqu'au mur ! »*

*Elle le laissa seul pendant trois quarts d'heure. Lorsqu'elle revint dans le jardin, les cinq troncs de cactus morts étaient entassés dans le fond, la scie rangée, et Danny se lavait les mains dans le lavabo extérieur. Elle s'approcha et vit l'eau teintée de rouge. « Allez à l'hôpital, ça risque de s'infecter. Ce serait regrettable. Vraiment regrettable… » Elle le regarda et s'interrompit, comprenant qu'il ne pouvait évidemment pas aller dans un hôpital. Elle avait de la lotion antiseptique et des compresses. Elle désinfecta les mains de Danny et les lui banda.*

*– Moi aussi, je me suis trouvée sans-papiers, dit-elle. Pas ici. En Amérique.*

*Elle s'appelait Sam. Elle non plus n'était pas australienne. Elle venait du Zimbabwe. Danny savait-il pourquoi les gens quittaient ce pays ? Il devrait regarder sur Google. Danny contemplait ses mains bandées et attendait d'être payé. Sam avait envie de parler. Pendant sept ans, elle avait tenté de s'installer en Amérique. Danny avait-il été là-bas ? Sam avait vécu au Colorado, au Texas, à Las Vegas, partout, s'efforçant sans relâche d'obtenir sa « green card ». En vain. Elle avait voulu prolonger son visa de six ans, mais on avait refusé de le lui renouveler. Et elle s'était retrouvée en situation irrégulière, courant les avocats spécialisés dans les affaires d'immigration pendant dix-huit mois.*

*« Vous voulez savoir à quel moment j'ai fini par renoncer ? Le jour où j'ai discuté avec Josédalgo, l'homme de ménage qui travaillait dans le bureau de mon avocat. Il m'a expliqué comment il était devenu américain. Sa mère, enceinte de six mois, avait franchi la frontière en traversant à pied une rivière pour entrer au Texas, dans le seul but de mettre son enfant au monde sur le sol américain. Il fallait vraiment être prêt à tout pour obtenir cette foutue carte verte. D'un autre côté, poursuivit Sam, certains l'obtiennent sur un simple coup de chance. » Comme une de ses cousines, Anna, de nationalité britannique, née et élevée à Londres – c'est du moins ce que pensait ladite cousine Anna. En réalité, à l'âge de dix-huit ans, ses parents lui avaient annoncé : « Au fait, Anna, est-ce qu'on t'a dit que tu es née à Hawaï ? » Ils avaient tout bonnement omis de le lui préciser. Elle était donc citoyenne américaine de naissance. « Anna vit là-bas, maintenant. Dans l'Ohio. Il faut des prodiges de courage ou de chance pour devenir américain, et les deux m'ont manqué. »*

*– L'Australie n'est pas si mal, poursuivit-elle tandis que Danny déroulait ses bandelettes pour examiner l'état de ses mains. C'est un pays un peu en marge de l'histoire de l'humanité. Ici, la torture n'existe pas. Il n'y a pas de maléfices dans le sol. Est-ce que la vie y est très difficile pour les sans-papiers ?*

*– Je ne suis pas un sans-papiers.*

*Sam retourna dans la maison pour chercher l'argent qu'elle lui devait.*

*Danny remercia Sam pour les compresses, refusa la bière qu'elle lui proposait, mais lui donna son numéro de téléphone en lui disant de l'appeler directement, la prochaine fois, sans passer par Tommo Tsavdaridis et son agence de nettoyage. Arrivé à la gare de Campbelltown, il jeta dans une poubelle les compresses souillées et attendit le train.*

*11 h 11*

– Dr Prakash, dit Danny. Et, ne sachant comment poursuivre, il ajouta : Monsieur.

Suivit un silence, puis une voix qu'il n'avait pas entendue depuis des mois éclata de rire.

– Nelson ! Nelson Mandela. C'est bien toi ? Notre homme de ménage.

– Oui, monsieur. C'est moi.

Danny poussa un soupir. Il était trop tard pour revenir en arrière. Un nouveau rire lui parvint.

– Je n'ai pas vu ce numéro s'afficher depuis si longtemps. Trop longtemps. Notre Prodigieux Homme de Ménage. Je suis très content d'avoir de tes nouvelles. Surtout aujourd'hui !

L'énergie que mettaient certaines personnes pour communiquer provoquait souvent chez Danny un effet de mimétisme. Il s'entendit répéter :

– Surtout aujourd'hui.

La voix du Dr Prakash était claire et paisible, comme les phares d'une voiture à Batticaloa après une tempête nocturne. *Comment pourrais-je être le meurtrier ?* disait cette voix, calme, sereine.

Tape dans tes mains, fils, et le jour va renaître.

Tout en songeant que les Australiens sont un peuple logique et que, dans ce pays, les fautes peuvent être réparées, Danny dit :

– J'ai appelé votre numéro par erreur, docteur. Je cherchais la Maison Numéro Sept. C'est un comptable. Il habite Brown Street, à Newton. Je fais le ménage chez lui. C'est une erreur si je vous ai appelé.

– Une erreur justement aujourd'hui, dit la voix de Maison Numéro Six, le Dr Prakash, l'homme qu'il avait autrefois surnommé le Roi du Nil.

Danny toussota.

– C'est un peu étrange, docteur, risqua-t-il de façon préventive.

Il y eut un nouveau silence, puis le rire du docteur se fit de nouveau entendre.

Danny attendit la suite.

– Monsieur le nettoyeur. Nelson l'homme de ménage. C'est formidable que tu m'appelles aujourd'hui. Tu sais pourquoi ? Je prends l'avion pour l'Afrique du Sud dans quelques heures. En fin de journée.

– L'Afrique du Sud ?

– Oui, l'Afrique du Sud. Je t'ai déjà dit à quel point j'aime ce pays, non ? Gandhi y a vécu quand il était jeune. Tu t'en souviens sûrement. Je t'en ai parlé. Le docteur émit un gloussement. Et tu sais de quoi j'ai besoin ? De quelqu'un pour nettoyer mon appartement. À Potts Point. Il me faut un ménage à fond avant mon départ. Et tu étais le meilleur. Tu es une légende, Nelson. Viens.

– Je suis très très très occupé, dit Danny. Trop occupé. Je dois aller à Newtown.

– Pas trop occupé pour me téléphoner mais trop occupé pour venir. Tu es un drôle de garçon, Danny. Car c'est ton autre nom, n'est-ce pas ? Danny ?

La voix était tranquille, décontractée, rationnelle et, surtout, australienne.

– Désolé, docteur. Danny prit une profonde inspiration. C'est une erreur, juste une erreur. Je dois aller travailler à Newton.

Et il coupa la communication.

Un immense soulagement l'envahit. Voilà. Il l'avait fait. Il avait fait son devoir. Il avait juste voulu vérifier si la voix de Prakash semblait normale. Et elle l'était. Ce qui signifiait que le docteur n'avait rien à voir avec cette histoire. Parfait. La vie était belle. À présent il pouvait aller faire le ménage chez Rodney le Comptable. *Badabadabadaboum.*

Un homme entre deux âges, qui tenait un chien en laisse, le dépassa. La race du chien était totalement inconnue de Danny. Sa robe avait la couleur de la crème glacée à la myrtille de Nouvelle-Zélande. Son cou noueux était cerclé d'un collier noir hérissé de pointes, et de gros tétons blancs saillaient de son ventre plat. Comme ce serait agréable, songea Danny, d'avoir un bon gros chien du Sri Lanka. Un chien-loup.

Berger allemand, disent les Australiens.

Son téléphone sonna de nouveau.

*M6*

Le Dr Prakash tenait à reprendre la conversation.

Il était probablement plus de midi maintenant. Sûrement même.

Frappe dans tes mains, fils, le jour va renaître. Inhale du menthol, fils, la journée pourrait recommencer.

Il entra dans Glebe en tapant dans ses mains.

C'était peut-être le temps passé dans l'hôtel d'affaires à Dubaï. Vous deviez en permanence vendre votre hôtel merdique aux clients, votre chambre merdique. Un homme qui promet trop aux autres se promet trop à lui-même. Il annonce : « Danny va résoudre ce meurtre, Danny va devenir un héros. » Et voilà *en réalité* ce qui arrive.

Il téléphone au seul homme qu'il ne devrait pas appeler aujourd'hui. Le jour de la mort de Radha.

La fumée était plus dense à Glebe que dans le quartier de la gare. Danny éternua. En entendant le bruit pénétrant d'un chantier de construction, en arrière-plan, il se demanda : Où sont-ils tous ? Où est le monde ?

Deux jours plus tôt à peine, en effet, le voisinage était bien différent : la foire commerciale du week-end battait son plein, et Sonja et lui s'étaient promenés main dans la main de tente en tente pour admirer des bijoux en métal martelé, des ceintures en cuir, des savonnettes enveloppées dans des papiers colorés, de grosses bougies parfumées. Un groupe de rock jouait derrière les tentes. Sonja était en quête d'un jean noir troué aux genoux, et de fils de couleurs pour son tricot. Elle avait discuté couture, reprises, points avec d'autres personnes abritées sous des parasols blancs, dans une sorte de simplicité, de familiarité que Danny avait du mal à associer avec les femmes australiennes, et qui le faisait sourire. Les autres clandestins, au courant de la présence de Danny et de Sonja, se tenaient à bonne distance, hilares.

Samedi. À peine deux jours plus tôt. Aujourd'hui, Glebe ressemblait à une banlieue fantôme, assombrie par un voile de fumée apportée par le vent.

Une fois passés les colonnes blanches de la poste de Glebe, les parcs déserts, les balustrades en fer forgé des balcons qui lui évoquaient les maisons de Batticaloa, Danny courut vers la bibliothèque.

Cache-toi dans l'épicerie ou reste avec tes semblables, Danny, se répétait-il. C'est la seule façon de survivre à cette journée.

En général, les matins de semaine, les clandestins se réunissaient devant la bibliothèque de Glebe. C'était leur marché à eux, où se vendaient et s'échangeaient des marchandises endommagées, ainsi que des tuyaux sur des petits boulots ou les nouveautés des lois d'immigration. Parfois, Danny lisait aux autres des passages du livre de Kiran Rao, ou bien il leur rapportait ce que Rao avait raconté à la télévision :

*Chaque matin, ma mère me mettait dans un train à Penrith pour aller en ville au lycée Knox, où j'étais premier de ma classe. Pendant le trajet, je lisais un livre par jour. Grâce à l'attitude volontariste de ma mère de ne « jamais rien lâcher », je suis aujourd'hui un psychiatre aguerri, et conseiller sur les questions multiculturelles pour Channel 9.*

Ce jour-là, personne n'était assis devant la bibliothèque de Glebe.

Si Danny connaissait leurs noms – Lin, le Sino-Malais, Ibrahim et Razak, les deux Pakistanais –, il n'avait aucun moyen de les joindre.

C'était un accord entre eux. De cette façon, si l'un d'eux était arrêté, ses camarades n'étaient pas inquiétés.

Deux mois plus tôt, à cet endroit même, devant la bibliothèque, Lin, le Chinois de Malaisie, avait rencontré un routard européen en larmes qui se plaignait d'avoir été floué par un fermier de Tamworth pour qui il avait ramassé des oranges pendant un mois, au bout duquel le fermier lui avait payé un dollar le sac de fruits ramassés, soit un salaire total de cent vingt dollars pour un travail harassant. Lin avait été ébahi et consterné d'apprendre que ce jeune homme blanc n'avait apparemment encore jamais été trompé de toute sa vie, et également ravi d'entendre l'Européen (un Britannique, avait décidé Danny) répéter sans cesse « On se voit vite, on se voit vite » à tous les gens qu'il croisait. Lin avait sorti en douce deux assortiments de tacos du restaurant mexicain où il travaillait, et le routard européen et lui avaient dégusté les tacos ensemble devant la bibliothèque de Glebe. Pour que le pauvre jeune homme comprenne qu'il n'était pas le seul à avoir des ennuis, Lin lui avait confié qu'il était en situation irrégulière en Australie. Eh bien, vous ne le croirez jamais, savez-vous ce qu'a fait l'Européen après avoir mangé les tacos et répété « On se voit vite, on se voit vite » ? Il est rentré dans son auberge de jeunesse, près de l'hôtel de ville, et a appelé les services d'immigration. Oui, c'est la pure vérité. Et lorsque la fourgonnette des agents de l'immigration est arrivée devant la bibliothèque de Glebe pour arrêter Lin, qui l'a sauvé ? Une des bibliothécaires, une étudiante, qui l'a caché dans sa voiture pendant deux heures. Deux heures. Après cette aventure, Lin a changé de numéro de téléphone et ne l'a communiqué à personne, ni à Danny ni aux autres…

De la bibliothèque, Danny s'engouffra dans la rue transversale qui descendait à droite, et disparut rapidement de l'artère principale. Après plusieurs pâtés de maisons aveugles, il arriva à une fresque murale criarde peinte à la bombe, représentant Krishna sous les traits d'un rasta à la peau bleue juché sur une planche à voile ; la fresque annonçait qu'il était presque arrivé chez lui.

Il entendait déjà les vieux standards que diffusait la radio 2CH1170kHz avant même de voir un bras pâle de vieillard osciller à la fenêtre de l'épicerie et tapoter la cendre d'une cigarette sur le trottoir ; fumée et cendre s'ajoutaient à la pollution de l'incendie.

Le propriétaire de la cigarette bougonnait :

– Pourquoi ils nous en veulent ? Tout le monde s'en prend aux Eels. L'année dernière, les juges de la Ligue ont sanctionné Joey Mitchell pour jeu dangereux. Alors que c'était un placage propre. Parfaitement régulier. Ils n'arrêtent pas de nous harceler.

– Tommo ?

Pour l'immense majorité des habitants de Sydney, l'été est la saison du cricket. Mais pas ici, pas dans cette épicerie proche de Glebe Point Road, dont le nom s'affiche sur une vieille enseigne blanche : SUNBURST.

– C'est Mitchell qui a pris des coups sur la tête, et c'est lui que l'arbitre accuse.

– Tommo !

La cigarette tomba sur le trottoir et le bras disparut à l'intérieur au moment où Danny entrait dans la boutique. Il passa devant les rayonnages, tourna à gauche, et gravit en courant le vieil escalier métallique menant à une réserve dont il referma la porte.

Il était chez lui.

*11 h 16*

Deux pandas en peluche perchés sur le haut d'un placard rempli de stocks de mouchoirs en papier accueillirent Danny. Des cartons étaient empilés contre les murs, mais un canapé bleu et un fauteuil pivotant noir s'imposaient dans la pièce. Un petit miroir fêlé était accroché à un mur.

À côté du miroir était épinglée une feuille de papier sur laquelle figurait une liste manuscrite, accompagnée d'illustrations en bonhommes bâtons.

*COMPRENDRE LE RUGBY*

*En Australie, il existe trois sortes de rugby (ne jamais appeler ce sport rugby)*

*1. Rugby League (dire football)*

*Grandes équipes :*

*Les Eels de Parramatta (l'équipe de Tommo)*

*Les Dragons d'Illawarra*

*Les Rabbitohs de Sydney Sud (très mauvaise équipe)*

*Les Bulldogs de Canterbury*

*On joue aussi à Brisbane*

*2. Rugby Union (dire simplement Union), où jouent les gens très riches. On y pratique la « mêlée ».*

L'un des bonhommes bâtons sautait très haut pour attraper un objet ovale.

*3. AFL, Australian Football League (règles australiennes), se joue à Melbourne. Les équipes de l'AFL sont Collingwood, Fitzroy, etc.*

Danny se délesta de son sac à dos et le laissa tomber sur le sac en plastique, puis il en sortit le cactus qu'il posa à côté des pandas en peluche.

– Qu'est-ce que tu fiches ici ? cria une voix. Danny ouvrit la porte et regarda au pied de l'escalier métallique.

Le visage pâle de Tommo Tsavdaridis l'observait d'en bas.

En arrière-plan, on apercevait le comptoir ensoleillé du magasin. Juste derrière Tommo se dressaient une étagère de boîtes de lait maternisé (rayonnage F1) et une étagère de vaporisateurs, de mouchoirs en papier, de papier toilette (rayonnage G1). La numérotation des étagères était une invention de Danny. Cela lui rappela qu'il devait ouvrir le carton de soupes de nouilles japonaises pour les ranger sur le rayonnage E, à côté des soupes en conserve.

– Tu as du boulot aujourd'hui. Tu en as même deux. Tu as annulé ?

Tommo posa une main sur une marche pour se rapprocher. Il avait une voix de fumeur et un regard répressif.

– Tu me dois vingt dollars, même si tu annules. Je ne l'oublierai pas. Tu peux me croire. Je ne risque pas de l'oublier.

Danny s'abstint de répondre à son patron et referma la porte.

Il s'assit sur le fauteuil pivotant et prit une inspiration. L'air sentait le carton humide, les épices et la moquette. Tout cela, il ne voulait pas le perdre.

Il avait agréablement meublé la pièce, et pour rien. Les Australiens jettent du mobilier de salon tous les quatre matins. Dans le placard, il avait même un petit radiateur électrique, que M. Tsavdaridis lui donnait la permission d'utiliser quarante minutes seulement le soir, même en plein hiver, au prétexte que cela consommait trop d'électricité. Heureusement les hivers n'étaient pas si terribles, surtout depuis qu'il avait le fauteuil pivotant.

*Whiiiiiiissshhhh.* Danny se mit à tournoyer sur le siège. C'est à Dubaï qu'il avait pour la première fois pressenti la taille du monde, tout au bas de l'échelle de laquelle son instinct lui soufflait qu'il se situait, lui, le Tamoul du Sri Lanka oriental, une minorité au sein de la minorité.

Mais ici, dans la réserve de l'épicerie de Glebe, il avait ajouté un fauteuil pivotant à sa prison et, dès qu'il y prenait place, il devenait quelqu'un d'autre. Kiran Rao, le plus souvent. Sa tension commençait à baisser. Il le sentait.

Soudain, du rez-de-chaussée du magasin, une voix cria :

– Danny, combien d'argent as-tu gagné aujourd'hui ? Danny ?

– Tommo ! Fichez-moi la paix !

– Tu dois me donner l'argent même si tu as annulé.

– Je n'ai rien annulé. Je me repose, c'est tout.

– Tu te reposes ? Le mot semblait étranger au vieux Grec. Tu te reposes ?

Danny poussa son fauteuil pivotant jusqu'au placard, attrapa le panda en peluche et le lança contre la porte.

– Allez-vous-en !

Il continuait de penser à l'homme au visage rougeaud. Mark. Le mari. Celui qu'il avait aperçu sur le balcon aux tulipes rouges. L'époux de Radha. C'est vrai, il ne couchait plus avec elle – peut-être était-ce ce qui le mettait en colère. La jalousie. Or Mark est agent immobilier, n'est-ce pas ? Un homme riche. (Je n'affirme pas que c'est lui, se sentit obligé d'ajouter Danny à l'adresse de son public australien imaginaire. Désolé si je vous ai donné l'impression d'incriminer monsieur Mark.) Qui d'autre cela pourrait-il être ? Un de ces excités qui s'amusent à vous attaquer par-derrière ? Une mauvaise rencontre ? En tout cas, quels que soient le coupable et sa motivation, une chose était quasiment certaine.

Le meurtrier était un citoyen australien.

– Tu mijotes quelque chose, Danny ? questionna le vieux Grec derrière la porte. Ne réfléchis pas trop.

Pour sa commission d'intermédiaire, M. Tsavdaridis prélevait un tiers de tout ce que gagnait Danny. Ses conseils sur la vie, en revanche, étaient gratuits.

– La sirène d'alarme incendie du magasin s'est déclenchée, aujourd'hui. Celle des voisins aussi. Toutes les sirènes de Glebe ont sonné. Il y avait trop de fumée dans l'atmosphère. Et la fumée est peut-être entrée dans ton cerveau. Tu raisonnes de travers.

Après quoi il laissa enfin Danny tranquille.

Le Grec avait raison, Danny en avait conscience. Oui, cette fois, M. Tsavdaridis avait raison : il devait aller travailler.

Son cœur se mit à tambouriner comme si, de son propre chef, il priait son dieu personnel. Un samossa bien gras. Un seul. Un samossa à l'œuf.

– Danny ! reprit soudain la voix derrière la porte. Cette femme qui est morte aujourd'hui. Ce ne serait pas à cause d'elle que tu es rentré ?

Ce vieux rusé avait du flair.

– Tommo ! cria Danny. C'est la Maison Numéro Cinq. Vous ne la connaissez pas.

– Je connais absolument *tout* à ton sujet.

– Vous ne la connaissez pas parce que je ne vous en ai jamais parlé. Avant je faisais son ménage… Mais j'ai arrêté de travailler pour elle. Et maintenant elle est morte. Ils ne connaissent pas la couleur de la veste.

– Tu ne m'en as jamais parlé ? Tu ne m'as donc jamais payé…

Danny pouvait entendre M. Tsavdaridis ruminer sur cette découverte. Depuis quatre ans, il gardait Danny dans son magasin et sous son emprise. Or chaque jour cette emprise se relâchait un peu plus.

Inutile de préciser que, cette fois, Danny laissa le vieil homme prendre conscience qu'ils étaient devenus égaux dans l'épicerie.

– Vous vous souvenez des soirs où je rentrais tard ? Où je vous disais que j'étais à la bibliothèque ? Eh bien en réalité j'étais avec eux. Avec la femme assassinée et le docteur. Maison Numéro Cinq à Erskineville, et Maison Numéro Six à Potts Point. J'ai cessé d'aller dans les deux. Depuis environ six ou sept mois.

– Tu traînais dehors tard le soir, tu t'amusais, et tu ne m'as jamais rien dit. Jamais payé.

En bas, la voix devint suraiguë, hystérique.

Danny sourit. Il se sentait d'humeur sadique.

Mais son sourire ne dura pas. Toutes les erreurs qu'il avait commises au cours de la matinée n'avaient fait que s'aggraver. Son téléphone recommença à sonner, encore et encore.

*M6*

Le Dr Prakash revenait à la charge. Danny répondit.

– Dis donc, Fée du Logis, tu m'as raccroché au nez !

– Désolé. Pardon.

– C'est toi qui m'as appelé, aujourd'hui. Tu te souviens ? Tu m'as téléphoné. Eh bien maintenant tu dois venir chez moi faire le ménage. C'est équitable, non ?

– Je… Je… Je…

Danny raccrocha de nouveau.

Merde.

Danny lâcha le mot à voix haute. « Crétins d'Indiens. » Tu savais qu'ils étaient indiens. Et tu sais qu'il n'y a rien de plus redoutable pour un Tamoul du Sri Lanka que les Indiens. Alors pourquoi ne les as-tu pas fuis ?

Pourquoi ne pas nous avoir appelés avant si tu sentais que quelque chose clochait chez ces deux personnes ? demandera la police.

Je suis victime de la torture d'État.

Il fit pivoter son fauteuil, dont les articulations métalliques grincèrent.

*Est-ce dans ce but que tu as dépensé l'argent de ton père pour venir en Australie, et cessé ensuite de lui parler ?*

Danny stoppa le mouvement du fauteuil en posant un pied sur le sol.

Il ramassa le panda pour le remettre en haut du placard à côté de l'autre, puis il prit le cactus enveloppé de cellophane, le déposa sur le canapé et se plaça face à lui.

L'interrogatoire avait débuté.

*Commence par le commencement. C'est toujours ce que la police demande. Dis « J'avoue. Je suis en situation irrégulière. J'ai enfreint la loi. »*

Danny pivota de nouveau sur son fauteuil noir.

…

*Bien. Maintenant, comment as-tu été amené à faire le ménage chez la victime ?*

Lorsque vous faites un travail de professionnel dans ce pays, les gens vous apprécient. C'est une des choses que j'aime en Australie. Ils vous disent « On est très content de vous, et on a des amis qui cherchent quelqu'un. » Donc je suppose qu'un client m'a recommandé à Radha. Je ne me rappelle pas qui…

*Essaie de te souvenir. Fais un effort. Qui t'a envoyé chez elle ?*

… Danny ralentit un peu son tournoiement. Désolé. Je ne me rappelle pas.

Voici ce que, en réalité, il se rappelait.

La première semaine, il s'agissait simplement d'un appartement à nettoyer. L'appartement de Radha. Des tapis de yoga et des vêtements de gym sur le sol, des spaghettis dans l'évier. Radha Thomas, la propriétaire, l'avait observé pendant qu'il faisait le ménage. C'était normal. La première fois, ils veulent toujours voir comment vous procédez. Sur tous les murs de l'appartement, il y avait des photos d'elle en compagnie d'un homme blanc. Son mari australien. Elle avait payé soixante dollars en espèces. Aucun problème.

La deuxième fois, elle avait passé son temps à téléphoner pendant qu'il s'affairait. Il avait capté quelques bribes de conversation. « O-kay », répétait-il à mi-voix en l'imitant. « O-kay. » Par la fenêtre, il apercevait les quatre obélisques sombres, les quatre tours en briques à l'extrémité d'Erskineville.

Soudain, des pas lourds avaient résonné dans l'escalier et, avant que Danny ait eu le temps d'arrêter l'aspirateur, la porte s'était ouverte brusquement et l'homme avait, dans le même élan, soulevé la femme dans ses bras. Danny avait lâché la poignée de l'aspirateur. Soulevée de terre par le visiteur, repoussant ses baisers, la femme avait crié à l'homme de ménage : « Tout va bien ! Je le connais. Je le connais. Allez attendre en bas, s'il vous plaît. Je vous appellerai. Nous vous paierons un supplément. O-kay ? Oh mon Dieu, Prakash, tiens-toi un peu devant… »

L'Indien qui avait pris dans ses bras Maison Numéro Cinq se tourna vers Danny et lui lança : « Sors un petit moment, vieux. »

*Tu as attendu ?*

Que pouvait-il faire d'autre ?

Il avait refermé la porte de l'appartement derrière lui, il était sorti dans la rue et avait patienté à côté d'un gommier blanc, lépreux et magnifique, résistant à l'envie de toucher son écorce et de titiller les champignons qui poussaient à sa base. Il contemplait l'arbre et répétait en imitant Radha : O-kay. Un mot semblable à une grenade à main : un O guttural, et un kay explosif. De la fenêtre ouverte, en haut, les gémissements de la femme emplissaient la cour. Danny leva les yeux : Radha Thomas faisait pousser des tulipes rouges sur son balcon.

O-kay. O-kay. Danny tendait l'oreille à leur plaisir. Une fois encore, il se voyait comme un homme incapable d'exprimer sa rage à la face du monde, alors que tant d'autres, moins doués que lui, l'avaient manifestée clairement. Un camarade d'école, par exemple, pas très brillant en classe ni au triple saut, avait rejoint les rangs des Tigres tamouls du LTTE ; un soir, il avait fui sur un bateau à moteur par la lagune, puis grimpé à l'arrière d'un camion pour gagner un camp d'entraînement dans le Nord, où il était devenu soldat et avait péri dans un combat contre l'armée sri lankaise. Il y avait de l'honneur dans cette démarche. Prendre un couteau pour poignarder un policier raciste en plein cœur, ça aussi c'était un geste qui avait du panache. De même que de monter dans une embarcation, frapper des requins à coups de rame et crier aux garde-côtes canadiens : « Je suis un réfugié. »

Mais *toi*, regarde-toi.

Devant les yeux de Danny se matérialisa une peinture murale qu'il avait remarquée sur une façade lors de ses pérégrinations à travers Sydney. On y voyait trois animaux morts, dans un style très réaliste, poils et plumes dessinés avec minutie : un cerf avec des bois courbes, un héron et un lapin. Trois animaux, trois cadavres, ficelés et suspendus au plafond d'une cuisine, avec, au-dessous, sur un établi de boucher, un bélier, sa bouche lacée d'une corde et la langue pendante. Le héron, de profil, avait un œil grand ouvert comme pour dire : *Nous n'avons même pas poussé un cri quand le monde nous a été volé.*

Il avait attendu pendant quarante-six minutes.

Ses doigts étaient irrités par l'écorce du gommier, aussi fine que du papier. Il la pelait en lanières blanches qui s'entassaient sur les champignons écrasés au pied du tronc. Il s'arrêta quand il entendit les gémissements de la femme monter crescendo puis cesser d'un coup. Il leva les yeux. Après quelques minutes, les tulipes frémirent, une fenêtre s'ouvrit, et Radha, le visage enflammé, rassasié, lui fit signe de revenir.

Il monta en courant.

– Tu es un espion, vieux ? lui lança l'Indien en caleçon, les bras croisés sur le torse. Je renifle l'espion. Ils envoient toujours un homme de couleur espionner un homme de couleur.

Il dissertait encore sur les espions quand il tendit à Danny son salaire de soixante dollars, augmenté d'un supplément de vingt dollars. Danny savait qu'il aurait dû se taire, mais il avait vécu un an et demi dans la réserve d'une boutique, et il rétorqua :

– Vous êtes des *rednecks*, tous les deux ? De vrais racistes.

La femme pouffa de rire.

– C'est en Australie que vous avez appris ce mot ?

– Ce serait plutôt américain, lâcha Danny avant de s'en aller.

À mi-chemin de la gare, il entendit des pas trottiner derrière lui et une voix de femme le héler :

– Vous avez raison ! dit Radha en le rattrapant. C'est une expression très américaine. On a vérifié sur le téléphone de Prakash. Revenez. Montez boire un verre et dîner avec nous.

Danny, après un moment de silence, l'avait suivie.

Et l'habitude fut prise.

*Tu te rappelles qui t'a recommandé à elle ?*

Non, toujours pas. Ça me reviendra. Danny fit de nouveau pivoter son fauteuil.

Chaque mardi, il se rendait chez Radha Thomas à Erskineville. Elle possédait aussi un autre appartement à Potts Point, Maison Numéro Six, où elle hébergeait gracieusement le Dr Prakash. Et, chaque mercredi, Danny se rendait à Potts Point. La même routine s'y reproduisait.

*C'est-à-dire ?*

C'est-à-dire qu'on lui demandait de patienter dehors pendant qu'ils se livraient à leur passe-temps favori – en d'autres termes faire l'amour dans l'appartement quand le mari était absent. Danny s'accommodait de la situation. Il s'accommodait de tout dès lors qu'on le payait rubis sur l'ongle, ce qu'ils faisaient, avec un pourboire en sus.

Puis un incident avait dû se produire, peut-être le mari les avait-il surpris, car un jour Prakash avait cessé de venir à Erskineville. À partir de ce jour, ils avaient pris l'habitude de se retrouver uniquement à Potts Point, dans l'appartement dont Radha Thomas était propriétaire et dont elle laissait la libre jouissance à Prakash.

Une fois le ménage terminé dans Maison Numéro Cinq, Radha conduisait Danny en voiture (« Tous les autres employés de maison que nous avons eus étaient du genre : "Moi changer le lit", alors que vous, vous maniez les polysyllabes ! »). Ils traversaient Kings Cross, le quartier chaud de Sydney, juste derrière lequel, dans un de ces soudains changements de ton typiques de la ville, se trouvait un faubourg de bâtisses blanches de style classique (« sérieusement petit cul », commenta plus tard Danny, ce qui fit rire Radha). Potts Point. Elle arrêtait la voiture devant un immeuble nommé Regents Court. Maison Numéro Six. Elle y entrait seule. Danny était censé attendre dehors, aller boire un café, déambuler dans Kings Cross ou se planter à côté du grand panneau Coca-Cola pour regarder la circulation défiler en contrebas, jusqu'à ce que Radha Thomas lui envoie un SMS – *Ça y est, c'est fini.* Alors il exécutait son triple saut jusqu'à l'entrée de l'immeuble, franchissait la porte vitrée et montait au sixième étage, où il remettait en ordre l'appartement, le lit et les draps.

Le fauteuil noir avait cessé de tourner : Danny avait pris son téléphone sur le canapé.

*M6*

Le portable ne cessait plus de vibrer et l'écran de clignoter. Le Dr Prakash interrompait son double imaginaire pour imposer une vraie conversation.

*Tu continues de l'appeler docteur. C'est un véritable docteur ?*

Danny se pencha pour ajuster la position du cactus, puis il fit un nouveau tour sur le fauteuil.

C'est *elle* qui l'appelait ainsi, inspecteur. Pour plaisanter. Elle lui donnait le titre de docteur parce que c'est le prix à payer quand Radha Thomas aide quelqu'un. Prakash se prêtait au jeu. Parfois, quand le docteur se promenait du côté de Kings Cross, il montrait des passants du doigt et disait : « Ce type a un problème de vessie. Je le vois à sa façon de marcher. » Ou bien, désignant un joggeur : « Arythmie. Ce garçon souffre du cœur. Il ne courra pas longtemps. » Il prolongeait la plaisanterie.

*Mais en quoi consistait cette plaisanterie, au fond ?*

Prakash avait fait ses études dans une école privée, c'était un Indien Glaçon. Il aurait dû devenir médecin. Pas mineur. C'était ça, la plaisanterie.

Dans l'appartement de Prakash à Potts Point, ou plus exactement dans l'appartement de Radha Thomas qu'il occupait, il était évident que l'homme avait fait ses études dans une école huppée : il y avait un placard rempli de cravates, toutes à rayures, et un bouclier d'argent gagné par l'équipe de rugby de l'école avec une devise en latin. Outre les cravates rayées et le trophée de rugby, on trouvait aussi une photo de Prakash dans un pays étranger, quelque part en Afrique à en juger par les gens qui l'entouraient.

*Te souviens-tu du nom de la personne qui t'a envoyé chez Radha Thomas ?*

Toujours pas. Pourtant j'essaie.

*À ton avis, c'est le Dr Prakash qui l'a tuée ?*

Non. (Danny jeta un regard au cadran du téléphone qui clignotait. *M6* insistait.)

Vous devez comprendre une chose. Chacun d'eux était capable de rire de lui-même *et* de l'autre. Ça sauve une relation. Croyez-moi. C'est pour cette raison que Sonja et moi nous entendons si bien.

Un exemple. Un jour, Radha dit à son homme :

– J'ai fait ce que tous ceux de ma génération ont fait. J'ai travaillé pour le gouvernement. Tu as une liaison avec une bureaucrate, mon cher. Tu vis dangereusement.

– Tous ceux de *ma* génération sont devenus médecins, répliqua Prakash avec un petit salut. Donc, moi aussi.

Et ils avaient ri ensemble.

Vous comprenez ce que j'essaie de vous dire ? Danny leva les bras dans un geste d'emphase. Ces deux-là étaient formidables l'un pour l'autre. Ils partageaient le rire, et la baise.

Bien sûr, ils parlaient de fuir ensemble. Évidemment, comme dans les films d'amour tamouls, ils projetaient de partir tous les deux, de quitter Sydney, l'Australie.

Mais jamais Danny n'avait imaginé qu'ils le feraient. Ils possédaient des biens. Elle possédait des biens. Deux appartements dans Sydney.

Danny ferma les yeux pour mieux se remémorer l'appartement de Potts Point. Celui que Prakash occupait sans payer de loyer. Quand il passait l'aspirateur autour du canapé, Danny jouissait d'une belle vue sur la pile d'assiettes en porcelaine de l'opéra de Sydney, encadrée par les immeubles d'Elizabeth Bay et l'arc de Harbor Bridge – les jours où il faisait humide, la structure frissonnait dans une sorte de brume qui aurait pu venir de Batticaloa.

Radha Thomas prêtait l'appartement à Prakash. C'est dire à quel point elle l'aimait. Pourquoi lui aurait-il fait du mal ?

Peut-être est-ce *l'autre* qui l'a tuée. Le mari, Mark, l'homme au visage rougeaud entrevu à la fenêtre à côté des tulipes. Mais pourquoi Radha lui aurait-elle parlé de cette crique ? Pourquoi l'y aurait-elle emmené ? Cet endroit, l'eau limpide sous le ciel étoilé, c'était leur endroit, à elle et au docteur.

À moins que le tueur ne soit un étranger, un homme qui l'avait aperçue ce soir-là en passant…

J'y pense. Une fois, alors que Radha et Prakash se trouvaient à la crique, deux jeunes Blancs s'amusaient à sauter dans l'eau avec leur chien noir. Le chien hurlait.

Danny rouvrit les yeux. L'escalier métallique vibrait. Cela signifiait que Tommo avait posé un carton sur une marche pour lui signaler qu'il devait retourner travailler au magasin plutôt que de rester dans sa chambre à rêvasser.

Danny abandonna son fauteuil, ouvrit le placard et chercha l'annuaire des pages jaunes. Il le conservait ici pour appeler les agences de nettoyage et se renseigner sur leurs tarifs. Il feuilleta l'épais volume et trouva ce qu'il cherchait :

> NUMÉROS D'URGENCE
>
> Signalement de crimes : 1800333000
>
> Le service de signalement de crimes fonctionne vingt-quatre heures sur vingt-quatre, sept jours sur sept, et permet aux membres de la communauté de dénoncer de façon anonyme un crime, un comportement ou une activité suspects. Votre information peut être la pièce manquante vitale dont la police a besoin pour résoudre un crime.

Danny prit le cactus avec lui. Comme un complice.

En ouvrant la porte, il découvrit que l'escalier était obstrué par le carton de soupes de nouilles déposé par le vieux Grec en guise de message. Si Danny n'allait pas travailler pour Tommo, il devait faire du rangement pour Tommo.

Les barreaux couinèrent dans une quinte de nervosité métallique. Fredonnant le thème de *Mission impossible*, le cactus dans la main droite, Danny descendit les marches et enjamba le carton d'un mouvement très exagéré.

*Peux-tu nous en dire plus sur ces deux jeunes Blancs dans la crique ? Et sur leur chien noir ?*

Danny posa un doigt en travers de ses lèvres pour intimer le silence au policier, juste une seconde.

Sous le regard vigilant de Tommo Tsavdaridis posté derrière son comptoir, Danny exécuta un triple saut – cloche-pied, enjambée, saut –, fila devant le vieil homme vociférant et bondit hors du magasin tandis qu'une voix surexcitée braillait : « Danny ! Reviens me donner mes vingt dollars ! Je te tuerai, Danny ! Jamais je n'oublierai mes vingt dollars ! »

Non loin de la fameuse peinture murale de Krishna représentant une marque locale se trouvait un autre joyau du quartier, une boutique dénommée Gabrielle. On y cuisait du pain et servait un café vingt pour cent plus cher que dans toute la ville. Le rideau était baissé à quinze heures en semaine et, sur l'affichette des horaires placardée sur la vitre, en face de *samedi et dimanche* un personnage en chemise de nuit émettait d'amples Zzzz. Ce n'était pas une boutique dirigée par des immigrés.

Danny passa devant Gabrielle et huma la bonne odeur de pain frais. Il pressa le cactus en pot contre son torse.

Derrière la vitrine sinistre de l'épicerie 7-Eleven, typiquement le genre d'endroit tenu par des immigrés, quelqu'un l'observait.

Le guetteur recula d'un pas quand Danny tourna la tête vers lui, mais les yeux de l'homme à la peau brune s'agrandirent à la manière de l'objectif d'un appareil photo dont on augmente l'ouverture du diaphragme, à la fois honteux de vouloir capter l'image de Danny et plus avide encore de l'obtenir du fait même de cette honte.

Danny l'imita. Il fit un pas en arrière et ne quitta pas du regard l'immigré qui battait en retraite.

Aussitôt se matérialisa devant ses yeux le visage d'un pharaon égyptien sur une machine à sous électronique. Le Roi du Nil. Les épaules larges, souverain, un regard soyeux et bienveillant, digne consort de la reine Cléopâtre, laquelle vous observe depuis la machine à sous voisine. La Reine du Nil.

Le cœur de Danny se mit à tambouriner. *Ça vient*, lui souffla son cœur. *Ça vient.* Un chien accourut en haletant devant ses chaussures, les jugea intéressantes, puis retourna vers son maître. Au même instant, ainsi que Danny s'y attendait, son téléphone sonna et l'écran afficha :

*M6*

Maison Numéro Six.

Conscient d'être encore sous la surveillance du 7-Eleven, Danny se dirigea vers la poste de Glebe.

Le cactus toujours serré contre lui, il dégagea sa paume afin d'y lire le numéro qu'il y avait inscrit.

*1 800 330 000*

Et il répondit à l'appel téléphonique par un « Oui, monsieur le docteur ? »

*11 h 43*

– C'est tout de même drôle que tu m'appelles précisément aujourd'hui, dit la voix au téléphone.

Calme, sans précipitation, sans culpabilité dans l'intonation, jugea Danny. Aucune.

– Aujourd'hui est un jour spécial. Tu sais pourquoi il est spécial ? demanda le Dr Prakash.

– Bien sûr, je le sais, protesta Danny. C'est Guru Purnima.

– Oh, tu le sais, dit le docteur, apparemment surpris.

Puis il resta silencieux.

N'avait-il pas regardé les nouvelles à la télévision ? Dois-je lui annoncer que sa maîtresse, son amoureuse secrète, gît poignardée à mort dans une crique à Toongabbie ?

La voix du docteur émit un petit rire, puis il aspira l'air comme on fait quand on s'est brûlé la langue pour la rafraîchir.

– Guru Purnima. La Fête des Gourous. Toi qui aimais les pléonasmes, dit la voix en riant encore, avant de se réduire à un chuchotement. Combien veux-tu ?

– Pardon ? dit Danny.

– Combien ?

– Pour quoi faire ? questionna Danny, espérant sauver la situation.

Un rire, de nouveau.

– Tu as raison. Pour quoi faire ? Pour faire le ménage, évidemment. L'appartement a besoin d'un grand nettoyage. Viens chez moi. Tu es l'homme qu'il me faut.

Cela pourrait expliquer pourquoi il n'est pas au courant de la mort de Radha. Il part en voyage. Il faisait ses bagages.

– Tu sais, Nelson, ils m'ont forcé à m'occuper du ménage après ton départ. J'étais obligé de tout faire. L'endroit est dans un état épouvantable. Viens.

La voix du docteur baissa d'un ton.

– Ne t'inquiète pas, Danny.

– Que je ne m'inquiète pas ?

– Oui, rassure-toi, ton secret est bien gardé.

Danny ne put se retenir et répliqua :

– Vous voulez dire *votre* secret.

– Non, *ton* secret, insista le docteur d'une voix plus forte.

Tels des enfants jouant avec un mot.

– Quel secret ?

– Je n'en parlerai à personne, Danny. Ton secret est un secret terrible.

– Quel secret ? répéta Danny, impuissant.

Il me menace. Il me menace ouvertement au téléphone. Mais sur quelle base ?

– Oui, *quel* secret ! C'est le mot juste. Tu vis dans une épicerie, n'est-ce pas, Danny, reprit le docteur après un silence. Il y a une peinture murale près de l'endroit où tu te caches. Une peinture hindoue. C'est bien ça ? Ganesh, si je ne me trompe pas.

Ah, *ce* secret.

Danny sentit le froid du téléphone sur sa joue. Elle lui a tout dit. Tout. Il tenta de reprendre appui sur ce qui était encore un instant plus tôt de la terre ferme. Inspirer, expirer.

Avant sa mort, Radha Thomas avait donc répété à Prakash ce qu'elle savait sur Danny.

– Viens à Potts Point faire le ménage. D'accord ?

Devant le silence de Danny, le docteur, en homme raisonnable, modifia sa proposition.

– Sinon, on peut se retrouver à la clinique. Tu t'en souviens, n'est-ce pas ?

Danny coupa simplement la communication.

Il *doit* connaître le numéro de la ligne spéciale des services d'immigration. S'il les appelle pour leur révéler ce qu'il sait à mon sujet, je dormirai ce soir au centre de détention de Villawood.

À l'extérieur de la poste de Glebe, un homme blanc, torse nu, était prosterné à la manière d'un Hindou, la tête inclinée vers le sol, les mains autour d'une coupelle en plastique sur laquelle étaient inscrits ces deux mots : AIDEZ-MOI, comme dans une posture de mortification yogique.

Un nouveau SMS s'afficha : *Tu as raccroché.*

Danny réfléchit à toute vitesse et écrivit : *Désolé. Je viens.* Puis : *Je vous rejoins à la clinique.*

À quoi Prakash répondit : *Le secret est sauf.*

Danny poussa un soupir. Pourquoi me menace-t-il s'il n'a rien à cacher ?

Il sait peut-être quelque chose concernant le meurtre qu'il ne veut pas dévoiler à la police.

La garce. Danny avait envie de casser son téléphone. Quelle salope, cette femme. Cette Radha. Elle lui a dit que je suis en situation irrégulière.

Beaucoup d'eau, lui avait conseillé Sonja. Ça soulage les sinus. Beaucoup d'eau, toute la journée.

En regardant l'homme blanc prosterné sur le sol avec sa coupelle de mendiant, Danny prit conscience qu'il avait injurié une morte. En guise d'expiation, il sortit son porte-monnaie et jeta la plus petite pièce qu'il avait, une piécette de cinq cents, dans la coupelle. Telle une machine réveillée par le tintement, le yogi releva la tête et dit « Merci », avant de replonger vers le sol.

Un haut building incurvé comme une scène de théâtre annonçait la fin de Glebe et le début de Broadway. Aucun quartier de Sydney n'était désormais à l'abri de la machine à expulsion des services d'immigration, néanmoins Glebe constituait une sorte de clairière au sein de la forêt tropicale sydnéenne, étincelante, cossue, bobo, regorgeant d'un nombre provoquant d'églises, et lorsqu'en arrivant sur Broadway vous découvriez, à quelques pas de là, deux galeries marchandes jumelles affichant un luxe de palace, chacune couronnée d'un globe vert, vous saviez que vous quittiez la protection spéciale de Glebe.

Ces deux galeries constituaient les portes de Sydney.

*12 h 03*

Danny inspira.

Des drapeaux, hormis celui de l'Australie, ondulaient au-dessus de deux tours en briques sombres bien conçues, reliées par un balcon semblable à celui depuis lequel le pape donne ses bénédictions.

C'était un autre des lieux sécurisés de Danny : l'hôtel Lansdowne, de l'autre côté de la rue qui marque la limite de Glebe.

Au moment où Danny s'approchait du pub, la porte noire s'ouvrit, laissant échapper une bouffée d'air conditionné, et une femme sortit pour verser à grand bruit les glaçons d'un seau en plastique dans une gamelle en fer-blanc sur laquelle était inscrite cette légende : RAFRAÎCHISSEMENT RÉSERVÉ AUX CHIENS.

– Tu es en retard, vieux, remarqua la femme blanche sans lever les yeux de la gamelle en fer-blanc qui scintillait maintenant de diamants.

Rien d'insolite à cela. Elle avait simplement confondu Danny avec l'un ou l'autre des serveurs à la peau foncée qui travaillaient au pub.

– Pardon, répondit Danny.

Si par hasard on l'interrogeait par la suite, jamais la femme ne se rappellerait les mèches mordorées dans ses cheveux ni aucun autre détail.

À l'intérieur du pub, près du billard américain, clignotait l'écran du Big Buck, ce jeu vidéo où l'on pointe des fusils en plastique noir sur un caribou et un renne qui courent dans un paysage animé de neige et d'eau glacée – chaque animal, une fois atteint, se métamorphose en une jeune fille qui envoie un baiser. Danny gravit la volée de marches : passé un tableau pornographique, une petite salle donnait sur les grandes portes des deux galeries marchandes jumelles surmontées de leurs globes de verre, de l'autre côté de la rue.

Au premier étage du pub, les lumières étaient éteintes et Danny, qui cherchait la cabine téléphonique, se retrouva dans l'obscurité, mais il lui suffit d'avancer d'un pas pour que l'éclairage s'allume automatiquement et dévoile, juste avant les toilettes dont les portes s'ornaient d'affichettes « PEINTURE FRAÎCHE », un téléphone gris à pièces.

Du plat de sa main droite, Danny lissa ses cheveux mordorés. Il était venu pour ça.

Bon, tu décroches le téléphone, tu composes le numéro, tu dis au policier que Maison Numéro Cinq a une liaison avec Maison Numéro Six, c'est tout ce que je sais, au revoir. Ensuite tu raccroches.

Et tu décampes.

– Eh, mec, c'est un cactus que tu as là ?

C'est bien connu, dans un pub on n'est jamais seul, pas même tôt dans la journée. Bien que vêtu d'un costume-cravate, le type s'alcoolisait dès le lundi matin.

Danny jeta un regard impuissant à la petite chose verte dans son pot. Il s'attendait à un rire or, au contraire, il vit sur le visage cramoisi du jeune homme une profonde sympathie – d'origine soit alcoolique, soit australienne – mêlée d'une expression absente, hors du monde.

– Oui, c'est bien un cactus, conclut l'ivrogne avec tristesse avant de s'en aller.

L'alcôve du téléphone, devant les toilettes, était éclairée d'une lumière vacillante. L'ampoule palpitait comme le cœur d'un oiseau.

Sur la paume de sa main, Danny lut le numéro de téléphone tracé à l'encre noire.

*1 800 333 000*

Il glissa sa pièce de vingt cents dans la fente et composa le numéro.

*Crédit insuffisant.*

Une seconde pièce de vingt cents.

Cette fois, la ligne d'urgence de la brigade criminelle de Nouvelle-Galles du Sud sonna. Une voix de femme répondit.

– Ici la police. Que puis-je pour vous ?

– Excusez-moi, dit Danny.

– Oui ?

– Excusez-moi.

– Quelle est la raison de votre appel ? Ici la ligne d'urgence de la police. Avez-vous un crime à signaler ?

– J'ai une information.

– Quel genre d'information ? Sur un crime ?

– Je suis au courant d'un crime.

– Dans ce cas, vous avez fait le bon numéro. De quel crime s'agit-il ?

– Aujourd'hui c'est… Guru Purnima, dit Danny.

En fait, il existe une autre ligne spéciale d'urgence et un autre numéro. Et ce n'est pas celui-là. L'autre numéro, Danny le connaît par cœur.

*1 800 009 623*

*Comment faire une déclaration au service de dénonciation du Bureau de l'immigration (ligne d'urgence de la surveillance des frontières)*

QUEL GENRE D'ACTIVITÉ DEVEZ-VOUS DÉNONCER ?

*Nous encourageons la population à fournir des renseignements sur tout individu dont vous pensez qu'il :*

*– a dépassé la période de validité de son visa*

*– travaille illégalement*

*– a enfreint les conditions de son visa (exemple : un étudiant détenteur d'un visa qui travaille un nombre d'heures supérieur à ce que son visa lui autorise)*

*– a menti délibérément sur le formulaire de demande de visa*

*– a fourni de faux documents au ministère*

*– est arrivé en Australie sans visa valide*

*– a un visa d'étudiant mais n'étudie pas*

*– a contracté un mariage blanc pour obtenir un visa*

*– fournit des conseils sur l'immigration sans y être habilité…*

– Monsieur ? reprit la voix féminine. Quel est le crime que vous voulez signaler ?

Dans la lumière vacillante, l'alcôve du téléphone devint l'ambassade à Batticaloa.

Une lampe à pétrole chuintante jetait des ombres dansantes dans la pièce : les silhouettes aux contours nets étaient des silhouettes d'humains, des humains qu'il connaissait peut-être, et les silhouettes plus floues étaient celles de leurs bicyclettes, appuyées contre un mur.

Danny toucha la boursouflure sur son avant-bras.

Ne jamais revenir en arrière.

Il reposa le combiné du téléphone. Fin de la conversation.

Le numéro d'identification du poste téléphonique était inscrit en lettres rose et blanc. 02379286X2. Il suivit le long fil noir du vieux téléphone à pièces jusqu'à la prise dans le mur. Un câblage électrique groupé s'élevait depuis la prise dans une colonne avant de bifurquer à gauche, comme une décoration de style Art déco. Où allaient tous ces fils ? Dans une grande machine à écouter. La ville de Sydney.

Les lumières de l'alcôve s'éteignirent de leur propre chef.

Abandonnant le téléphone et la tentation de devenir un héros, Danny descendit les marches au pas de course et dépassa la peinture pornographique. En bas, il croisa le regard de la femme derrière le comptoir qui lui lança : « Tu as trouvé le fromage ? C'est le spécial burger, ce soir. »

Il continua sa course, poussa les portes et s'immobilisa sur le trottoir face aux palaces jumeaux, les portes de Sydney.

Sous chaque globe de verre des deux immeubles se trouvait une pendule géante visible à des kilomètres à la ronde.

L'aiguille des minutes d'une des pendules se déplaça au moment où Danny levait les yeux.

L'Afrique du Sud.

Il a dit qu'il partait en Afrique du Sud aujourd'hui même.

C'était le pays où *il* avait toujours voulu fuir avec elle.

Elle lui disait :

– Si tu veux partir, d'accord, je pars avec toi, Prakash. Mais pas en Afrique du Sud. Allons plutôt à Hong Kong. On m'offre du travail, là-bas. Ou en Inde. Tu es né en Inde, n'est-ce pas ?

– Il y a trop de *sang*, en Inde. Du sang sur les routes. À cause de leur façon de conduire. Je n'ai pas les nerfs assez solides pour ça, répondait Prakash en secouant la tête. Jamais je n'y retournerai. Je veux aller en Afrique du Sud. Les impôts y sont très bas, tu le sais sûrement. Et là-bas les gens *vivent*. Ce n'est pas coincé, au contraire d'ici. Tu n'es pas obligé de remplir trois formulaires pour aller aux toilettes. Tu peux voir des lions et des girafes à la sortie des villes. C'est ça, la civilisation. Et ils ont d'honnêtes casinos. Des machines à sous tout à fait convenables. Nous gagnerons au jeu tous les soirs là-bas.

– Hé ! Je t'ai demandé si tu avais trouvé le fromage pour le burger de ce soir ! cria la femme de l'intérieur du pub. Tu as encore oublié de vérifier ?

Je me demande avec quel immigré elle me confond, cette fois, songea Danny.

– Désolé ! cria-t-il en retour, histoire de la calmer.

Si Prakash est innocent, pourquoi t'avoir menacé ? Pourquoi dire qu'il est au courant de ta situation ? Tu *devrais* appeler la police.

Mais à supposer que la police te croie, et qu'elle prenne contact avec lui, il devinera aussitôt que c'est toi qui l'as dénoncé et à son tour il te dénoncera comme clandestin. Il téléphonera au service de l'immigration pour signaler l'Homme de Ménage en situation irrégulière, son nom, son apparence physique et l'endroit où il habite, parce que la femme aujourd'hui morte lui a tout raconté.

D'un autre côté, si tu connais l'identité du meurtrier, tu dois prévenir la police. C'est aussi simple que ça.

L'ennui est que si je le livre aux autorités, je me livre en même temps.

Danny restait figé sur le seuil du pub.

La gamelle en fer-blanc destinée aux chiens et remplie un peu plus tôt de glaçons débordait maintenant d'eau. Il faisait déjà très chaud, et la porte du four n'avait pourtant pas encore été ouverte. Danny serra le cactus contre lui.

Des jeunes filles en blanc jouaient au cricket sur le terrain voisin de l'université. Il observa de loin les jeunes corps qui couraient, virevoltaient, criaient. Je n'ai pas encore commencé à vivre dans cette ville qu'on me demande déjà d'en partir.

*12 h 06*

Un nouveau message de Maison Numéro Six apparut sur son téléphone :

*En route ?*

*Oui*, écrivit Danny en réponse.

Il continuait d'admirer les palaces jumeaux, les deux globes jumeaux, les deux pendules jumelles.

Ses sinus répondaient aux pendules : une boule se mit à grossir dans sa gorge et la température sur son front à grimper.

Quelqu'un lui cria quelque chose. Penchée à une fenêtre, tenant sous chaque bras un carlin gris et gras enveloppé dans un drapeau australien, une fille blanche que la chaleur rendait folle poussa un hurlement, puis un autre. Emballés dans leur couverture patriotique, les deux chiens lapaient le vent d'été et regardaient Danny.

*Mission impossible 2, mon cul.*

Danny soupira.

*J'aurais dû cesser de travailler pour eux dès le début, inspecteur, j'en ai conscience. Ils étaient aussi fêlés l'un que l'autre.*

Le cactus serré contre lui, Danny remontait Broadway.

*Ils riaient de mes plaisanteries, inspecteur. Ils me voulaient près d'eux.*

L'air décontracté, tout en passant l'aspirateur sous le canapé de Radha, Danny pouvait déclarer par exemple : « Il y a un dicton tamoul qui dit : le martin-pêcheur se pavane, l'aigle plane toute la journée au-dessus de l'eau, mais c'est toujours le corbeau qui attrape le poisson. » Radha *adorait* cet adage. « Je pense que l'homme de ménage fait allusion à toi, Prakash. » Ou bien, en posant son aspirateur, il lâchait cette remarque : « À l'école, je faisais du triple saut. Regardez. »

Un soir, il s'était délesté d'une question qui le taraudait depuis deux ans et demi. Une question à propos de l'eau en Australie. « Est-ce qu'on verse un colorant bleu, chaque soir, dans le port de Sydney ? » Radha lui avait demandé d'expliquer sa question. « Ils pulvérisent bien de la cire sur les pommes dans les supermarchés pour les rendre rouges, n'est-ce pas ? Alors peut-être qu'ils font de même dans le port. Au Sri Lanka, l'océan n'est jamais aussi bleu. »

Radha l'avait regardé longuement avant de demander : « C'est de l'humour ? » Puis elle avait appelé Prakash et prié Danny de répéter sa question.

Lorsqu'ils eurent fini de rire et séché leurs larmes, Prakash avait observé : « Tu sais, ce garçon n'aurait pas déparé à Middlington. On le croirait sorti d'une école privée. »

Radha avait arrondi la bouche et s'était tournée vers Danny. « Vous avez vu ses cravates rayées de collège huppé ? »

Bien entendu. Danny en avait ramassé tellement, de ces cravates, éparpillées sur le sol. Avec des rayures en noir et blanc jusqu'à l'extrémité la plus large, estampillées d'une marque dorée qui, on le lui avait fait comprendre, était le blason d'une école très privée de Sydney, preuve que Prakash était membre de l'élite et destiné à de grandes choses dans la vie.

– Oui, ce sont de jolies cravates, avait-il répondu.

Lui-même en portait une pour aller à l'école à Batticaloa.

– Prakash en est très fier, n'est-ce pas ? avait ajouté Radha sur un ton que Danny sentit ironique. Il en portait une au tribunal pour impressionner le juge. Et maintenant il en met une quand il se promène à Kings Cross.

– Tu m'espionnes ? s'était exclamé Prakash. Tu m'espionnes quand je suis seul ? Espèce de salope.

– Oh, très civilisé. Très élégant.

– Civilisé ? Qu'est-ce que la civilisation ?

– Ne te mets pas de nouveau en colère, Prakash. Tu es méchant avec moi.

– J'ai juste demandé « Qu'est-ce que la civilisation ? » Des tas de filles blondes qui te servent du café noir, ce n'est pas la civilisation. Et c'est tout ce que nous avons à Sydney. Réponds à ma question, Radha. Tu as travaillé pour le gouvernement, tu es intelligente.

– Je ne sais pas. La civilisation, c'est aider les autres, comme Gandhi.

– Non. Ce n'est pas voyager dans des pays pauvres et donner de l'argent à des « gens de couleur ». Ce n'est pas ça, la civilisation. Il n'y a pas pire que les bons samaritains. Et nous en connaissons un, n'est-ce pas, Radha ?

Radha Thomas pouvait changer d'humeur à la vitesse de l'éclair. En une fraction de seconde, avec un large sourire, elle s'était mise à le défier.

– Oh, mon bébé. Mon bébé est jaloux parce que nous sommes allés dans un café à Dee Why et que tous les serveurs m'ont fait du gringue. Maintenant je comprends. Le docteur est jaloux.

Prakash n'avait rien répondu. Il avait frotté ses mains l'une contre l'autre et adressé un clin d'œil à Danny.

– Docteur, avait poursuivi Radha Thomas pour le titiller. Tu détestes que je t'appelle docteur, hein ? Docteur ! Docteur !

Apparemment oui, il détestait cela, car il avait pointé un stylo en argent dans sa direction et l'avait lancé.

– Tu as vraiment un petit QI, Prakash. Un tout petit QI.

Le docteur avait ôté ses lunettes de lecture pour les poser sur la table en face de Radha et s'était avancé vers elle.

Radha avait alors pivoté vers Danny, qui crut qu'elle avait besoin de son aide, mais elle avait hurlé :

– Foutez le camp d'ici, abruti. Laissez tout ça et filez. Tout de suite !

Ils vivent comme des porcs, s'était dit Danny en refermant la porte derrière lui. Des porcs. Avant même de s'éloigner, il les entendait qui déjà s'envoyaient en l'air.

Quittant Potts Point, il avait débouché sur Kings Cross et s'était dirigé vers l'immense enseigne Coca-Cola d'où l'on surplombait une rangée de palmiers. Il savait qu'il devait leur laisser environ quarante minutes. Il tourna en rond, sans but, puis descendit vers le quartier connu sous le nom de East Sydney qui jouissait d'un beau panorama sur le port. Dans la journée, ce secteur de la ville était désert. Les rues paisibles comblaient le manque dont Danny avait souffert à Batticaloa et à Dubaï : une solitude non surveillée. Danny s'abandonna à son monologue intérieur. « Personne n'a jamais *vu* Shakespeare de son vivant, c'est un fait. Un fait certain. » À travers une trouée dans les palmiers, il aperçut l'océan bleu et, à côté, l'opéra. Le débit de son monologue s'accéléra. Jusqu'au moment où la ville, en guise de représailles, lui offrit une de ses merveilles. Un bêlement. Il tourna à gauche, guidé par l'odeur d'excréments, et découvrit dans un enclos en bois, attachée à un piquet, une chèvre blanche au ventre distendu, qui semblait sur le point de mettre bas, licorne prise au piège qui le regarda fixement, emblème de tout ce que l'Occident était censé être. Venu de quelque part au-dessus de lui, un chuchotement lui parvint. « Elle ne devrait pas être parquée ici. » « Il faudrait prévenir les flics. Tu as senti cette merde ? Phénoménal. Ça empeste toute la rue. »

Quarante minutes plus tard, Danny était de retour à l'appartement de Potts Point. La porte était ouverte et Radha souriait, plus ou moins habillée. « En route, Fée du Logis ! Nous sortons. » Danny rangea ses affaires, enroula le cordon rouge autour de son sac à dos d'astronaute, porta le tout à la voiture et s'assit sur la banquette arrière, acceptant de se laisser véhiculer, comme une licorne lui aussi, sale et puant la merde. C'était le mieux qu'il pouvait attendre de Sydney. Prakash conduisait, ils étaient en route pour explorer la ville.

Le couple détraqué l'avait traîné de bar en bar pendant les huit mois où il avait travaillé pour eux. Sports Bar. Jackie Chan Bar. Cricket Corner. Wizard's Lair. Excitation en direct. Un dragon de néon palpitant indiquait l'escalier qui s'enfonçait vers une tanière secrète, le frisson d'une ambiance james-bondienne, la promesse de sexe et de bonne fortune – alors que Danny suivait Prakash et Radha dans le tripot climatisé, le froid luxueux lui donna la chair de poule et il se souvint de ce qu'on lui avait tant vanté à propos de l'Occident. Chaque centimètre carré était comme le palace Galadari ! Mais lorsque le moment vint de partager cette découverte (l'Occident !) avec ses bienfaiteurs, Danny s'aperçut que l'homme et la femme se métamorphosaient réellement, juste devant ses yeux, en Roi et Reine du Nil.

Il lui sembla écarter un rideau pour plonger dans le cœur même de ce nouveau pays. Et qu'y voit-on ?

Le jeu.

Les *pokies*. Les machines à sous.

Ils commençaient toujours par le Roi du Nil. S'ils perdaient au Roi du Nil, et dans ce cas seulement, ils migraient vers les autres machines étincelantes : les Aztèques, l'Ouest Sauvage, les Symboles du Zodiaque, le Taj Mahal, les Tigres du Bengale, les Éclairs, les Sombreros Mexicains. Le docteur y jouait soit en insérant une carte magnétique, soit simplement une pièce d'un dollar, tandis que Radha regardait fixement les écrans électroniques tourner et tressauter. Ensuite, ils échangeaient leurs rôles, elle jouait tandis que lui baissait ses lunettes pour observer, puis ils changeaient encore, cessant peu à peu de se parler, glissant l'un et l'autre dans une sorte de transe face à la machine, dont ils émergeaient seulement pour aller chercher une nouvelle tournée de boissons, ou quand des hommes en veste noire, les gardiens de la salle VIP, les escortaient en souriant jusqu'aux toilettes des hommes ou des femmes puis les reconduisaient ensuite dans la salle de jeu, à la porte de laquelle un petit écriteau indiquait, à la seule adresse de Danny, que les chances de gagner le jackpot étaient de une sur un million.

– Tu as vu sa tête ? dit le docteur en désignant Danny.

– Ne te moque pas de lui, Prakash. Allons, Danny, ne vous contentez pas de rester spectateur. Allez jouer. Tenez, voici un dollar. Jouez.

– Regarde-le, insista Prakash. Je crois qu'il a peur des machines à sous. Encourage-le !

– Allez boire un verre, Danny. C'est notre tournée.

– Non.

– C'est insensé, s'offusqua la femme.

– Oui, acquiesça Prakash. Quel genre de Tamoul es-tu donc ? Les Chinois sont maussades, solitaires, ensuite ils deviennent aigris. C'est très différent de la façon dont l'Indien joue aux jeux d'argent. Tu connais le bhangra ? Une danse du Pendjab qui se pratique les nuits de pleine lune. Eh bien je peux te dire que, lorsqu'un Indien joue, il y a une pleine lune au-dessus de sa tête.

Quand ils gagnaient, ils poussaient des cris et se prenaient les mains. Parfois même Radha s'asseyait sur les genoux de Prakash. Une fois où ils avaient dû gagner gros, ils s'étaient mis à danser devant les machines, exécutant ce qu'ils appelaient le Lindy Hop devant les autres joueurs qui applaudissaient.

Un jour, après qu'ils eurent appris à le connaître un peu, Radha lui cria depuis le bar :

– Ce soir, je vous apporte un verre, Danny !

Elle revint avec un Coca light qu'elle lui tendit en disant :

– Une boisson virile... Je plaisante, Fée du Logis.

Danny sirota son Coca et leva les yeux sur ses employeurs.

– Savez-vous, Danny, que cet homme, ce Prakash, a une fois gagné le Flexi Trifecta et remporté quinze mille dollars en ayant parié sept dollars ? Raconte-lui l'histoire, docteur.

– Six mille trois cent soixante-quatorze dollars, pas quinze mille, rectifia le docteur sans quitter des yeux l'écran de la machine à sous, ignorant la femme qui s'amusait à tirer sur sa veste rouge.

Radha continua de pétrir la veste.

– Susceptible, le Dr Prakash. Ce nom lui va à la perfection, non ? gloussa Radha. Tu m'as manqué, docteur. Danny a tenu la maison propre pendant que j'étais à Hong Kong. N'est-ce pas ? Quelles vacances merdiques. Mark était malade. Il ne bougeait pas de la chambre d'hôtel et voulait que je le dorlote. On était à Hong Kong, tout de même, et j'avais envie de m'amuser ! Alors je suis montée sur la terrasse de l'hôtel et j'ai dansé le Lindy Hop avec tous ces beaux Chinois. Ils m'ont traitée comme une rock star ! Savez-vous ce qu'est le Lindy Hop, Danny ? Je sais ce que vous allez répondre. Le Lindy Hop, c'est le Hop de Lindy. Je me trompe ?

– Je ne comprends pas pourquoi tu es partie en vacances avec cet homme, grommela Prakash.

– Peut-être, mais toi tu n'es pas en mesure de m'emmener en vacances, n'est-ce pas ? Tu claques tout ton argent au jeu.

– Je t'emmerde, répliqua Prakash. Ce type est un salopard d'agent immobilier. De la vermine de la pire espèce. Il vend des maisons aux

Chinois, tu l'as dit toi-même. Tiens, mon ami, voilà une tranche de Sydney pour toi. Et une autre ! C'est moi qui vais à l'armée, et c'est lui qui possède un appartement à Potts Point.

Prakash essayait en vain de libérer sa veste de la main de Radha.

Un peu plus tard dans la semaine, devant le miroir où il rajustait son nœud de cravate, alors que Danny, qui venait de terminer le ménage dans l'appartement, amenait doucement la question de son salaire, Prakash lui dit :

– Ce n'est pas à moi qu'il faut demander. Soixante dollars ? Prakash n'a jamais payé soixante dollars. Tu sais très bien que c'est elle qui paie. Où est-elle ? Sortie ? Allons la chercher.

Après s'être apprêté avec soin devant le miroir, Prakash avait entraîné Danny, harnaché de son sac à dos d'astronaute, dans Kings Cross.

Les passants s'arrêtaient pour les observer. Vêtu de sa somptueuse veste rouge et de sa cravate d'école huppée, le docteur marchait au milieu des banquiers de Potts Point, prince parmi les princes, puis de là poursuivait son chemin jusqu'à Kings Cross et passait devant les ivrognes matinaux, les drogués courbés en avant qui scrutaient les trottoirs à la recherche de mégots, la prostituée blonde obsessionnelle qui consacrait des matinées entières à ramasser tous les pétales de marguerite, l'homme qui déambulait à toute heure avec son cacatoès noir sur l'épaule. Enfin, Prakash posait un pied sur le rebord de la fontaine en forme de boule à facettes ruisselante. Il régnait sur ce petit royaume dont il jouissait gratuitement. Ensuite il se rendait dans un bar climatisé, le Vegas, pour jouer aux machines à sous, parier sur les courses de chevaux et de lévriers, et attendre que Radha le rejoigne dans cet endroit qu'elle avait surnommé la clinique.

C'était là que Danny avait appris de la bouche de Prakash l'histoire de Radha, et découvert que si Prakash était ou n'était pas vraiment docteur, Radha, elle, était sans nul doute une patiente.

– Avec Radha, on n'est jamais sûr de rien, lui confia Prakash en baissant la voix. On ignore ce qu'elle fait quand elle part d'ici pour rentrer chez elle. Il y a une délinquante qui se cache derrière cette femme.

Trois ans plus tôt, Radha Thomas avait dirigé Medicare, l'agence d'assurance santé de Blacktown. C'était une étoile montante de la fonction publique, oui monsieur. Elle occupait un vaste bureau climatisé à Blacktown et avait la responsabilité des recettes de l'agence. Les recettes en espèces ne sont vérifiées qu'une seule fois en fin de semaine et donc, entre le lundi et le vendredi, s'il y a des fluctuations dans la caisse, personne ne le remarque ni ne s'en inquiète, du moment que le responsable met les comptes au net le vendredi. Un lundi soir, vêtue de son uniforme blanc, Radha fourra un paquet de billets neufs sortis du coffre-fort dans un sac à provisions et traversa la rue jusqu'au club Blacktown RSL. Pendant la soirée, elle joua, et perdit, cinq mille dollars. Le lendemain, elle y retourna et regagna tout, jusqu'au dernier dollar. À quoi bon être jeune si on ne peut pas vivre une vie de jeune ? Telle était la devise de Radha. Elle possédait tout ce que ses parents indiens avaient désiré pour elle : un mari agent immobilier qui vendait des maisons dans les quartiers est à des Chinois pour des prix *ridicules*, un très bon poste dans la fonction publique, ce qui se faisait de mieux à Sydney, et plus de deux mille trois cents amis sur Facebook. Pourtant elle ne trouvait ce dont elle avait vraiment besoin que lorsqu'elle quittait son bureau de Medicare en uniforme, pour traverser la rue et entrer au Blacktown RSL, où une femme blanche en tailleur l'accueillait à la porte avec un salut oriental et l'introduisait dans une salle qui brillait des mille feux de ses machines à sous. Les pokies ! Oh, ils savaient bien, au club, qu'elle venait de l'agence d'assurance santé, ils voyaient que les billets de banque étaient imprimés de frais. Ils souriaient et lui souhaitaient la bienvenue. Même si elle perdait, elle revenait le lendemain et se renflouait. D'une manière ou d'une autre, le vendredi, les comptes de la caisse tombaient juste. Et puis, un jour, la chance la quitta. Elle perdit trois jours consécutifs, joua encore et perdit plus de soixante-dix mille dollars appartenant au gouvernement australien. Le vendredi matin, au lieu d'aller travailler, elle prit son passeport et se rendit à l'aéroport pour sauter dans un avion à destination de l'Inde. Mais la police l'attendait au guichet de l'immigration pour l'arrêter. Il se trouve que son mari, Mark, avait tout découvert à la dernière minute et l'avait dénoncée. Pour son bien, avait-il plaidé. Le juge ne l'avait pas envoyée en prison. Mark, le brave mari agent immobilier, avait promis au tribunal qu'il la soutiendrait. Le juge condamna donc Radha à une thérapie de groupe pendant six mois, à l'issue desquels il considéra sa désintoxication réussie.

C'est dans ce groupe qu'elle fit la connaissance de Prakash. Sa chevelure poivre et sel seyait particulièrement bien à sa peau sombre. Et ces lunettes à monture épaisse ! Ils étaient les deux seuls non-Blancs dans le groupe d'addiction au jeu, et passèrent leur temps à se dévorer des yeux. À l'issue de la séance, après les applaudissements d'autocongratulation d'usage, ils sortirent bras dessus, bras dessous et se dirigèrent vers le pub le plus proche où ils recommencèrent à jouer. Même en plein été australien, Prakash avait un visage qui ne transpirait pas et un regard qui refroidissait la température autour d'eux. Radha n'avait jamais eu un amant indien, avoua-t-elle. De son côté, il n'avait jamais fréquenté une Indienne.

Prakash lui dit qu'il cherchait un endroit où loger. Quelle coïncidence. L'appartement de Radha à Potts Point, avec vue sur l'opéra, était justement libre. En réalité, le propriétaire de l'appartement était son mari. Prakash pouvait s'y installer, et ce serait la revanche idéale pour punir Mark de l'avoir dénoncée. Elle ne comptait pas divorcer, bien entendu, car cela aurait engendré une multitude de problèmes (argent, logement, mode de vie). Elle regagna donc l'appartement conjugal où elle fit réchauffer des lasagnes pour son mari. Mais, dans la soirée, elle envoya un message au *docteur* pour lui fixer rendez-vous chez elle, si son mari était absent, ou bien « chez lui » à Potts Point. C'est ainsi que débuta sa double vie : femme au foyer dans l'une, Reine du Nil dans l'autre.

Le Roi du Nil l'avait charmée par ses manières, son corps viril et puissant, ses cravates d'école huppée (Danny l'imaginait cravaté pendant qu'ils faisaient l'amour). En échange, elle lui fournissait le gîte et le couvert. Et elle sortait avec lui tous les soirs pour aller jouer.

Prakash et Radha. Oscar et Lucinda, les célèbres amants ludomanes.

Sous le soleil de plomb ils n'étaient rien, mais dans les bars et au milieu des machines à sous, la pleine lune étincelait au-dessus de leurs têtes. Car dès la seconde où il entrait dans un club de Sydney, le Dr Prakash devenait l'élément le plus éclatant du lieu : deux tons plus sombre que les Blancs, deux tons plus clair que les Noirs, un homme à la peau brune avec de larges épaules et des lunettes. Tout, dans la salle, convergeait vers lui.

*12 h 28*

Je l'ai pourtant avertie, songea Danny en s'examinant dans le miroir au-dessus du lavabo des toilettes. Je l'ai prévenue qu'il pourrait faire ça.

Il s'aspergea le visage d'eau et scruta de nouveau son reflet.

Dans cette civilisation déséquilibrée de Sydney, où l'eau en bouteille peut coûter plus cher qu'un café, plus cher même qu'une bière, le seul endroit où il vous est possible d'en boire gratuitement est celui où, partout ailleurs dans le monde, vous allez pour l'évacuer. À Pitt Street, Danny s'était faufilé dans le pub Edinburgh Castle ; si par hasard quelqu'un dans le bar le remarquait, on penserait qu'il était là pour faire le ménage. Il était descendu tout de suite dans les toilettes des hommes pour se désaltérer au robinet du lavabo.

Lorsqu'il recula pour reprendre son souffle, il remarqua que le sol était constitué d'une mosaïque de minuscules carreaux qui lui évoquèrent le sol des toilettes dans une autre ville, loin de l'Australie. Comme son pays natal lui semblait proche par instants. Dans la glace, au-dessus de la tablette où il avait posé le cactus, se reflétait la chaîne qui manœuvrait la chasse d'eau du réservoir suspendu au mur derrière lui. Cela aussi lui rappela Batticaloa. Tant que l'eau continua de couler abondamment dans le lavabo, il se sentit revigoré, mais quand il ferma le robinet et épongea son visage sur sa manche, il frissonna : sur le miroir venaient d'apparaître des phrases écrites alternativement en tamoul et en anglais.

நிச்சயமாக அவளிடம் சொன்னேன்
*Je l'ai prévenue*
அவளிடம் சொன்னேன்

Il mouilla son index pour compléter ainsi :
*Les épines sont là pour protiger les roses*
et commença à raturer l'erreur
*~~protiger~~ les roses*
lorsque son téléphone sonna.
C'était le Dr Prakash.
– Tu es en chemin, j'espère ?
– Oui, monsieur.
Comme il semble calme. Comme il inspire l'obéissance.

… la pénombre était maintenant habitée par deux yeux. Les yeux du Dr Prakash. De cette couleur noisette propre aux yeux d'un Indien, au coucher du soleil, dans une banlieue de bord de mer telle que Bondi.

*Erreur, Danny,* disaient *les yeux translucides. Tu as commis une grossière erreur ce matin.*

– Je t'attends pour nettoyer l'appartement avant mon départ pour l'Afrique du Sud.

– Oui, monsieur.

– Qu'est-ce que tu fais en ce moment ? Pourquoi mets-tu autant de temps à arriver ?

– Je travaille, monsieur.

Un bref silence.

– Vraiment. Tu *travailles* ?

– Oui, monsieur, dit Danny en arrondissant les lèvres. Vroum, vroum. Vous entendez le bruit de l'aspirateur ?

La voix puissante de Prakash explosa de rire. Danny raccrocha aussitôt.

Pendant la conversation, son doigt avait tracé des marques dégoulinantes sur le miroir. Maintenant il dessinait une ligne. La lagune. Qu'il coupa en deux. Les ouvertures vers le large.

C'est un autre homme qui a tué Radha. Si tu passes par l'une ou l'autre de ces ouvertures, c'est tout ce que tu découvriras.

Il lissa ses cheveux d'une main. Oui mais.

C'est tout de même bizarre. Il quitte le pays le lendemain même de la mort de Radha. Peut-être qu'il sait. Peut-être qu'il sait quelque chose et est obligé de partir.

Je devrais prévenir la police. Ça les intéresserait. Non ?

Est-ce qu'ils n'applaudiraient pas Danny d'avoir dénoncé le meurtrier ? D'avoir fait ce qui est juste ? Sur le verre humide du miroir, à l'intérieur du trait figurant la lagune et ses deux ouvertures, Danny discernait maintenant la ville de Sydney le jour où, à l'aube d'un matin d'hiver, avec les engins de nettoyage de la voirie qui vrombissaient autour de lui tandis qu'il admirait les quatre faces en grès de la tour de l'horloge de la gare centrale dressée bien haut entre les nuages rosés, elle lui était apparue dans toute sa beauté, renouvelant pour lui cette promesse faite à l'immigrant qu'un prodige aussi enivrant que l'intérieur climatisé de l'hôtel Galadari s'offrirait à lui. Tout cela est à ta portée, Danny, cette ville, ce pays, ce paradis…

À présent, le visage d'un patriarche dénommé Malcolm Fraser, ancien Premier ministre australien, apparut à son tour dans le miroir, l'étoile du sud géante au-dessus de son épaule droite, le drapeau australien derrière lui. Assouplissez la loi pour mon cher ami Danny. Approche, Danny. Australiens, félicitez cet homme.

Danny émit un petit rire. Fraser disparut. Il rit de nouveau. De lui-même.

Dans le pays natal de Danny, il existait une culture de la louange. Si vous étiez quelqu'un, il fallait être quelqu'un sur scène, entouré de haut-parleurs, de micros, de flatteurs. Un homme devant un micro devait vous présenter : « Dignitaires, présents ou non sur cette estrade, dignitaires en visite ou résidents, nous sommes tous réunis ici pour rendre hommage à ce fils du pays et célébrer ses exploits... » Les éloges grandioses sont essentiels dans un endroit tel que Batticaloa, comme dans toute ville d'Asie du Sud. Si vous voulez être reconnu, honoré, congratulé, montez sur scène. D'abord on vous verra sur des affiches imprimées, des peintures murales vous montreront avec une colombe blanche planant au-dessus de votre tête. Ensuite, dans la lumière des lampes à pétrole, des homélies de trente minutes seront prononcées de préférence par un ou deux politiciens mineurs, puis on vous passera des guirlandes de soucis et de jasmin autour du cou et l'on vous remettra une médaille d'honneur, gravée de votre nom généralement mal orthographié. Tonnerre d'applaudissements. Désormais vous êtes le fils préféré de la ville.

Cinq minutes plus tard, tout peut basculer.

Car l'hommage a son pendant, son jumeau : le murmure de la vérité subversive de la Rue. Toute personne célébrée sur scène se doit d'être, un peu plus tard dans la journée, moquée et couverte de goudron. « Oui, il est là, avec une guirlande autour du cou, tel un grand homme, mais moi je sais que samedi dernier, on l'a vu au... en train de faire... avec... » Hommage et Rumeur se contrebalancent. Résultat : toute personnalité célébrée à Batticaloa, tel un cochon émergeant d'un égout à midi, est toujours composée de deux moitiés : une noire et une blanche.

Observe le visage dans le miroir. Que vois-tu ? Un honnête homme ayant survécu à une horrible torture. Certains t'ont surnommé Nelson Mandela.

Tu as entendu d'autres noms. D'autres histoires.

Moitié Mandela, moitié cochon.

Aujourd'hui, se dit Danny, ta place est dans des toilettes. Entre, ferme le verrou. Parfait. C'est ce qu'il fit.

Le petit cactus sous sa feuille de cellophane était posé sur un rouleau de papier hygiénique. Le propriétaire du cactus était assis à l'intérieur d'une solide structure composée de quatre parois métalliques et tapait dans ses mains. Clap, clap. Assez fort pour chasser la balle bleue, l'araignée importune. Et aussi les policiers bleus.

Il y a du désinfectant dans l'air, beaucoup trop, ce qui signifie que ce sont des Népalais qui ont récuré les toilettes. Ils abusent toujours du Clorox.

Les pubs doivent être pénibles à nettoyer, et pire encore les toilettes des pubs. « Tu comprends ce que je dis ? Tu comprends l'anglais au moins ? » beugle la gérante, une Australienne blanche. Les femmes semblaient toujours les plus virulentes dans l'insulte. « On t'a laissé entrer dans notre pays pour nettoyer les chiottes. » Le Clorox est peut-être un moyen de se venger.

*M6*

Le texto du Dr Prakash traversa les parois des toilettes.

Danny rit un peu, puis il songea à user d'un autre tour de son enfance. Un tour qui lui avait permis de passer seul des heures entières.

Prends ton visage entre tes mains, fils. Maintenant, pose tes coudes sur tes cuisses, juste au-dessus des genoux. Ne pense à rien. Bientôt tu seras devenu un parallélogramme de points de pression dans l'obscurité : des fesses aplaties sur la cuvette froide des toilettes, deux coudes enfoncés dans les genoux, et la griffure d'un ongle long sur ta joue droite. Le reste de ta personne est…

Fumée.

Tu dérives à présent le long du plafond de la pièce et te diriges vers le ventilateur, où tu commences à pénétrer… Danny rouvrit les yeux et releva ses coudes. Aujourd'hui, il fait ses *bagages*. Le docteur a dit qu'il faisait ses bagages *aujourd'hui*.

Justement aujourd'hui.

Au-dessus de la cuvette des toilettes, une affichette imprimée proclamait :

CES W.-C. SONT HORS D'USAGE À CAUSE
DE VANDALISME ! NOUS SAVONS QUI ! VOUS ÊTES
LA DIRECTION VOUS SURVEILLE

Le point d'exclamation était mal placé. Il le gratta du bout de l'ongle. *Pour cause de* vandalisme. Sacrés Australiens. Infichus d'écrire correctement leur propre langue…

Bon, ça suffit. Danny donna un coup de pied dans la porte, sortit des toilettes, retourna au lavabo pour asperger son reflet et examiner la façon dont ses mèches brillaient davantage sur ses cheveux mouillés.

Bizarre, tout de même, qu'il plie bagage aujourd'hui, non ?

Bizarre, bizarre.

Nouveau texto. Le docteur exigeait une réponse.

*M6*

*Vroum, vroum. Dépêche-toi.*

*Oui, monsieur. J'arrive bientôt.*

Danny s'écarta d'un pas du miroir qui renvoyait son image mouillée. J'arrive, ne vous inquiétez pas.

J'ai toujours su, déclara-t-il au large public des habitants de Sydney rassemblés à l'intérieur du miroir, qu'il y avait quelque chose d'anormal dans la Maison Numéro Six.

Cependant, Radha, Maison Numéro Cinq, la femme morte – leur expliqua-t-il rapidement – était australienne à cent pour cent. Comme vous tous. C'est indiscutable.

Mais *lui*, Prakash, Maison Numéro Six, son amant, le Roi du Nil, il était comme moi.

Je veux dire par là, précisa Danny à son auditoire, qu'il n'est pas né en Australie. Il a dû y venir étant enfant. Ça se devine à l'accent, ce genre de chose. Il est sans doute né en Inde et arrivé en Australie très jeune. Néanmoins il a servi dans *votre* armée. Il est donc citoyen australien, au même titre que vous. Autrement dit, il est à la fois comme vous et comme moi.

Et le Dr Prakash s'est endurci à l'armée.

Car si tout homme non blanc à Sydney doit tôt ou tard demander pardon, ce n'est pas le cas de Prakash. Il ne s'est jamais excusé. Pas une fois. « Tu es allé à la Grande Barrière de corail, n'est-ce pas, Fée du Logis ? Tu as embarqué sur le bateau à fond de verre pour admirer les coraux ? Et qu'as-tu vu ? Cette infecte pastenague, la raie armée, tapie sur les fonds marins, qui fait gicler de la boue et file sous la coque de verre en battant de sa queue fourchue. C'est la bestiole la plus effrayante qui soit. Eh bien pas question pour moi de vivre comme elle. Dans les profondeurs et dans la boue. Jamais je ne plierai l'échine. »

*Lui*, il saurait résister à la torture. C'est digne d'admiration, n'est-ce pas ? Un Indien réellement coriace à Sydney.

En guise de réponse, le vaste auditoire d'Australiens blancs avait disparu. Il ne restait dans le miroir qu'un visage brun sombre et mouillé qui lui souriait.

*Il l'a tuée. Tu savais qu'il le ferait.*

Danny s'aspergea de nouveau et vit son sourire s'élargir.

Premier point, dit Danny au reflet, comment savons-nous que la victime a été retrouvée dans la *même* crique à Toongabbie où ils aimaient aller ensemble le soir ? Ce pourrait être n'importe quelle crique. Deuxième point, plus important : le caractère de Prakash.

Tu sais de quoi nous parlons, ajouta-t-il à l'adresse du miroir.

Était-ce deux ans plus tôt ? En tout cas c'était un mardi. Sûr. Danny et Prakash attendaient l'arrivée de Radha au pub. Danny se souvenait très bien du décor du pub : des animaux morts. Une tête de zèbre empaillée surmontait la cheminée. En levant les yeux, Danny avait découvert le trophée d'un animal qui, pensait-il, s'appelait un *koudou*.

Au plafond, une boule à facettes diffusait des éclats sans lumière sur tous les autres trophées étrangers du pub.

Prakash buvait une bière, Danny un Coca light. Trois autres hommes consommaient au bar.

Les trois hommes étaient des Blancs.

Ils n'étaient pas du genre que l'on rencontre parfois le samedi à Sydney – Aryens bodybuildés et hyperprotéinés, abrutis par l'alcool, couverts de tatouages, bardés de discours sur l'ANZAC, le corps d'armée australien et néo-zélandais, sur la Première Guerre mondiale, sur la richesse de leur race et la pauvreté des autres, brûlants de se frotter à tout ce qui n'était pas blanc.

Ces trois hommes portaient les gilets orange de vendeurs d'un grand magasin, pourtant ils buvaient comme si c'était déjà le week-end, et ils avaient du sable sur les bras comme s'ils arrivaient de la plage, sales et débraillés.

Prakash avait commandé une bière, un Coca light pour Danny, et continué de parler.

– J'en ai assez de ce pays. Il a changé. Mais toi tu ignores comment c'était avant, n'est-ce pas ?

Et de lui raconter son histoire.

Un mois après son arrivée d'Inde, Prakash, alors âgé de neuf ans, avait ôté ses souliers usés pour en montrer les semelles à un cordonnier australien, lequel l'avait toisé avant de lui demander : « Pourquoi n'achètes-tu pas tout simplement une paire neuve, petit ? »

– L'Australie ! Il y a ici tellement d'argent que personne ne fait ressemeler ses chaussures. Dans ce pays, quand une chose est usée, on en achète une autre. Étonnant, non ? À l'époque, tu ne le croirais pas, il n'y avait quasiment pas d'Indiens ici. C'est vrai. Tu sais ce qu'on faisait, mon père et moi, quand on se sentait seuls ?

Prakash vendait l'Australie à un homme qui n'avait rien d'autre à acheter. Danny l'écoutait.

– On ouvrait l'annuaire du téléphone, on faisait glisser un doigt sur la liste des noms, on en repérait un : Kumar, et on l'appelait. Vous êtes indien ? Moi aussi. Si on se rencontrait ? Voilà comment ça se passait. Maintenant, ce foutu pays est envahi d'étrangers basanés. L'Australie n'est plus ce qu'elle était, mon vieux. Envahie. C'est le mot. Un joli mot. Tu le connais, Fée du Logis ? Oui, bien sûr que tu le connais. Tu as reçu une bonne instruction, dans un système éducatif de qualité. Pas comme le nôtre. Je le regrette. Je n'ai rien fichu à l'école. Je n'ai pas saisi ma chance. Après c'était trop tard. Le quotient intellectuel est fixé à l'âge de dix ans. Tu le savais ?

Non, Danny l'ignorait.

– On ne m'a pas donné ma chance. Je suis allé dans une école privée pendant deux ans, c'est vrai. Radha n'arrête pas de le répéter à tort et à travers. Nous avons déménagé trop souvent. Mon QI s'en est ressenti. Je n'ai pas aimé l'armée non plus. Après l'armée, j'ai travaillé comme mineur dans le Kimberley, à l'Ouest. Au fond des mines, quand tu descends, il n'y a pas de lumière ambiante. Tu sais ce que ça signifie ? Le type qui est devant toi ouvre la bouche mais tu ne vois pas ses dents. Et puis c'est dangereux. Il y avait des éboulements. En contrepartie, la paie était bonne. En ce temps-là, avant que les étrangers rachètent les mines. De nos jours, les patrons sont tous chinois et les salaires merdiques.

Danny avait écouté le Dr Prakash avec tant d'attention qu'il avait mis son instinct en berne. Il sursauta en entendant retentir un pet puissant.

Vautré sur trois tabourets du bar, l'un des hommes avait pété bruyamment. Les trois hommes riaient en chœur et Danny s'aperçut soudain qu'ils regardaient dans sa direction.

Ils dirent quelque chose, et même s'il n'entendit pas clairement les paroles, les longues voyelles traînantes australiennes ralenties davantage encore par l'alcool lui soufflèrent : *Ça sent les ennuis par ici.*

Pourquoi ? Parce que la télévision du pub, que les trois hommes regardaient quand ils ne regardaient pas Danny, ne montrait pas des images de courses hippiques, mais des images de migrants. C'était facile de saisir le sujet grâce aux légendes qui défilaient en bas de l'écran. Des clandestins. Un bateau quelque part en Europe de l'Ouest. L'esquif était bondé d'hommes crasseux. Un autre bateau transportant des hommes en bel uniforme bleu approchait. Les hommes en bleu s'apprêtaient à capturer les migrants.

Prakash continuait de parler.

– À cette époque, tous les Australiens partaient en vacances chaque année. Tu n'imagines pas comment était ce pays. Ma femme et moi, nous sommes allés en Afrique du Sud. C'est là-bas que nous avons vu la statue de Gandhi. Ma femme, ça l'ennuyait, alors que moi j'étais fasciné. Voilà la statue d'un Indien, je me disais. Je suis indien, il est indien. Et il est très civilisé. Ma femme, ça la rasait. Mon ex-femme, peu de temps après. Ha ! Ma défunte femme, en réalité.

– À Batticaloa aussi, il y a une statue de Gandhi, remarqua Danny. Une statue d'or.

– Moi, c'était celle de Gandhi jeune, et habillé. Tu as déjà vu ça ?

Non, Danny n'avait jamais vu ça.

– De là, nous sommes partis pour le Gujarat, où il est né. Gandhi était du Gujarat. Tu connais ? Tu es déjà allé en Inde ?

– Attrapez ces salopards !

Le cri jaillit dans le bar. Prakash se tut. Danny et lui pivotèrent vers les trois Blancs.

– Chopez-les ! brailla un des Australiens. Chopez ces abrutis !

Abrutis ? Danny reconnut l'homme qui vociférait : mince, débraillé, la nuque couverte de sable, un homme qui avait toute la journée eu envie de faire la peau à son patron. On rencontre aussi ce type de personne au Sri Lanka, le type qui employait le même genre de vocabulaire pour les Tamouls.

– Attrapez ces salopards ! beuglaient les hommes blancs. Chopez-les !

Prépare-toi à courir, se dit Danny.

Mais Danny n'avait nul besoin de se préparer à quoi que ce fût car, à cet instant précis, Prakash se leva, traversa la salle et éteignit le téléviseur. Abasourdis, les trois hommes blancs, même celui qui avait du sable sur la nuque et qui avait braillé, étaient bouche bée.

– Comme je te le disais, j'en ai assez de ce pays, reprit Prakash.

Autrefois, dans une prairie verdoyante des environs de Batticaloa, Danny avait vu un éléphant mâle rouler de l'herbe en une boule et l'engloutir. Il ne parvenait pas à détacher ses yeux de l'animal solitaire et conquérant et, à mi-voix, il lui avait donné un surnom magique : Prabhakaran. Celui qui ne s'excuse jamais.

– Quelle bande de crétins racistes. Foutu pays, gronda Prakash. Tu comprends pourquoi je ne suis jamais devenu docteur ?

Plus tard, assis devant la machine à sous « Objets volants non identifiés » qu'il alimentait de pièces d'un dollar, Prakash faillit de peu décrocher le jackpot. Près de lui, Danny l'alimentait régulièrement en demis de bière Tooheys.

– Voici ma théorie, déclara Prakash. Aujourd'hui, chaque homme possède en lui deux voix. L'une a envie de dire à tout le monde : je suis désolé, pardon, excusez-moi. Mais il a une autre voix.

Prakash sirota une gorgée de bière, s'adossa contre son siège pour faire une pause, passa une main dans ses cheveux poivre et sel, et laissa échapper un long soupir avant de poursuivre :

– Est-ce que ton grand-père ne possédait pas un bout de terrain dans le village, en bordure de la jungle ? Eh bien *cette autre voix* lui soufflait : Quoi qu'il surgisse de la jungle – biche, tigre, sanglier, fille, ou même une mère cherchant sa fille –, ça t'appartient.

Un sourire aux lèvres, comme s'il défiait Danny de deviner s'il était ou non sérieux, Prakash esquissa un geste obscène avec ses doigts.

Pas étonnant que Radha l'héberge gratuitement, se dit Danny en regardant Prakash se remettre à jouer.

En colère contre l'Australie, en colère contre l'Inde, en colère contre les Blancs et contre tous les autres, cet homme était un icosaèdre bouillonnant de rage. On avait l'impression que tous les grondements et grognements, que l'on percevait derrière l'opulence de Sydney et sous le vacarme des marteaux-piqueurs et des travaux de construction, que les récriminations insistantes, *Je ne suis pas d'accord*, provenaient des entrailles de cet homme.

Après deux heures passées sur la machine des OVNI, deux heures pendant lesquelles Prakash ne cessa de parler, il conclut par un grommellement : « Je suis rincé, mon vieux. Ruiné. Je crois que cette putain de machine est truquée. Truquée jusqu'à l'os. » Et il enfouit son visage dans son épaule pour lâcher un petit rire sale, autodestructeur.

Une porte claqua. Danny s'écarta du miroir. Quelqu'un descendait en courant l'escalier qui menait aux toilettes pour hommes du pub Edinburgh Castle.

La tête baissée pour éviter que l'on se souvienne de lui, il ouvrit la porte juste au moment où un homme arrivait précipitamment. Il grimpa les marches quatre à quatre et se rua hors du pub dans le soleil cru.

*12 h 43*

En passant d'un côté de George Street à l'autre, les pigeons volaient si bas qu'ils auraient pu raser le crâne d'un passant. Danny dut se baisser.

L'air était encore imprégné de l'odeur de fumée du feu de brousse dans les Blue Mountains. Dans sa main libre (l'autre étant occupée par le cactus), Danny tenait deux superbes dépliants : l'un offrait de la « *Cuisine de rue asiatique à son summum* », le second des « *Coupes de cheveux à 10 $ pour tous* », déposés là par des adolescents opportunistes.

Du menthol. *J'ai besoin de menthol.* Dans sa gorge, la boule enflait. Il était de retour à l'air libre et la lumière violente lui comprimait les yeux.

Sur le trottoir d'en face, l'hôtel de ville était masqué par son double : durant la période de rénovation, l'édifice était recouvert par une représentation de sa façade peinte en teintes douces.

Le papier de cellophane du cactus transpirait à l'intérieur. Comme la sueur dans un rêve, songea Danny.

Les tours beiges du quartier d'affaires de Sydney s'élevaient tout autour de lui. Il calcula qu'il avait marché sans s'arrêter pendant une demi-heure. Le cactus pressé contre son T-shirt (et le maillot de corps au-dessous), il leva les yeux sur un gratte-ciel blanc clouté de fenêtres noires.

Qui l'entendrait, derrière ces hautes fenêtres, s'il criait ? Ces immeubles abritaient des foules de Chinois et d'Indiens. Les Australiens, eux, préféraient les maisons individuelles avec jardin. Les tours, ils les laissaient aux Asiatiques.

Il arrivait parfois à Danny de voir des étudiants indiens en groupe sur George Street, et de les suivre. C'était eux qui habitaient là-haut, entassés à sept ou huit dans un appartement au treizième étage, frais grâce à la vue sur l'océan, mais moite à cause du curry et des discussions animées sur les lois d'immigration. Il feignait de partager leurs soucis. Parfois même il les interrompait, au McDonald's ou dans le train de banlieue, pour leur offrir un conseil gratuit et pertinent. « Excusez-moi, je voudrais juste préciser un point. Ce que vous dites est inexact. Si vous avez acquis une expérience professionnelle en Inde ou dans un autre pays, la loi dit que trois ans valent cinq points. Alors qu'il suffit d'une seule année d'expérience en Australie pour obtenir ces cinq points. Et il en faut soixante pour devenir résident permanent. Vous savez, les Australiens sont un peuple plutôt raisonnable. Allez discuter avec eux si vous pensez que vous avez dépassé la durée de votre visa. Une chose, encore. Ne regardez pas les gens fixement. C'est très impoli. »

La discussion sur les problèmes d'immigration dérivait ensuite sur l'autre grande interrogation. Pourquoi la vie est-elle si chère en Australie ?

– Parce que, répondait Danny le vétéran, les gens ici ont de l'argent. Les Australiens sont très riches.

De là découlait un mystère plus grand encore. Pourquoi sont-ils riches ?

– Parce que, suggérait malicieusement Danny, ils sont intelligents.

Suscitant aussitôt la réponse unanime des jeunes immigrants : « C'est une blague ! »

– D'accord, vous avez raison. Les Australiens ne sont pas particulièrement brillants. Ils ne travaillent pas dur. Ils boivent beaucoup. Donc, à vous de me donner la réponse. Pourquoi sont-ils si riches ?

– Ils sont arrivés à bord de grands navires en bois il y a une centaine d'années et nous ont volé tout notre argent.

– Non, ça, c'étaient les Britanniques. Pas eux. Ont-ils l'air *capables* de prendre quelque chose à quiconque par la force ?

– Ils ont de l'or dans le désert. Des moutons.

– D'autres pays ont des moutons. D'autres pays ont de l'or. Pourtant ils sont pauvres. Non. La raison n'est pas l'or. Ni les moutons. La raison, c'est que les Blancs ont *la loi*.

Ce sujet d'émerveillement, cette chose incorruptible, l'animal le plus précieux d'Australie. La Loi.

Et Danny d'expliquer aux étudiants :

– Les Indiens ont la bosse des mathématiques, n'est-ce pas ? Alors dites-moi : un cercle a-t-il plus ou moins de trois cent soixante degrés ?

L'illumination lui était venue un soir, dans un pub, pendant l'happy hour, quand un jeune homme, indien ou pakistanais, se penchant par-dessus le comptoir et pointant la caisse enregistreuse, avait imploré la barmaid australienne : « Ayez un peu de cœur, commencez la réduction sur les boissons maintenant, il est 15 h 56 », et s'était entendu répondre par la barmaid : « L'heure est programmée dans la machine. L'happy hour ne peut pas débuter une seconde avant 16 heures. Comment voulez-vous changer le cœur d'une machine ? » Plus tard, alors que Danny était allongé sur le canapé dans la remise et regardait les pandas, une autre image, plus pertinente encore, lui était venue à l'esprit. Un cercle ne peut avoir que trois cent soixante degrés. La loi était un cercle magique et, sous sa protection, les Australiens surfaient, nageaient, dormaient comme des bébés. Danny avait vu des pays dans lesquels le cercle ne mesure pas trois cent soixante degrés. À Dubaï, la loi permet aux employeurs de vous escroquer sur vos salaires. Au Sri Lanka, la loi se résumait à une brûlure de cigarette sur votre bras. Tandis que *cette* loi, aussi abrupte et haute que les falaises de Pyrmont, était plus juste, beaucoup plus juste. Dans la section aide juridictionnelle de la bibliothèque de Glebe, des ouvrages et des brochures étalés tout autour de lui, Danny avait étudié, compris et fini par admirer la loi. Juste ? Oui, elle semblait juste : tout ce que contenait le code du Commonwealth d'Australie était clair, logique, méthodique. Une attention spéciale, avait-il découvert, était accordée aux nouveaux venus dans le pays qui ne pouvaient pas s'exprimer en anglais devant un tribunal. Des interprètes vietnamiens, arabes, bengalais et tamouls les aidaient en cas de besoin à répondre aux questions posées par le juge. Des avocats commis d'office défendaient les aborigènes australiens et les personnes qui n'avaient pas les moyens d'assurer leur défense. Juste ? Peut-être même davantage que simplement juste. Peut-être, songeait Danny en feuilletant un ouvrage sur l'immigration, peut-être était-ce la meilleure loi qui ait jamais existé dans le monde entier. Pourtant, dès l'instant où, le livre fermé et remis en place sur l'étagère, il sortit de la bibliothèque, le doute revint le hanter, parce que telle était sa nature.

Juste et aveugle.

Cela, c'était une certitude. Si je dis à la police ce que je sais sur le Dr Prakash, je dis ce que je sais sur moi-même.

*12 h 47*

Dans George Street, des passants contemplaient le ciel. Un avion y inscrivait le plus vieux message du monde en caractères mousseux :

une demande en mariage. Les premières lettres étaient déjà brouillées ; les badauds s'efforçaient de deviner le nom de l'heureuse élue.

VEUX-TU M'ÉPOUSER ... ET–

– Etta ? cria un des curieux.

– Etty ? suggéra un autre. Écris plus vite, vieux !

Danny éprouvait la même envie désespérée de voir le prénom épelé en entier avant que le début du message ne soit effacé. Il lui semblait qu'il n'existait rien de plus important au monde – l'énoncé du nom de la femme en toutes lettres dans le ciel.

Il en avait oublié le meurtre. Le cadavre de Toongabbie.

Mais lorsqu'il quitta le ciel des yeux et baissa la tête, il s'aperçut qu'on l'observait du haut d'un réverbère : la tête rigide, aux aguets, des plumes d'un gris tendre ondulant sous la brise.

Plongeant du ciel bleu de Sydney, elle avait surgi comme pour répondre à l'appel à l'aide d'un homme.

Une mouette.

*Comment sais-tu qu'il s'agit de la même crique ? semblait-elle demander. Comment peux-tu être certain que c'est précisément cette crique-là ? Il y a des tas de calanques à Toongabbie.*

Danny haussa les épaules. Je ne jurerais pas que c'est la même crique, monsieur l'inspecteur.

La mouette ouvrait maintenant largement le bec, rieuse. *Alors rentre chez toi. N'appelle pas le numéro d'urgence de la police pour raconter n'importe quoi. N'accuse personne.*

Mais c'est une urgence.

Ha ! La mouette avait trop souvent survolé Sydney. Chaque jour, chaque individu a une urgence. Donne-moi à manger, une frite, du fretin, criait la mouette. Voilà mon urgence à moi et c'est la seule qui compte aujourd'hui.

La mouette s'éleva sur ses puissantes ailes déliées. Danny la suivit du regard qui glissait au-dessus de la ville en direction de Pyrmont et du casino, comme si elle projetait d'y aller jouer le restant de la journée.

Ce dont je suis certain, en revanche, songea Danny en se remettant en marche sur George Street, c'est qu'il y a un an tout juste, lors de la dernière fête de Guru Purnima, nous sommes allés tous les trois dans une crique. À Toongabbie.

Ce jour-là avait été une sale journée. Le genre de journée auquel aucune règle ne vous prépare.

– Oh mon Dieu, oh mon Dieu, se mit à grommeler Radha, pressentant déjà un problème quand, en approchant de l'appartement de Potts Point les bras chargés de sacs de nourriture, elle vit Danny attendre devant l'immeuble.

– Je n'ai fait que lui demander mes soixante dollars, s'excusa celui-ci.

– D'accord, d'accord. Inutile de vous justifier auprès de moi.

Elle poussa la porte de l'immeuble et Danny, en sécurité, la suivit.

Radha ouvrit la porte de l'appartement et ils découvrirent Prakash assis au milieu de canettes de bière et de cartons de pizzas béants. Ses lunettes de lecture gisaient sur un journal ouvert à la page hippique.

– Tu as encore renversé de la bière ? Tu pourrais au moins nettoyer. C'est chez moi, ici. Pourquoi ne cherches-tu pas du travail au lieu de boire toute la journée ? Danny, vous voulez bien ranger tout ça ? Je vous donnerai un extra.

Prakash, silencieux, passa ses mains dans ses cheveux poivre et sel.

Danny s'apprêtait à ramasser ce qui traînait quand, tout à coup, il s'aperçut que Prakash le visait avec quelque chose.

Il baissa la tête juste à temps. La canette de bière heurta le mur. Radha poussa un cri. Peut-être crut-elle d'abord qu'il s'agissait d'un jeu, mais lorsque la deuxième canette arriva droit sur sa propre tête, elle tourna les talons et courut dehors avec Danny. Ils claquèrent la porte derrière eux.

– C'est Guru Purnima, aujourd'hui, expliqua-t-elle. Ces foutus Indiens ont l'habitude d'organiser une grande fête à Parramatta mais, cette fois, ils ne l'ont pas invité. Ils ne veulent rien avoir à faire avec un homme déprimé. Ce qu'ils veulent, ce sont de grosses voitures et du tape-à-l'œil. Je parie que les Sri Lankais sont pareils. Je me trompe ? Les Pakistanais aussi, je le sais.

Elle entrouvrit la porte et une nouvelle canette vola contre le mur.

– Calme-toi, chéri ! cria-t-elle du couloir. Après dîner, nous irons à la crique. C'est un endroit apaisant pour toi.

Toujours debout près de la porte, Danny comprit qu'il allait devoir les accompagner s'il voulait être payé. Pourquoi pas ? Le dîner serait offert. Et pour finir, tels qu'il les connaissait, la femme se sentirait coupable et lui donnerait beaucoup plus que soixante dollars. De l'autre côté de la porte, la voix du docteur maugréait.

– J'ai perdu deux cent soixante-dix dollars aujourd'hui. C'est truqué. Toutes les machines sont truquées.

– Mon pauvre chéri, dit Radha Thomas en collant sa joue contre le battant de bois. Mon pauvre, pauvre chéri.

***

– Une chance que les voisins n'aient pas appelé la police.

Ils roulèrent en silence pendant quelque temps.

Danny observait la nuque de Prakash. Pourquoi sa famille ne l'aidait-elle pas quand il avait des ennuis ? Pourquoi l'avait-on laissé travailler dans une mine ? Un homme issu d'une école privée devait-il ôter sa cravate et creuser le sol pour en extraire du fer ? Bien sûr, on est en Australie. Ici, pas de supérieur ni d'inférieur. Pas de classe qui tienne. Par exemple, sur les portes des sanitaires on lit : TOILETTES HOMMES, TOILETTES FEMMES. Cette formulation avait toujours intrigué Danny. Les toilettes ne sont ni mâles ni femelles. Les toilettes n'ont pas de sexe. Les Australiens maîtrisent mal leur propre langue. Voilà ce qui arrive quand vous portez des tatouages sur tout le corps ; quand il n'y a aucune ligne noire pour dire : Ne pas franchir. Une terre sans tabou, une terre sans classes.

Ce jour-là, pour la première fois, Danny avait pensé : Je devrais les quitter. Si je reste, il finira par se produire quelque chose de grave.

La femme avait pivoté sur son siège pour lui faire face.

– Dites quelque chose, Danny. Faites-nous rire. C'est pour ça qu'on vous emmène avec nous, qu'on vous invite à manger et à boire.

Une fois arrivés à la crique, le docteur et Radha, main dans la main, s'étaient dirigés vers l'eau qui clapotait bruyamment, Danny dans leur sillage.

Radha s'était retournée vers lui en souriant :

– Savez-vous, Danny, que Prakash et moi venons dans cette crique chaque dimanche ?

Ils étaient redevenus des tourtereaux.

Le Roi du Nil mit un doigt sur ses lèvres.

– Il y a un kangourou dans les parages, murmura-t-il. Je l'entends.

– Tu délires, Prakash. Il n'y a pas de kangourou ici.

– Je l'entends. Je connais les kangourous. J'ai couru avec les kangourous.

– Quand as-tu couru avec les kangourous ? Encore une de tes histoires.

– Tu ferais mieux de te taire. Tu n'as pas vu ce que moi j'ai vu dans ce pays. C'était dans le Kimberley, à l'époque où je travaillais dans les mines. Tu es là, la nuit, dans une caravane ou une tente, et tu les entends ronger. Ils rongent des os à longueur de nuit, les kangourous.

– Pourquoi ?

– Pour les sels minéraux. Ils mâchent, ils mâchent, et au bout d'un moment tu as envie de leur tirer une balle.

– Vous comprenez pourquoi j'aime cet homme, Danny ? dit Radha en haussant la voix. Il a voyagé partout. Il aurait pu devenir quelqu'un.

– Je ne sais pas où se cache ce kangourou, reprit Prakash en se tournant vers Danny. Tu sais, Fée du Logis, j'ai horreur des apologistes. Tu le sais, n'est-ce pas ?

– Absolument, répondit Danny.

Il comprit que c'était une sorte d'excuse.

– Il y a de la bière dans la voiture. Tu en veux ?

– Plus d'alcool, coupa Radha. Et ne cherche pas à dévoyer ce garçon.

Tout en s'efforçant de n'écouter que le murmure de l'eau derrière lui, Danny contemplait le ciel nocturne. Un autre nuage blanc gigantesque apparut dans la nuit australienne, aussi vaste et étincelant qu'une lagune.

– L'un de vous est-il déjà allé à Randwick ? demanda-t-il brusquement.

Les deux se mirent à rire.

– Randwick ? Comment on en est arrivés à Randwick ?

– C'est dans *Mission impossible 2*.

– Mission quoi ? Oh, Prakash chéri, s'exclama Radha en riant, on devrait vraiment adopter Danny.

– Ce n'est pas mon enfant.

– Prenons-le et fuyons à Hong Kong. Ou en Inde. Qu'en dis-tu ?

– Ce n'est pas mon enfant, répéta Prakash en déplaçant son grand corps dans l'herbe.

– Mais si. C'est notre Fée du Logis à QI élevé. Notre petit garçon du tiers-monde. Et voici notre arche de Noé brune dérivant à travers Sydney. Tu savais que Danny a été torturé, Prakash ? Tu le savais ? Comme Nelson Mandela. Tu ne m'écoutes pas. Danny ? Pourquoi restez-vous silencieux ? Faites-nous rire. Dites quelque chose.

– Même le perroquet doit se gratter l'oreille de temps en temps, répondit Danny, déclenchant aussitôt leur hilarité.

– Qu'est-ce que ça veut dire ?

– Ça veut dire : même un homme sage doit se taire de temps en temps.

– C'est très profond. Même le perroquet… comment est la suite déjà ? Au fait, Danny, je voulais vous poser une question. Vous avez une petite amie ? Oh, c'est affreux ! Prakash, tu entends ça ? Notre pauvre Nelson Mandela. Il faut absolument lui trouver un plan baise. Écoutez-moi, Danny, je sais ce que vous devez faire. Allez sur le site VeggieDate. C'est un site de rendez-vous pour végétariens. Les plus jolies filles de Sydney sont végétariennes.

– Pas moi, protesta Danny.

– Aucune importance. Les Australiens sont persuadés que tous les Indiens sont végétariens. L'autre jour, Mark et moi étions invités à une réception sur une plage, à Manly. Des types magnifiques ont débarqué, tous végétariens. J'ai dansé le Lindy Hop avec eux. Ils me dévoraient des yeux et disaient que j'étais une vraie rock star ! Nous allons trouver une végétarienne pour notre Fée du Logis, Prakash.

– J'ai des choses plus intéressantes à faire dans la vie.

– Quoi par exemple ? Devenir chirurgien ?

Danny commit l'erreur de rire. Prakash se retourna en grognant.

Radha, toute à son excitation, ne pouvait plus s'arrêter.

– Je vous le répète, Danny, cet homme aurait pu devenir quelqu'un. Nous autres, chez Medicare, nous sommes au courant de certaines choses. Prenez l'hôpital Westmead, par exemple. Il y a là-bas des chirurgiens qui ne devraient pas exercer. Ce sont des meurtriers. Chaque fois qu'ils opèrent, il y a des complications. Je connais le cas d'une jeune fille qui a subi une intervention pour un cancer de l'estomac. Eh bien vous savez quoi ? Elle a attrapé une pneumonie pendant l'opération. Et elle en est morte. Le chirurgien, un Blanc, exerce toujours à l'hôpital. Imaginez un peu si un Indien commettait une erreur pareille ! Ce serait dans tous les journaux. Voilà pourquoi tu n'es jamais devenu médecin, Prakash. Tout est arrangé dans les hautes sphères.

Elle se tut et sourit.

– Cela, et aussi le fait que tu n'es jamais allé à l'université ! Contrairement à tous les autres jeunes gens indiens qui ont étudié à Middlington.

Il va se rebiffer, se dit Danny, inquiet. Au contraire, Prakash éclata de rire.

– Au moins, moi, je ne suis pas un criminel. Je n'ai pas été arrêté pour vol. Ha !

Son rire perça la nuit.

D'un coup, la voix de Radha changea. Danny crut qu'elle sanglotait.

– Méchant. Tu es méchant avec moi. Les hommes sont toujours méchants. J'ai des épaules larges, c'est vrai. Les hommes n'aiment pas les femmes qui ont des épaules musclées. Je déteste mes épaules.

– C'est un trapèze, chère patiente. Pas des épaules, dit Prakash en la serrant un instant contre lui.

Radha continua de gémir.

– Méchant.

– Où est passée la lune ? demanda Prakash. C'est Guru Purnima, demain. La lune devrait être pleine. Demain, ce sera aussi la fête pour les turfistes. Je vais gagner tous mes paris.

Des blattes, opales noires vivantes, couraient sur les avant-bras de Danny. Il ne bougeait pas, contemplait les étoiles, et il pensait : Je suis presque là, étoiles. C'est ce que je suis en train de faire. Être presque là.

– Je devrais appeler Mark pour lui dire que je ne rentre pas. Je lui raconterai que je suis au pub avec les filles.

Radha se leva.

Mais aussitôt quelque chose l'attira de nouveau dans l'herbe. Et elle reçut un coup. Pas violent. Une simple claque, juste la force nécessaire pour établir que c'était bien une claque.

– Ne prononce pas son nom. Je te l'ai déjà dit.

– Je prononcerai son nom si j'en ai envie. Arrête tes manières de fasciste.

– Ne prononce pas son nom.

– C'est mon mari, putain ! Je prononcerai son nom si je…

Radha s'interrompit. Le rapport de force était inégal. La claque avait établi ce fait.

Danny se crispa. Un doigt l'avait touché dans le dos. Est-ce moi qu'il va frapper maintenant ?

Or au lieu d'un coup, c'est un murmure qui lui parvint :

– Tu sais, mon vieux, elle n'est pas une rock star. Tu me comprends ? À quarante ans, on n'est pas une rock star. Maintenant, regarde ça, Fée du Logis.

Prakash montra à Danny un objet qu'il avait dissimulé sous sa manche pendant tout ce temps. Bien que noirci par la graisse, son bord dentelé luisait dans le clair de lune.

– En voilà une rock star.

– Rangez ça, souffla Danny.

Avant que Prakash ait pu réagir, Radha poussa un cri perçant.

– Tu as encore apporté cet horrible couteau ? Je t'avais demandé de ne pas le trimbaler partout. C'est grossier.

– Je ne le ferai plus, chérie. Ne crie pas. C'est promis.

– Danny, s'il vous plaît, prenez-lui ce couteau. Pourquoi est-ce que je vous paie ?

Danny n'eut pas le temps de répondre car, soudain, ils se rendirent compte qu'ils n'étaient pas seuls dans la crique. On entendait des clapotements, des éclaboussements. Ils se levèrent tous les trois d'un même mouvement pour comprendre la cause de ce raffut.

Un chien noir, tout frissonnant, semblait hésiter entre la terre et l'eau tandis que, dans la crique, deux garçons blancs, torse nu, se maintenaient à flot en riant et en imitant l'animal chaque fois que celui-ci aboyait ; ils dressaient la tête vers le ciel et poussaient de longs hurlements, ce qui ne faisait qu'enrager et perturber le chien, qui trébuchait au milieu des rochers en ajoutant ses cris aux leurs.

*Il y a donc un an exactement. La précédente fête de Guru Purnima. Très bien. Vous êtes allés dans une crique à Toongabbie. Ce jour-là, il avait un couteau sur lui. Comment sais-tu que c'était la même crique que celle où l'on a découvert le corps de Radha Thomas hier, vêtue d'une veste aux poches lestées de pierres ?*

*Comment tenir ce fait pour certain alors même que tu te diriges vers la clinique pour retrouver Prakash ?*

*12 h 57*

Sur la façade ensoleillée d'un vieil entrepôt en briques était fixée une pancarte peinte en blanc au pochoir qui semblait dater des débuts de la civilisation à Sydney : REX SIMPSON – VÊTEMENTS DE QUALITÉ POUR HOMMES. À côté des lettres émergeait la silhouette fantomatique d'un gentleman chapeauté. Danny aurait aimé posséder un tel chapeau. Idéal pour dissimuler ces stupides mèches mordorées dont il était pourtant si fier une heure plus tôt.

*J'ai faim, Fée du Logis.*

À la manière d'une chaîne le remorquant vers la « clinique » du Dr Prakash, les messages ne cessaient d'affluer : *Il faut absolument que quelqu'un nettoie l'appartement avant mon départ pour l'Afrique du Sud !*

Regardez-le, ce Dr Prakash, ancien mineur, ancien soldat, Roi du Nil, abaissant ses lunettes de lecture plantées dans ses cheveux ondulés à demi argentés pour les chausser sur son nez et fixer ses yeux noisette sur la page hippique du journal. Un homme doté de tels yeux peut-il avoir un lien quelconque avec un meurtre ? Un homme civilisé, un homme ayant fait ses classes dans une école privée ?

Cependant, ce même homme se promenait avec un couteau.

Danny regardait la ville de Sydney comme pour y chercher de l'aide et il vit, sur le côté d'un immeuble, une invite en lettres défraîchies : BUVEZ DU THÉ.

*12 h 58*

Dans un magasin discount qui ne cessait d'annoncer sa fermeture définitive depuis qu'il avait posé le pied en Australie, où une voix de baryton préenregistrée tonnait des réclames sur les lunettes de soleil, les T-shirts pour touristes, les sous-vêtements pour hommes et jeunes garçons, les barres chocolatées aux fruits et noix Cadbury, une liquidation totale se poursuivait indéfiniment en plein cœur de la ville.

« Liquidation finale, je répète, liquidation finale. Tout doit disparaître, chers clients. Tout doit disparaître. Entrez jeter un coup d'œil. Cette fois, c'est pour de bon ! »

Que cherchez-vous ? demanda la vendeuse libanaise à Danny. Non, nous n'avons pas de pastilles menthol. Je ne savais même pas que ça existait. Mais, oui, nous avons des couteaux de cuisine.

LE KENNEMAN

ROI DE LA CUISINE

QUI N'A JAMAIS BESOIN D'ÊTRE ASTIQUÉ

GARANTIE À VIE

Danny prit un couteau dans la boîte pour toucher la pointe à travers l'étui en plastique.

Il revoyait le Roi du Nil : ce visage sombre et luisant tel de l'anthracite, ces lunettes de lecture noires qu'il portait toujours dans ses cheveux ondulés poivre et sel.

La fièvre de Danny s'évanouit, ses sinus se mirent à rougeoyer sans doute comme ceux de l'oncle Shankar quand il inhalait du menthol. Il laissa retomber le couteau sur la pile à six dollars pièce.

« Dernière et ultime liquidation ! La vente finale ! Tout doit disparaître, chers clients. Tout doit partir. »

Devant le magasin discount, formant un petit groupe de coiffures funky, de jeunes Indiens fraîchement débarqués de leur pays avaient les yeux fixés sur un téléphone portable, tandis que, séparés de leur groupe par une poubelle, d'autres Indiens, transformés par l'Occident, sucre brut en sucre raffiné, plus corpulents, en costume et coiffure Pompadour, s'étaient réunis autour de leur propre écran mobile. Les Indiens en costume étaient des locaux, des Indiens

Glaçons, qui ignoraient les immigrants. Pourtant, remarqua Danny, les deux groupes regardaient le même clip de chanson de Bollywood.

Après avoir descendu Park Road, il arriva à l'intersection de Hyde Park.

De là on pouvait embrasser du regard les trois cavités du cœur de Sydney : océan, parc, colline. S'il obliquait à droite, il arriverait à l'opéra et aux ferries reliant Manly Beach. En face de lui se dressaient les immeubles des banques et des compagnies d'assurances disposés autour du losange vert de Hyde Park. Mais c'est vers la colline qu'il levait les yeux. S'élevant de la ville en pente abrupte, William Street menait vers une enseigne Coca-Cola démodée et gigantesque, dont les néons palpitaient du crépuscule jusqu'à l'aube, et qui marquait l'entrée du secteur le plus densément peuplé d'un continent en grande partie désert. Le quartier chaud de Kings Cross.

Danny connaissait bien cette enseigne. Combien de fois s'était-il posté à côté d'elle, pendant que le docteur et Radha faisaient l'amour, sans autre occupation que de déambuler. Ses pas finissaient toujours par le mener là, au-dessus de la rangée de palmiers qui servait de séparation au trafic routier s'engouffrant dans le tunnel. Une fois là-haut, il pensait : je connais une chose ignorée de tous. Un secret : la liaison de Maison Numéro Cinq et Maison Numéro Six, dont il était l'unique détenteur dans la ville tentaculaire de Sydney, lui, l'immigré clandestin.

Le Danny-d'en-bas invectiva le Danny-d'en-haut. *Fêlé. Tu es le plus grand fêlé du monde.*

N'avait-il pas calculé que Radha et Prakash devaient avoir dépensé plus de cinq cents dollars pour lui en repas et boissons pendant la période où il avait travaillé pour eux ? Et maintenant, songea-t-il, ils m'obligent à rembourser chaque dollar.

Des hiéroglyphes blancs – chiffres, zigzags, points et traits – couvraient la chaussée, signaux peints à l'intention des automobilistes allant vers Kings Cross. Au-delà de l'enseigne Coca-Cola géante, enfouie quelque part dans Kings Cross, se trouvait la clinique. Radha lui avait donné ce nom parce que Prakash y passait un temps infini, à jouer et à boire.

Dans sa paume, Danny lut le numéro qu'il y avait lui-même noté. *1 800 330 000*

Anguille, poisson d'argent, avocat et thon détournèrent son attention. Sur sa droite, derrière les fleurs, journaux et bouteilles d'eau d'un éventaire, dans la pénombre de la porte entrouverte du magasin, il venait de discerner un trait de lumière intermittent sur un plateau tournant de sushis. Tout à trois dollars, trois dollars seulement.

Mais pas de samossa. Pas un seul samossa.

Il leva de nouveau les yeux sur la gigantesque enseigne Coca-Cola.

Devant lui, un poteau équipé d'un bouton argenté émettait les pulsations rapides qui signifiaient : *Vous pouvez traverser.*

*13 h 12*

Vaincu, le monstre à tête de taureau était hébété : ses yeux fermés, ses traits crispés par une douleur violente tandis que le héros grec, placide, nu, doté d'un pénis minuscule, lui tordait les cornes. Un mainate qui prenait un bain dans la fontaine se percha sur le taureau terrassé et, dans une tentative pour le ranimer, agita ses ailes mouillées, obligeant Danny à reculer et à quitter le cercle de touristes béats d'admiration devant les géants de bronze.

Il avait échoué. Échoué à briser ce nouvel interdit. Au lieu de cela, il avait rebroussé chemin pour revenir à Hyde Park, et descendu une promenade bordée de figuiers jusqu'à ce que lui parvienne le bruit de la fontaine. Derrière les géants de bronze, derrière les arbres et les touristes, Danny aperçut les tours rousses de la cathédrale Sainte-Marie, posée à la manière d'un marque-page sur une ville frivole en quête de plaisirs. Et une fois encore il s'éloigna pour revenir dans le parc, avec un nom dans la tête : Gandhi.

Quelqu'un pinça les cordes d'un instrument de musique ; de la fumée de bois flottait dans l'air.

Gandhi, oui. Un personnage dont le docteur aimait parler. Les Sud-Africains possédaient une statue de Gandhi jeune, vêtu de ses habits d'avocat, au cœur même de leur plus grande ville, Johannesburg. Le Dr Prakash avait admiré et photographié la statue. *Gandhi ! Habillé !* Ça, c'est la civilisation.

Et n'oublie pas qu'il avait mis des tulipes rouges devant sa fenêtre à Potts Point pour témoigner de son amour pour Radha. Retourne-toi, Danny. Kiran Rao te dit de te retourner, mec.

Décrivant un cercle invisible autour de la fontaine, un jabiru avançait, l'air digne, la tête inclinée, avec des mouvements exagérés de ses pattes reptiliennes, dans une sorte de parodie de la solennité avec laquelle les humains se prennent eux-mêmes en photo.

De part et d'autre de son corps, le jabiru portait une étiquette jaune imprimée d'un numéro de surveillance. Le vent soufflait l'odeur des forêts en feu dans les narines de Danny.

Sous l'effet de la fumée sur son intestin, Danny sentit qu'il devrait bientôt aller chier.

Quelqu'un l'observait : perché sur un piédestal en pierre, un vieux Britannique verdâtre armé d'un télescope, probablement le capitaine Cook, épiait Danny et son cactus. Lorsque le vent forcit, le jabiru battit violemment des ailes pour s'envoler, et l'Anglais statufié se métamorphosa sous les yeux de Danny en un jeune et fringant Gandhi vêtu de pied en cap.

*Joyeuse joyeuse joyeuse*, chantait une jeune maman en remontant William Street avec son enfant sanglé contre sa poitrine. *La vie n'est qu'un rêve. Joyeuse joyeuse…*

Danny marchait derrière elle, le cactus encellophané plaqué contre son T-shirt. Il était à mi-parcours de la colline. À mi-chemin de la clinique.

Il ralentissait le pas en passant dans l'ombre des banques et des immeubles qui bordaient William Street, et accélérait lorsqu'il devait traverser les carrefours inondés de soleil. L'arche de Harbour Bridge, visible sur la gauche, rendait supportable l'attente aux feux rouges. Devant lui, la ritournelle continuait.

*La vie n'est qu'un*

Tapotant le dos de bébé, la jeune mère chantait. *Joyeuse joyeuse joyeuse, la vie n'est qu'un, la vie n'est qu'un.* Bien à l'abri dans l'ombre de sa mère et de sa chanson, l'enfant jeta un regard à Danny, un regard dur, nuageux et bleu comme les billes de verre auxquelles on jouait dans les rues du Sri Lanka.

Danny aurait préféré que l'enfant porte ses yeux ailleurs. Ils avaient déjà traversé trois carrefours. Au quatrième, la mère et l'enfant poursuivirent tout droit.

Danny s'arrêta devant un pub qui avait disposé des tables sur le trottoir.

Sur l'une des tables, un journal frémissait sous la brise, vivant, maintenu par un dessous de verre. Tout, à présent, était enfiévré. Quelque part à l'intérieur de ces pages flottait le visage mort de Radha.

La table était moite, mais Danny n'aperçut nulle part de l'eau fraîche. Juste un rond humide de bière. Il y humecta son doigt pour écrire sur le journal.

*Quelqu'un d'autre.*

Autrement dit : *Quelqu'un d'autre préviendra la police.*

Avec son ongle long, il grava par-dessus des mots en tamoul

வேறு யார்

*Mais qui d'autre…*

Il grava de nouveau ces mots

வேறு யார்

*Qui d'autre est au courant pour eux ?*

Le docteur et Radha changeaient systématiquement de bar, personne ne les connaissait. C'était le but recherché. Leur liaison devait demeurer secrète.

Pressé d'intervenir, le téléphone se mit à vibrer. Le Dr Prakash voulait en effet se manifester.

*M6*

*Je prends l'avion ce soir. Ce serait bien si tu allais rapidement faire le ménage dans l'appartement.*

Dr Prakash, pourquoi me harcelez-vous ?

*Les toilettes, surtout, ont besoin d'un bon nettoyage. Si j'ai bonne mémoire, tu étais très efficace pour les toilettes.*

Danny s'assit sur l'une des chaises en rotin de la terrasse du pub.

De là, il pouvait apercevoir l'intérieur du bar, où le téléviseur diffusait des images de la femme assassinée. Même sur le trottoir, malgré le brouhaha de la circulation, on entendait les commentaires du journaliste.

*Selon la police, le corps a été découvert la nuit dernière dans une crique à Toongabbie, enveloppé dans une veste en cuir dont les poches étaient lestées de pierres. La veste est de marque italienne et de couleur… La police recherche des informations au sujet de cette veste et de son propriétaire.*

Avaient-ils dit noire ? Danny s'approcha de la porte vitrée du bar, mais le rugissement d'un camion gravissant la colline étouffa le son du téléviseur.

Ils avaient bien dit noire, n'est-ce pas ?

En guise de réponse, la façade vitrée de l'immeuble d'en face renvoya le reflet déformé et tremblotant d'une interminable tour beige, semblable à celle escaladée par Jack et son haricot géant, et Danny comprit que c'était l'image de son propre cœur.

Depuis le trottoir escarpé de William Street, on entrevoyait l'opéra et l'océan. Vas-tu rentrer si facilement dans ton pays ? questionnait l'eau bleue. Toi ou les Blancs, pour moi, c'est du pareil au même. Je continuerai de scintiller.

*Les tables sont réservées à la clientèle.* L'avertissement se formait déjà sur les lèvres de la jeune Australienne lorsqu'elle poussa la porte vitrée du pub, mais il n'y avait plus personne sur la terrasse, juste un journal souillé par des traces de doigts humides, calé sous un dessous de verre. Ce n'était pas de sitôt qu'une barmaid australienne coincerait Danny.

Il fit halte au carrefour suivant. N'y avait-il pas davantage de feux rouges sur William Street que sur toute autre avenue de longueur égale à Sydney ? Il se promit de vérifier ce point plus tard, puis se moqua de lui-même.

Quel intérêt de vérifier cette information si tu dois être expulsé demain, Danny ?

Il aurait volontiers rasé ses mèches mordorées en guise d'offrande expiatoire pour sa vanité, si tel était le prix à payer pour rester un jour de plus dans cette ville.

Alors que l'enseigne Coca-Cola géante et rouge l'attirait tel un aimant, les messages semblaient affluer de plus en plus vite sur son téléphone.

*Je dois partir à six heures pour l'aéroport. Peux-tu te dépêcher ?*

À quoi il répondit :

*J'arrive bientôt. Je suis à Kings X.*

Imagine qu'il l'ait réellement tuée, pensa Danny. Et maintenant il serait tranquillement assis dans un pub en train de t'envoyer des messages ? C'est absurde.

*Joyeuse joyeuse joyeuse*, chantait la jeune mère australienne à son enfant en avançant de son tranquille pas maternel, *Joyeuse joyeuse joyeuse.* Danny l'avait rattrapée.

L'enfant adressait un sourire vertical au ciel australien.

Danny remarqua ce sourire et il pensa à Sonja. Je *pourrais* aller la voir.

Son maillot de corps lui collait à la peau.

Au sommet de la colline, l'enseigne Coca-Cola se dressait tel un juge arbitre entre Kings Cross, le quartier chaud, et l'avenue qui menait à Saint-Vincent, où Sonja travaillait ce jour-là. Au lieu d'aller à la clinique, s'il prenait à droite et dépassait le pub jaune et les restaurants thaïs, il arriverait à l'hôpital.

Il consulta sa liste de contacts. *Sonja.* Numéro 16.

Déjà, il se sentit mieux.

Tu *pourrais* lui écrire un message.

*Viens me rejoindre juste cinq minutes.* Devant l'hôpital, tout à côté du monument à la mémoire du médecin chinois assassiné, se dressait une fontaine. De l'eau fraîche. Cinq minutes. Désaltère-toi à la fontaine. Dévoile à Sonja tous tes mensonges.

*13 h 40*

Prends une décision ! Droite ou gauche.

Ouvrant grand la bouche, la rue exigeait : *Décide-toi maintenant.*

Danny se trouvait en effet à l'endroit où William Street, en se divisant en deux branches incurvées qui convergent ensuite en haut de la colline, laisse place au large bâillement d'un tunnel en ciment où s'enfonce l'épine dorsale de lumières orange qui plonge dans les ténèbres, et présente de ce fait le spectacle simultané du jour et de la nuit, tandis que l'enseigne Coca-Cola, en surplomb, règne sur les deux royaumes.

Dès leur deuxième rendez-vous, Sonja connaissait tout de la situation au Sri Lanka, du problème des réfugiés tamouls, elle avait même envoyé une lettre à son député pour demander une révision de la politique envers les demandeurs d'asile originaires de cette île superbe et tourmentée. Danny avait gardé le silence pendant qu'elle expliquait la conjoncture singulière et complexe du Sri Lanka, débutant chacune de ses phrases par « *Comme tu le sais*, le traitement des minorités… »

Pour finir, elle l'avait laissé parler.

– Je pense que nous n'avons pas besoin d'autres immigrants en Australie, avait déclaré Danny.

Souriant, et conscient de la monstruosité de ses propos, il avait énuméré des faits concrets devant une Sonja médusée.

– *Comme tu le sais*, l'Australie souffre d'une pénurie d'eau douce. *Comme tu le sais*, ce sont les promoteurs immobiliers qui souhaitent une augmentation de l'immigration. Ils importent des Africains ou des Asiatiques et les installent dans des taudis près de l'aéroport et des gares. Pour en faire des esclaves au service des Blancs.

– Seigneur ! s'était récriée Sonja, abasourdie. Danny est un conservateur.

Elle lui avait fait observer qu'il « pourrait manifester un peu plus d'empathie sur la question des immigrants », mais n'avait rien ajouté d'autre. Elle devait penser que c'était dans sa nature, de même que sa cloison déviée, ses sinus réfractaires, son esprit de contradiction. Peut-être même ne l'en aimait-elle que davantage.

Danny n'avait rien dit au sujet de la boursouflure sur son avant-bras gauche. De fil en aiguille, Sonja aurait pu finir par découvrir que son homme était un clandestin. La honte.

Le regard de Danny se détacha de l'écrasante enseigne Coca-Cola pour se porter vers la droite.

Aussitôt il sentit la présence de Sonja – ses doigts qui jouaient dans ses mèches, les lissaient en arrière vers sa nuque. Ces doigts forts l'attiraient maintenant vers l'hôpital Saint-Vincent qui se trouvait à quelques minutes de là, en lui susurrant *Viens, viens, prenons un café ensemble.*

Sonja aimait le café. Elle en buvait trois par jour. À trois cinquante la tasse. (Cette façon qu'ont les Australiens de dépenser l'argent !)

D'un autre côté, Sonja détestait être dérangée pendant son service à l'hôpital. D'ailleurs, en règle générale, son travail était le point de départ de leurs querelles.

– Un patient m'a uriné dessus pendant la douche, lui avait-elle dit la semaine précédente.

– Ça fait partie du métier d'infirmière, je suppose.

– Comment ça ? s'était-elle offusquée. Puisque tu te crois si malin, pourquoi ne deviens-tu pas infirmier au lieu de faire des ménages ?

Si, au lieu d'aller à droite, Danny décidait de bifurquer à gauche de l'enseigne, de passer devant les ivrognes, les touristes et les maquereaux, il arriverait à la clinique, et dans la clinique…

*La vie n'est qu'un rêve.*

Rien n'est simple pour un homme tel que lui. Pas même le fait d'être sans défense. Ou inoffensif. La vie est une bataille et, bien que de manière inégale, tout le monde est armé.

Danny connaissait une histoire ; il détenait un pouvoir. Soupesant son cactus d'une main, dans l'autre il fit craquer ses phalanges avec son pouce.

*La vie n'est qu'un rêve.*

Une jeune femme athlétique le dépassa en courant. Son dos musclé éveilla en Danny des images érotiques. Non, non, la vie n'est pas un rêve. Vis aujourd'hui pour passer la journée de demain avec ta petite amie.

Fais demi-tour, Danny. Tu es un homme de ménage intelligent, non ?

À cet instant, venant de la ville et décrivant des cercles au-dessus de l'enseigne Coca-Cola, une demi-douzaine de cacatoès à la poitrine couleur souffre se mirent soudain à criailler avant de piquer vers la gauche dans Kings Cross.

Le Quartier Central du Plaisir de Sydney.

*Troisième année en situation irrégulière*

*C'est une Indonésie au cœur de l'Australie : un archipel d'immigrés clandestins, isolés les uns des autres, plus faibles et plus craintifs du fait même de cet isolement. Après quelque temps, on s'aperçoit que certains petits îlots se sont rejoints pour en former de plus grands, et que la peur a régressé. On y voit même poindre l'espoir.*

*Au retour d'un extra de ménage à Parramatta où l'avait envoyé Tommo, son attirail d'astronaute sur le dos, Danny avait remarqué une femme qui se tenait devant la gare et criait : « Ne détournez pas les yeux de la Syrie ! Des milliers de Syriens sont massacrés, violés, assassinés. Signez cette pétition maintenant ! Massacrés, violés… » Comme elle avait l'air solide, cette femme. Elle paraissait capable d'affronter les services de l'immigration et la police.*

*– Alors pourquoi ne lui as-tu pas parlé ? Pourquoi ne lui as-tu pas demandé de l'aide ?*

*Ce soir-là, les sans-papiers du quartier s'étaient réunis sur les bancs devant la bibliothèque fermée de Glebe, et Danny leur avait décrit la femme croisée devant la gare. En réponse à leurs questions, il avait simplement répondu :*

*– Je n'aimais pas ses bottes.*

*– Quoi ? Ses bottes ? avait sursauté Ibrahim le Pakistanais.*

*Bizarrement, il avait semblé à Danny que cette femme chaussée de hautes bottes noires ne militait pas réellement pour la Syrie ou les Syriens. Regardez-moi ! haranguait-elle ses concitoyens australiens. Ayez pitié des sans-papiers mais regardez-moi !*

*Parfois, selon la rumeur, des travailleurs sociaux effectuaient des descentes dans les faubourgs, soi-disant « pour protéger les clandestins de l'exploitation ». Quand ils vous arrêtaient, ils vous demandaient « Ça va, l'ami ? » Et ils vous offraient une barre de chocolat pendant qu'on vous passait les menottes. Pour finir, vous étiez quand même expulsé. Quelle importance alors qui vous pourchasse, une dame au grand cœur ou un policier costaud en uniforme bleu et armé ? Idéalisme et corruption s'écoulaient dans Sydney pareils à deux égouts parallèles. Les Blancs vous délivraient un cours sur vos droits pendant le trajet dans le véhicule qui vous conduisait au centre de détention.*

*– Je n'aimais pas ses bottes, décréta Danny d'un ton ferme et définitif.*

*Fumant une cigarette roulée, Lin, le Sino-Malais employé dans un restaurant mexicain où il confectionnait des tacos, répéta ce qu'il avait coutume de dire, tout en accompagnant sa parole du geste : « Tu peux avoir un paquet de cigarettes épais comme ça pour huit ringgits en Malaisie. Huit ringgits seulement. » Pourtant Lin disait aussi qu'il n'était jamais, jamais retourné en Malaisie.*

*Lin, qui effectuait deux services par jour dans le restaurant mexicain, manquait beaucoup d'énergie quand il ne travaillait pas, comme s'il y avait en lui des vides là où il aurait dû y avoir de la colère.*

*Mais dès qu'il avait commencé à fumer, sa colère surgissait. « Kuala Lumpur est saturée de sans-papiers, dit-il en exhalant sa fumée de côté pour épargner Danny. Ils sont dix fois plus nombreux qu'à Sydney. Rien que des musulmans. Bangladais, Pakistanais et Arabes. C'est le gouvernement qui les fait venir. Ils ont de fausses cartes d'identité malaises. Les Chinois dehors, les musulmans dedans. »*

*C'était la première fois que Danny entendait parler d'endroits dans le monde où les Chinois, en dépit de leur nombre, étaient les faibles. Cependant c'était assez logique. Il commençait même à penser qu'il y avait une raison si certains immigrants venus de Malaisie, du Sri Lanka ou du Pakistan finissaient par conduire de grosses voitures dans les quartiers ouest de Sydney, et si d'autres échouaient dans des quartiers tels que celui-ci, devant la bibliothèque de Glebe, obligés de parler à voix basse. Il avait rencontré un jour dans le quartier branché de Surry Hills deux hommes de ménage népalais qui ne ressemblaient pas à l'idée qu'il se faisait des Népalais. Plus sombres de peau, plus petits, comptant peut-être parmi les plus pauvres du Népal.*

*Est-ce ainsi que les choses fonctionnent ? Premièrement, vous n'êtes pas désiré chez vous. Ensuite, des étrangers en situation irrégulière viennent dans votre pays, prennent le peu que vous avez, et vous forcent à partir en Australie et à devenir un immigré clandestin.*

*Danny questionna Lin :*

*– Ces gens originaires du Bangladesh et du Pakistan qui sont maintenant en Malaisie, ce sont eux qu'il faut blâmer, alors ?*

*Lin secoua la tête. Danny comprit. Il y avait au Bangladesh et au Pakistan des sans-papiers qui les avaient contraints à partir.*

*Seigneur. Où cela finit-il, et qui est responsable de ce qu'on nous a fait ?*

*Lin fumait comme fumaient les hommes au pays : les mains dans les poches, la cigarette allumée pendouillant sur la lèvre inférieure humide en segments égaux (filtre, tabac et cendre). Moi aussi, songea Danny, je suis tombé à ce niveau.*

*Quand vous regardez les Jeux asiatiques ou les Jeux olympiques chez vous, vous êtes fier de vos compatriotes qui renvoient une image séduisante de vous et de votre pays. À l'inverse, ce qui en Australie nuit à l'image de votre pays, c'est d'enfreindre la loi. Ce qui était précisément leur cas à tous. Tous autant qu'ils étaient devant la bibliothèque.*

*– Qu'est-ce que vous racontez, chez vous ?*

*De menus mensonges, et identiques. Les Pakistanais prétendaient être les patrons de l'épicerie où ils travaillaient. Idem pour Lin. Pas question d'être devenu millionnaire. Le mensonge portait seulement sur leur dignité.*

*– Et toi ? demanda Lin à Danny. Qu'est-ce que tu racontes à ta famille sur ce que tu fais ici ?*

*– Rien. Je n'écris jamais.*

*Aussitôt il perçut leur envie de prendre leurs distances vis-à-vis de lui.*

*Parce qu'il existe une différence entre nous, conclut Danny en observant les autres sans-papiers. Pour eux, la honte était une force atmosphérique qui les écrasait de l'extérieur. Chez lui, la honte bouillonnait de l'intérieur. Même si on m'accordait la citoyenneté dans ce pays, je continuerais d'avoir honte de moi-même.*

*Au moment de sombrer derrière la bibliothèque, le soleil projeta un faisceau rasant à travers les hiérarchies sydnéennes. Puis le nuage de mélancolie et de désespoir qui avait grossi à Glebe, si énorme et si noir, se leva.*

*Car Lin s'était mis à parler de nourriture. D'un festin. En allumant une autre cigarette roulée, il entreprit de décrire un marché alimentaire de plein air, éclairé par des lumières blanches, un marché de nuit tel qu'il en existait seulement dans les villes d'Asie, où l'activité ne cesse jamais. Dimsums à la vapeur dans des paniers d'osier, canard rôti laqué, poulet laqué, brochettes, côtes de bœuf, grenouilles fraîches et frites, tout ce dont vous pouviez rêver. Les Pakistanais, excités par ses descriptions, en rajoutaient. Agneau rôti, ou en brochettes. Et ces crèmes glacées qui ne prenaient vie qu'à la nuit tombée et à l'air libre ! Le tout disposé sur une grande table en bois très propre.*

*Ils s'empiffraient de mets imaginaires, canard, poulet, rouleaux de réglisse, riz au jasmin fumant, ils se pâmaient à la pensée des hypothétiques calories.*

*Danny avait un élément à joindre au banquet : l'espoir. Il existe un moyen pour sortir de notre honte, leur expliqua-t-il. Poulet et canard sitôt évaporés, ils se regroupèrent autour de lui. Comment ? Approchez plus près. On peut contourner la loi australienne. Comment ? Encore plus près. Écoutez. Danny s'était instruit à la bibliothèque. Dans les années 1970, un Premier ministre du nom de Malcolm Fraser avait un jour annoncé devant le parlement de Canberra : « Étrangers en situation irrégulière qui vivez sur notre sol, demain sera pour vous jour d'amnistie. » Vous savez que, le jour de Noël, le conducteur du bus ne contrôle pas si vous avez poinçonné votre carte de transport bleue ? Eh bien c'est la même chose. Vous allez au bureau de l'immigration, vous déclarez je suis sans-papiers, et ils vous répondent : Pas de problème, soyez le bienvenu.*

*L'amnistie. Les portes s'ouvrent en grand, les plaques d'égout s'envolent et une cité souterraine émerge dans la lumière.*

*Foutaises, répondit Ibrahim le Pakistanais. Son sourire s'était figé. Pas de cette façon. Moi je vais vous dire ce qui va se produire ; il n'y a pas d'autre moyen. L'autre jour, à Seven Hills, le pare-brise d'un camion avait émergé de derrière une palissade, arborant en grosses lettres un mot en caractères romains et arabes –* BISMILLAH *– pareil à un nouveau soleil prêt à se lever sur un nouveau Sydney. Une nouvelle loi. Et quand il avait observé ce gros et bruyant camion appartenant à un musulman, Ibrahim avait compris. Il avait compris ce qu'était l'avenir de l'Australie.*

*Pourquoi pas, songea Danny. La nuit tombait. Il marchait au milieu d'une foule sombre vers le Sunburst Grocery Store. Pourquoi ne pas convertir tout ce foutu pays à l'islam. Cela ferait peut-être d'eux des hommes, après tout.*

PORKY'S

BOÎTE DE NUIT

LA PLUS CÉLÈBRE LOVE MACHINE DU MONDE

POUR ADULTES SEULEMENT

STRIPTEASEUSES À GOGO

LIBRAIRIE ÉROTIQUE

ENTREZ ET REGARDEZ

*13 h 42*

Les mots palpitaient en lumières rouge, vert ou jaune : CLUB MASCULIN – STRIPTEASE – BOUTIQUE ROSE POUR ADULTES – BIENVENUE À KINGS CROSS.

Déjà, quelques femmes en bas résille et rouge à lèvres corail avaient commencé à se regrouper sous les lumières. Les joues creuses, les yeux exorbités, elles avaient les peaux les plus pâles de Sydney ; le soleil avait déserté leurs jambes depuis longtemps.

Au Sri Lanka, les prostituées montrent leurs seins. Ici, elles montrent leurs cuisses. Un proxénète à tête de taureau, le crâne rasé et tout vêtu de noir, couleur de sa profession, essaya de tendre quelque chose à Danny. « Michael Jackson ! » lui cria-t-il, alors que deux autres maquereaux, également chauves, venaient se placer derrière lui. « Eh, Michael Jackson, ça te dirait de voir une femme ? »

Ils faisaient sans doute allusion à ses mèches mordorées.

Non merci. Ce n'est pas pour moi.

– Gandhi ! cria l'un des proxénètes. On a des femmes indiennes ici ! Les deux autres étaient hilares.

Non merci. Pas pour moi. Danny s'éloigna.

Il savait qu'il y avait dans le quartier un restaurant de kebab. Le Five Star Syria, tenu par un dénommé Haroun. Autrefois, lorsqu'il venait travailler dans la Maison Numéro Six, Danny s'arrêtait toujours pour écouter Haroun, derrière son comptoir, se plaindre de l'Australie : Haroun devenait vieux, Haroun travaillait douze heures par jour, Haroun s'appauvrissait en Australie à dépenser vingt-cinq dollars pour un paquet de cigarettes. Cette prérogative des immigrés légaux de critiquer leur pays d'accueil faisait l'effet d'un coup de poignard dans le cœur de Danny.

Or Haroun était parti et un Arabe plus jeune, armé d'un hachoir, découpait désormais la montagne de chawarma.

Fête de Guru Purnima.

*Où es-tu, Fée du Logis ?* bipa son téléphone. Danny pouvait voir l'endroit dont provenaient les messages.

*… suis en chemin, docteur, j'arrive…*

Passée la prostituée en quête d'un client matinal, passées les crottes de chien au pied des arbres, passées les veines arborescentes d'urine et de crachats superposées sur les trottoirs, Danny parvint à un patio où des hommes blafards fumaient et posaient un regard désespéré sur le monde environnant. Derrière eux, des portes vitrées noires indiquaient un espace privé.

Danny s'arrêta pour contempler l'ellipse de lumières blanches qui scintillait autour du mot VEGAS.

Le Vegas Hotel de Kings Cross, surnommé la clinique.

Des cris d'alerte fusèrent dans le ciel.

Une mouette, surfant sur un courant d'air entre deux immeubles, survolait les plaisirs charnels de Kings Cross sans bouger une plume, et n'ouvrait le bec que pour émettre une série de criaillements rauques. Elle évoquait un dessin animé ayant pour thème les ragots de village, commère assise à une buvette toute la journée, trop paresseuse pour remuer un muscle sinon celui de sa bouche puissante.

Se croyant l'objet des médisances de la mouette, Danny grimaça. Elle est libre, cette mouette, mais libre uniquement de cancaner dans le ciel.

Ici, sur terre, lui, Dhananjaya, avait déjà posé la main sur la porte vitrée du Vegas : il lui sembla que sa paume était collée à la porte sans pouvoir s'en détacher. Des gens se tenaient derrière la vitre. Il vit une centaine de personnes, sombres, démultipliées, en attente. Tel Kiran Rao dans son élégant costume au Festival de Sydney, il s'adressa à son auditoire imaginaire. Un homme privé de droits en ce monde n'est pas délié de ses responsabilités. Le public applaudit. Soudain, tout faisait sens, depuis ses cheveux jusqu'à ses chaussures, et son noir reflet dans la vitre teintée en fut aussitôt illuminé : mi-Gandhi, mi-flic. Voyons l'impression que cela procure.

Il poussa la porte et pénétra dans la clinique.

L'agréable sensation de pénombre et de climatisation était atténuée par un soupçon d'odeur d'égout à chaque bouffée d'air pulsé. La moquette était peut-être humide. Ou la bière éventée. Danny éternua.

Sur sa gauche, un néon signalait : SALLE VIP.

Dessous, un autre le contredisait : ENTRÉE LIBRE.

Il déambula autour des machines à sous. Aztèques, Ouest Sauvage, Symboles du Zodiaque, Taj Mahal, Tigres du Bengale, Éclairs et Foudre, Sombreros Mexicains. Les dizaines de joueurs, hommes et femmes, semblaient être là depuis des heures. Certains avaient placé leur verre de bière sur l'appareil. Une Asiatique tournait la tête à la façon d'un robot, probablement pour détendre sa nuque. Un bourdonnement continu de bonheur mécanique – *bing-bing-bing* – emplissait la salle, explosant de temps à autre en euphorie avant de décroître de nouveau en une gaieté répétitive. *Bing-bing-bing.*

À Sydney, la salle des jeux d'argent à l'intérieur d'un pub évoquait l'autel de prière dédié au serpent dans un temple de Shiva. Chaque bar possédait une pièce tranquille où des hommes regardaient des chiffres scintiller sur un écran de télévision, ou scrutaient les pages d'un journal armés d'un stylo. C'était une vocation étrange, cette passion du jeu, très technique, pleine de chiffres et de calculs, à laquelle se livraient de solides gaillards qui ne semblaient pas par ailleurs adeptes de la réflexion ou des mathématiques. Certains contractaient des dettes à cause de ces numéros. Certains perdaient leur maison, leur voiture, leurs amis, pour ces chiffres qui clignotaient dans la salle silencieuse. Les Blancs étaient les premiers à devenir fous, mais les immigrés étaient pires encore. Les Chinois représentaient les trois quarts des clients du casino au Star City. Mais les immigrants originaires du sous-continent se mettaient eux aussi à contracter la maladie.

Danny n'avait-il pas connu le Roi et la Reine, avant-garde de la nouvelle élite des joueurs indiens d'Australie ?

Mythe des Dragons, Rêve Indien, Diamant Royal, Maître Dragon, Maxi Fric, Cent Pandas.

Des diamants jaunes émaillaient la moquette rouge terne ; le caissier perché sur une estrade derrière des barreaux de sécurité donnait l'impression de garder un fusil sous son siège. Un écriteau imprimé en noir alertait : ATTENTION, FAUX BILLETS DE 50 DOLLARS EN CIRCULATION. *Les meilleurs faux viennent de Chine, bien entendu. Observez bien les trois photos ci-dessous.*

Danny circula autour des effigies de l'Amérique centrale : cactus, aigles, serpents, avant de se diriger vers les roses paysages martiens, jusqu'au moment où une voix humaine émergea des sons mécaniques des bandits manchots.

« … J'étais ici en 1991, vous savez. Ensuite j'ai fait l'armée pendant quatre ans. Les entraînements ont lieu dans la forêt du Queensland. Vous marchez en file indienne avec votre patrouille et, tout à coup, attention, les gars ! Un arbre tombe et tout le monde lève les yeux. On découvre un énorme trou dans la canopée de la forêt tropicale… La patrouille poursuit son chemin et, au retour, une heure plus tard, à l'endroit où l'arbre est tombé, on s'aperçoit que le trou dans la canopée s'est résorbé, les feuilles des arbres voisins commencent déjà à se rejoindre pour retisser l'accroc dans la jungle. La nature se cicatrise elle-même. J'adore le Queensland. J'ai même songé à m'y installer. Sydney, sauf pour tous ces riches Chinois qui n'ont de cesse d'en acheter des pans entiers, est un trou à rats. Franchement. Vous n'êtes pas d'accord ? »

La voix provenait de l'allée derrière le Super Cent Aztèque. Danny en fit le tour.

Un Indien en T-shirt blanc, ses lunettes sombres retenant ses longs cheveux semi-argentés, était attablé en compagnie d'un couple de Blancs et de leur fille à la chevelure d'or.

Ils l'écoutaient avec fascination – ils auraient pu l'écouter pendant des heures –, mais le sourire, la grâce et les bonnes manières de l'Indien s'effritèrent d'un coup.

Il venait d'apercevoir Danny qui l'observait.

Sous ses cheveux argent, l'Indien avait des sourcils noirs duveteux. Danny avait oublié ces sourcils. Cependant les yeux du Dr Prakash, même sous l'éclairage tamisé du bar, avaient la même couleur noisette.

Choc des regards.

Il se produit un bourdonnement, une vibration rétinienne réflexe lorsqu'une personne native de l'Inde, du Pakistan, du Sri Lanka ou du Bangladesh rencontre à Sydney une autre personne originaire de la même partie du monde – une sorte de picotement tribal, une réaction instinctive toujours réciproque, semblable à la reconnaissance entre homosexuels dans une société répressive. Car même si vous croyez que cette personne à la peau brune ne revêt aucune importance particulière pour une autre personne à la peau brune dans Sydney – une ville et une civilisation bâties sur le principe de l'exclusion des hommes et des femmes non blancs, et qui ont dépassé ce principe depuis seulement une génération –, autrement dit même si vous voulez rester glacial ou indifférent en présence de votre semblable à la peau brune, vous n'y pouvez rien. Vous le regardez exactement comme il vous regarde. Choc des regards. Danny connaissait très bien ce phénomène, cependant il ne l'avait jamais ressenti en présence du Dr Prakash qui, bien que brun de peau, bien que clairement né en Inde, avait vécu suffisamment longtemps ici pour devenir australien. Un Aussie.

Toutefois, ce jour-là, ses yeux noisette étaient redevenus ceux d'un immigré. L'un et l'autre en avaient conscience.

Puis le Dr Prakash se relaxa, ses yeux se dilatèrent à la manière australienne, c'est-à-dire amicale, et une fossette se forma de part et d'autre de son nez.

– Eh bien ce fut un plaisir de bavarder avec vous, jeune demoiselle, dit-il en levant la main de l'intéressée vers ses lèvres pour y déposer un baiser, puis un second.

La fillette en resta littéralement bouche bée. Les parents trouvèrent cela amusant. De même que le caissier, derrière son comptoir. Tout le monde était amusé, sauf la fillette toujours médusée en face de son dieu.

Prakash se leva, Danny s'avança vers lui, Prakash l'examina puis sourit.

– Tu as pris quinze centimètres, Fée du Logis. C'est sûrement à cause des mèches dorées.

En guise de réponse, Danny haussa les épaules comme pour signifier *La vie est pleine de surprises, non ?*

Maison Numéro Six, pour sa part, avait pris beaucoup de poids depuis que Danny l'avait vu. Ses cheveux avaient plus nettement blanchi et il avait maintenant l'allure d'un homme que, au pays, on appelle « oncle ». Ça ne peut pas être lui, Danny.

– Tu es venu pour nettoyer l'appartement, j'espère ?

– Oui, monsieur. Oui, monsieur.

– Nelson Mandela, notre chère Fée du Logis.

Soudain, la voix de Prakash changea. De plus près, Danny pouvait mieux distinguer son visage.

Prakash avait la tête d'un homme qui traîne une sévère gueule de bois depuis pas mal de temps. Il était à un âge de sa vie où la boisson entame quelque peu sa résistance. Est-ce bien le célèbre, l'intelligent, le distrayant ex-futur médecin, hôte de la Maison Numéro Six ? se demandait Danny en le dévisageant.

Non. C'est un animal tapi à l'intérieur de son enveloppe. C'est un pur instinct qui se trouve là, pas un homme. Ce même instinct que Danny ressentait au fond de lui. Quand la cigarette de l'interrogateur de la police s'était enfoncée dans son avant-bras et qu'il s'était senti paralysé, tel le client d'un hôtel en flammes tétanisé par une sirène d'alarme, cette animalité enfouie au plus profond de lui, cet instinct, avait réagi, lui avait intimé de cesser de crier et de lécher la brûlure sur son bras, la lécher encore et encore, pour empêcher le feu de s'étendre, jusqu'à ce que le policier à la cigarette, témoignant d'un peu de clémence, lui jette un verre d'eau sur le bras. Voilà ce qu'est devenu Prakash aujourd'hui. Un instinct de survie, un rocher noir au centre d'un étang asséché avec une phrase inscrite sur lui : JE SUIS TA HAINE DE TOI.

Les bras de son ancien employeur, toutefois, n'avaient pas changé. Le regard de Danny les suivit jusqu'à la limite de la chemise à manches courtes : la peau brune s'éclaircissait d'un ton au-dessus des biceps exposés, tendus et irrigués de veines.

– Si on jouait, d'abord ?

Prakash quitta la table et fit signe à Danny de le suivre devant une rangée de machines à sous.

Rêve Indien, Cinq Dragons, Sables du Temps, Pyramides.

– J'étais en train de faire mes valises, ce matin. J'ai tout laissé en plan pour venir te retrouver ici. À la clinique.

– Oui, à la clinique, dit Danny.

– Tu veux aller tout de suite à l'appartement de Potts Point ? Mon vol décolle à 18 h 45.

L'ignore-t-il toujours ? se demandait Danny. Il n'a peut-être pas encore lu les journaux.

Mais juste au-dessous de la pomme d'Adam du docteur, il y avait une blessure rouge toute fraîche.

– Non, marmonna Prakash. Je vois que tu n'es pas prêt à y aller. Tu veux discuter. Négocier les termes du contrat. D'accord, Nelson Mandela. Jouons un peu. Choisis une machine à sous. N'importe laquelle. C'est moi qui paie.

On sentait toujours la température chuter autour de cet homme. Danny s'en souvenait à présent en voyant les yeux endothermiques de l'Indien se poser sur lui, ce visage calme, capable de réfrigérer une plage australienne. Qu'est-ce que la civilisation ?

– On fête Guru Purnima, aujourd'hui. Tu sais ce que ça signifie ?

– Nuit de pleine lune.

Prakash esquissa un sourire approbateur.

– Jour de chance. Tous les Indiens de Sydney vont jouer aux jeux d'argent. Nous aussi, nous allons jouer un peu, poursuivit-il en indiquant la salle des paris. J'ai toujours aimé cette salle, Nelson. Ça me rappelle les mines. J'ai travaillé dans les mines, tu sais. Il y a juste une différence.

– La lumière ambiante.

Prakash rentra sa lèvre inférieure, ferma les yeux, et opina de la tête.

– Oui. Tu te souviens de tout, hein ? Assieds-toi et joue sur cette machine. C'est une bonne. Autant que peuvent l'être les machines à sous de cette ville.

– Non. Je ne joue pas.

– Assis.

Danny vit le visage d'une déesse orientale au milieu d'une rangée de pyramides, de faucons, de croix de vie dorées et autres emblèmes égyptiens. C'était la Reine du Nil, et Danny avait reçu du Roi l'ordre d'y jouer.

Prakash brandit une pièce d'un dollar pour que Danny puisse voir comment procéder et la fit tomber dans la fente.

– À toi, vas-y, dit-il. Je vais regarder. Attends, attends, voilà...

Bon, se dit Danny, il n'est peut-être pas au courant de la mort de Radha. Peut-être qu'il l'a quittée. Ce sont des choses qui arrivent.

Danny continuait de pianoter sur un bouton vert clignotant, alors même que l'appareil simulait le son de vraies cartes à jouer que l'on bat (*dob dob dob*) ; sous le regard attentif de la sensuelle reine Néfertiti, les symboles égyptiens scintillaient sur l'écran électronique, et l'appareil avalait par tranches de deux cents le dollar reçu en pitance.

LE JEU EST UN PROBLÈME ? APPELEZ LE NUMÉRO D'URGENCE : 1 800 858 858.

Assis dans une parfaite immobilité, la tête inclinée si bas que Danny voyait sa chevelure striée d'argent, Prakash scrutait l'écran à la manière d'un surveillant d'examen. Rien d'irréfléchi ni de fou n'émanait de lui. Le Roi du Nil.

La porte du pub s'ouvrit et un Indien vêtu d'un uniforme olive, un paquet enveloppé de papier bulle sous le bras, entra dans la salle, jeta un regard circulaire qui s'arrêta un instant sur Prakash et Danny, puis vérifia l'adresse sur le colis.

Chaque jour, une escouade d'hommes à la peau foncée vêtus de shorts sillonne les rues de Sydney pour livrer des lettres, des colis, des fleurs fraîches, du mobilier, mais avant de pouvoir effectuer leur mission, ils sont interceptés par une autre escouade d'hommes à la peau foncée en chemise amidonnée et pantalon noir, talkie-walkie en main, des fils torsadés émergeant de leurs oreilles, chargés de surveiller les portes et portails de la ville.

Livreur ou vigile à peau foncée – amical ou hostile –, lequel des deux ?

Un Blanc a probablement poignardé Radha dans la crique de Toongabbie, et te voilà en train de poser tes fesses sur un siège en face du seul Indien que tu connaisses pour l'accuser.

– C'est fini, dit Danny. La partie est terminée. Je dois retourner travailler.

– Allons, Fée du Logis, sourit Prakash. Tu viens à peine d'arriver. Nous allons déjeuner et ensuite tu pourras venir nettoyer chez moi. C'est pour ça que tu es là, non ? Tiens, voici un autre dollar.

Danny fut donc obligé de jouer une autre partie sur la Reine du Nil, devant les rangées scintillantes de pyramides et de faucons sacrés, et de perdre ce second dollar, jusqu'à ce que Prakash, satisfait, remarque :

– Décidément tu n'as pas de chance, aujourd'hui. Viens. Essayons autre chose.

Ils délaissèrent les machines à sous et s'assirent à une table en bois choisie par le docteur, encombrée de bouteilles de ketchup, de flacons de sel et de poivre, de sous-verres Johnnie Walker. Au milieu se trouvait une liasse de tickets de course imprimés en rouge, avec une petite pancarte noire qui signalait :

2 $ PEUVENT RAPPORTER 5 MILLIONS
UN PARI TOUTES LES TROIS MINUTES

Un crayon bleu reposait sur les tickets rouges.

Deux écrans de télévision situés à côté de la table diffusaient un match de rugby. D'autres écrans se dressaient plus loin derrière, dans la pénombre d'une alcôve réservée aux parieurs purs et durs qui, crayon et papier en main, effectuaient des calculs, griffonnaient, autant de rituels d'apparence professionnelle pour le joueur instigateur de sa propre perte. Dans le fond, une porte noire était ouverte sur la rue.

Et si je partais en courant maintenant.

Ce n'est pas lui, se dit Danny pour la troisième ou quatrième fois. C'est juste un oncle assis dans un pub.

Il glissa un coup d'œil en direction de la porte.

Prakash se gratta la jambe gauche du bout du pouce.

– Tu veux boire un verre ? Du vin rouge ?

– Je ne bois pas.

– C'est vrai, tu ne bois jamais. Tu regardes juste les autres boire. C'est ça ? Oui, je… je me souviens, Nelson. Je me souviens aussi que tu étais très drôle. C'est pour ça qu'on t'emmenait avec nous. Tu racontais une histoire amusante au sujet d'un paon, tu te souviens ? C'était quoi, déjà ?

Il s'en souvient. Quelle bonne mémoire il a pour un Australien. Peut-être qu'il n'a tout simplement pas regardé les infos à la télé. Il apprendra la nouvelle plus tard. Vas-y, Danny. Debout, debout.

Mais au moment où Danny se tournait vers la porte du pub, un bus passa à vive allure et le reflet du soleil sur ses flancs blancs l'aveugla. Il plissa les yeux. Une autre voiture surgit qui l'aveugla de nouveau.

– Ça va, Fée du Logis ?

Danny se détourna de la porte et mit sa main gauche en visière.

– Trop de lumière, répondit-il.

À l'extérieur, devant le pub, les voitures étincelantes continuaient de défiler. Les yeux protégés par le rideau de ses mains, Danny cherchait la vérité sur le visage de Prakash.

– Pauvre Nelson.

Prakash baissa la voix, en signe de sympathie pour ses yeux douloureux.

Excellent. Manifestation d'un sentiment humain. Cet homme était normal. C'est ce que tu es venu vérifier, non ? Alors maintenant déguerpis.

– Nous tenions à vous dire au revoir…

Le père de la fillette dont Prakash avait baisé la main s'approchait avec sa fille.

– Cette jeune demoiselle est très impressionnée.

– Tu veux un autre baisemain ? demanda le docteur.

L'adolescente tendit le bras. Il porta ses doigts à ses lèvres, et elle en resta de nouveau béate.

– Je parie que personne ne lui a jamais fait ça, remarqua le père méchamment.

Prakash abaissa ses lunettes sur son nez et sourit.

– Il se pourrait que je vienne vous rendre visite un de ces jours au Queensland. Il y a même de fortes chances. Qui sait si je ne m'y installerai pas pour de bon ?

Danny suivit des yeux le père et sa fille qui s'éloignaient vers la sortie.

Prakash fit signe à Danny de se rapprocher et, jetant un coup d'œil alentour, il lui confia à voix basse :

– Après ton départ, nous n'avons pas eu d'autre employé de maison. C'est moi qui faisais le ménage dans ce foutu appartement. Je nettoyais même les toilettes, ajouta-t-il en riant. Une certaine personne me faisait trimer et me regardait faire. Tu n'aurais pas dû t'en aller, vraiment… Oh, je ne t'en veux pas, Nelson. Je sais ce que tu es. Je connais ton secret.

Prakash lui fit un clin d'œil, puis il lui tendit la page des courses du journal et ordonna :

– Lis.

– Je ne connais rien aux paris, répondit Danny en secouant la tête.

– Moi, oui, sourit le docteur. Jette un coup d'œil aux lévriers.

Habituellement, le docteur sortait un stylo en argent de sa poche pour pointer ses favoris mais, cette fois, il utilisa son doigt pour tracer un cercle autour de la liste des chiens en lice.

– Choisis l'un d'entre eux.

Il fit pivoter la page du journal vers Danny, qui pointa le premier nom de la liste. Prakash émit un claquement de langue.

– Dix-neuf contre un. Pas bon. Pas bon du tout. Tu veux savoir comment je joue ? En présupposant une mauvaise évaluation dans le système, mais seulement une mauvaise évaluation raisonnable, précisa-t-il en montrant un espace entre son pouce et son index. À dix-neuf contre un, les chances ne sont pas en ma faveur. Choisis-en un autre. Ensuite nous irons chez moi faire le ménage. Le cabinet de toilette en a vraiment besoin.

C'était rationnel, raisonnable, rassurant. Pars tout de suite. S'il te plaît. C'est juste un oncle assis dans un pub.

(Danny gardait en mémoire un café Internet clandestin situé sous le cinéma de George Street, bondé de jeunes Asiatiques équipés d'écouteurs blancs qui passaient sept heures d'affilée sur des jeux vidéo. Si seulement il était dans cette cave informatique où, pour dix ou onze dollars, on peut rester au frais pendant toute la journée. Les Coréens étaient des gens solides et soudés. Ils le protégeraient.)

– Non ? sourit le Dr Prakash. Pas de pari aujourd'hui ? À ta guise.

(Danny songeait aussi au port de Sydney qu'il venait d'apercevoir en gravissant William Street, étincelant et argenté, si semblable à la lagune de Batticaloa qu'il contemplait autrefois depuis le toit de l'école catholique. C'était le même vaste océan, de Batticaloa jusqu'à l'Australie, qui, d'un côté comme de l'autre, ne lui offrait aucun espace vital.)

Du bout de l'index, Prakash retira une impureté coincée entre deux dents, puis sa main glissa le long de sa pomme d'Adam. Ses épais sourcils se contractèrent.

– Où est ton aspirateur ? Tu ne te déplaçais jamais sans ton aspirateur, il me semble. Un vrai pro.

– J'aime l'Australie, coupa Danny de façon abrupte. J'aime énormément l'Australie.

À présent la conversation pourrait flâner, digresser, et Danny s'échapper du pub. Pas mal, non ?

Juste au-dessus du bar, un écran annonçait :

PROCHAIN PARI DANS 0 : 58

L'ennui était qu'un seul homme avait le pouvoir de dévier la conversation. Brusquement, avec un sourire, Prakash demanda :

– Dis-moi, comment t'arranges-tu pour Medicare ? Je veux dire comment fais-tu pour te passer d'assurance sociale ? Que font les sans-papiers quand ils sont malades ?

Danny se leva.

– Assis. Assis, je te dis.

La tension s'était relâchée. Le Dr Prakash ne jouait plus la comédie.

Danny jeta un coup d'œil vers la porte du pub et se rassit.

PROCHAIN PARI DANS 0 : 43

– Cesse de regarder cette porte, dit Prakash. Observe plutôt cet homme, là-bas.

Il désignait un homme chauve et massif en T-shirt noir, assis de dos, les yeux levés sur l'écran où défilaient des chevaux et des numéros.

– Tu vois sa nuque ? Tu vois comme la base de son cerveau luit ? C'est la graisse crémeuse entassée dans le lobe occipital, la racine de la ruse. On appelle ça le cerveau reptilien. C'est un cerveau de joueur.

Le parieur chauve se rapprocha de l'écran et la couche de graisse à la base de sa nuque palpita.

– C'est ce que tu n'as jamais compris, Nelson Mandela de mes deux. La manière de placer un pari.

Prakash serra les dents. Il continuait de fixer la nuque du parieur chauve comme s'il s'apprêtait à l'agresser. Mais Danny sentit le poids d'un doigt sur son poignet, et ce doigt pesant lui disait : *Ton intuition était juste. C'est moi.* Ce doigt impérieux le maintenait sur son siège.

Tout semblait normal. Seuls la crispation de la mâchoire du docteur, le léger frémissement de ses cheveux argentés, la pression croissante de sa main sur le poignet de Danny indiquaient qu'il n'observait plus désormais la distance de sécurité vis-à-vis de ce que nous appelons réalité.

Prakash se tourna vers Danny en souriant.

– Explique-moi ta technique, Danny. Ton secret.

– Quelle technique ?

– Tu marches à découvert et pourtant personne ne t'arrête. Je sais que tu es un clandestin, Nelson sans-papiers. Explique-moi pourquoi la police ne t'attrape pas.

Il resserra sa prise sur le poignet de Danny.

Cette fois, tu comprends, n'est-ce pas, Danny ? Ça t'arrive à toi aussi. Certains matins, en te réveillant, tu oublies ce que tu as fait. C'est la même chose pour lui. Ce matin, quand il ouvre les yeux, c'est comme s'il se réveillait à Bondi Beach. Cinq secondes de paradis. Et puis la mémoire lui revient. Il réfléchit. Personne ne pourra établir un lien entre moi et le meurtre, se dit-il. Il pense peut-être que le corps a sombré très profond. Parce qu'il a lourdement lesté de pierres les poches de la veste italienne. Même si on repêche le corps, quel rapport avec moi ? pense-t-il. Il n'arrête pas de réfléchir. Il se dit peut-être, oui peut-être que je vais passer au travers. Et puis voilà que tu téléphones, toi, Fée du Logis. Justement aujourd'hui. Comme par hasard. Tu téléphones et le cauchemar reprend. Son cœur tambourine à la vitesse d'un cheval au galop. Il n'est pas hors de danger. Maintenant, c'est de toi qu'il doit s'occuper. Et c'est ce qu'il va faire. Le meurtrier qui a tué hier soir va tuer de nouveau aujourd'hui.

Pourquoi n'es-tu pas resté dans la remise avec tes pandas en peluche ?

Sans lâcher son poignet, Prakash se pencha vers Danny et dégagea le cactus de l'enveloppe de cellophane.

– Un cactus, dit-il en reniflant autour du pied de la plante.

Prakash abaissa ses lunettes sur son nez pour scruter Danny.

Avant même que celui-ci ait pu émettre un son, Prakash le devança.

– Non. C'est *toi* qui m'as téléphoné.

Il frappa la table de ses deux mains. La table bougea, les verres et les couverts tressautèrent.

La barmaid, occupée à essuyer des chopes à bière, tourna la tête dans leur direction.

Aussitôt Prakash se renversa contre son dossier, comme s'il avait perdu un point dans un duel. *Tu as raison, Nelson. Mieux vaut ne pas trop attirer l'attention. Tu as tout à fait raison.*

Il ôta ses lunettes et les jeta, presque avec désinvolture, sur la table. Puis il sortit son portefeuille. Danny sentit ses talons se soulever du sol.

La main dans son portefeuille, Prakash interrompit son geste pour demander :

– Tu n'es jamais allé en Afrique du Sud, n'est-ce pas, Fée du Logis ?

– Non, docteur.

– Alors tu ne sais pas ce qu'est la civilisation. Ils ont d'honnêtes casinos, là-bas. Des machines à sous convenables. Je gagnerai encore le Flexi Trifecta.

– Oui, docteur. Je suis désolé. Vraiment désolé.

– Ne m'appelle pas docteur. Je ne suis pas médecin. Ne m'offense pas.

– Pardon, excusez-moi.

Prakash poussa un long soupir et son sourire réapparut.

– Tu es capable de supplier, n'est-ce pas, Nelson.

Du bout de l'index, il fit glisser une feuille de papier sur la table vers Danny.

– Afrique du Sud. Ce soir. Lis. C'est mon billet d'avion. Tu vois l'heure ?

DÉPART SYD ARRIVÉE JNB

18 h 45

Fermeture des portes une demi-heure avant l'embarquement.

Classe économique premium

34 F

Non-fumeur

Danny s'aperçut que Prakash avait remis ses lunettes et guettait sa réaction.

– Regarde l'heure sur le billet, répéta-t-il.

– Dix-huit heures quarante-cinq. Votre place est confirmée ?

– Si ma place est confirmée ? Depuis combien de temps n'as-tu pas pris l'avion ?

– Quatre ans.

Dehors, sur Darlinghurst Road, un bus blanc roulait sous le soleil blanc ; sur la table, les verres reflétaient ses rayons et faisaient miroiter les mains. Danny ferma les yeux.

Elle avait l'habitude de l'appeler docteur. Il devait détester cela autant que je déteste qu'il m'appelle Nelson.

Il entendit une voix dire : « Il fait trop clair, ici. Allons ailleurs. »

La main sur son poignet l'entraîna au bout du bar vers l'alcôve habituellement réservée aux parieurs sérieux. L'assassin, l'homme de ménage et le cactus prirent place à une nouvelle table.

À moins que Prakash ne sache qui a fait le coup ? pensa Danny en s'asseyant. Peut-être n'a-t-il pas commis le meurtre lui-même. Peut-être que sa jambe droite est aussi en train de trembler en ce moment.

– Ne t'inquiète de rien, Nelson, reprit Prakash d'une voix redevenue normale. Nous allons déjeuner et ensuite nous irons à l'appartement de Potts Point. Tu feras le ménage. D'accord ?

Pendant qu'il disait cela, sa main se refermait plus étroitement sur le poignet droit de Danny, et son geste signifiait : *Toi et moi sommes liés. Tu connais mon secret et je connais le tien.*

– D'accord, monsieur. D'accord.

Maintenant, fais ce que tu fais toujours, se dit Danny.

PROCHAIN PARI DANS 0 : 18

Raconte une histoire.

Dans l'alcôve, quatre téléviseurs connectés entre eux grouillaient et débordaient d'images : des chevaux alezans sur un écran, des lévriers sur un autre, des femmes blanches en large chapeau vert sur un troisième, et des numéros qui palpitaient sur le dernier. Les quatre écrans étaient disposés autour d'un téléviseur géant, lui-même subdivisé en quatre cadres tout vibrionnants d'informations colorées, tels les compartiments d'une armoirie. Danny songea au blason de son école jésuite : *Lucet et Ardet.*

– Savez-vous que, dans mon village, les poissons de la lagune chantent ?

– Qu'est-ce que tu racontes comme connerie ? dit Prakash. Commandons plutôt à déjeuner. Ils servent un bon steak, ici. Ça te tente ?

Trois Australiens blancs se tenaient également dans l'alcôve, armés d'un carnet et d'un stylo. Danny se demanda quelle serait leur réaction si Prakash les alertait sur la présence d'un immigré clandestin.

Les écrans diffusaient maintenant des images d'une course de lévriers. Les chiens attendaient le signal du départ.

Le docteur tenait dans une main le cactus, dans l'autre le poignet de Danny.

Il souriait. Il avait l'air d'un homme conscient qu'une expérience très longue et douloureuse venait à l'instant de débuter pour l'un et l'autre, et que mieux valait s'installer confortablement. Et déjeuner.

Les écrans semblaient dévisager Danny de façon synoptique, à la manière d'un œil électronique. Les numéros dansaient, changeaient, et le téléviseur géant au centre montrait en gros plan un homme occupé à examiner les sabots d'un cheval alezan.

Et s'il a encore son couteau sur lui ? Sous la table ou dans sa poche de pantalon ?

– Non, pas de steak, dit Danny. Je préfère la cuisine végétarienne.

Sa réponse éveilla l'attention de Prakash, qui le scruta. Danny demanda aussitôt :

– Docteur, qu'est-ce qu'un clandestin ?

– Pardon ?

– Un clandestin, c'est quelqu'un qui subit le destin de son clan, non ? Je plaisante. Je pensais que ça vous amuserait.

Avant que Prakash ait pu réagir à ces improvisations inattendues – la cuisine végétarienne, le clandestin, le jeu de mots –, Danny montra la boursouflure sur son avant-bras gauche.

– Vous voyez ça ? Ce…

Prakash hocha la tête. D'abord, il posa le cactus sur la table, puis il ôta ses lunettes et les plaça à côté de la plante.

– C'est quoi ?

– Radha ne vous l'a pas dit ?

L'assassin dressa l'oreille. Danny sentit la main sur son poignet se resserrer.

Prakash plissa les yeux.

– Qu'est-ce que c'est ?

– Je vais vous expliquer, monsieur. Nous avons un aéroport au Sri Lanka. L'aéroport international Katunayake. J'ai vécu un an à Dubaï. Je travaillais dans un hôtel d'affaires. Vous le saviez ?

– Tu as voyagé, Danny. Tu connais le monde.

Danny émit un rire sardonique.

Dubaï ! Oui, Danny va vous raconter Dubaï, docteur. Danny a quitté sa petite ville au bord de la lagune pour aller découvrir le monde et la grande cité musulmane au milieu du désert. Il a travaillé dans un hôtel. Il portait un uniforme vert, une cravate verte, et se tenait derrière le guichet de réception d'un hôtel d'affaires à Deira. C'était son travail. Des millions d'hommes tueraient pour avoir un emploi comme celui-là. Des millions d'hommes du sous-continent.

Lorsqu'il n'était pas occupé à mettre à jour des fichiers informatiques, arranger des fleurs dans un vase ou classer les journaux du matin, Danny parlait avec les clients, une main plaquée sur sa cravate verte, répondait à leurs questions sur les divertissements à Dubaï, prolongeant parfois leurs questions par des discussions sur l'identité de Shakespeare ou la réalité des ambitions américaines pour le Moyen-Orient s'ils étaient d'humeur à écouter. Il y avait dans l'hôtel un petit bar où, certains soirs, un Arabe en caftan venu d'un des Émirats les plus répressifs, empestant encore le vent du désert, s'asseyait pour prononcer un seul mot, encore et encore. Whisky. À la fin de la journée, Danny changeait de tenue et poinçonnait sa carte à la pointeuse. Les prostituées philippines tapaient dans leurs mains à la sortie de l'hôtel. Devant l'une des exubérantes tours de verre de Dubaï, Danny réfléchissait. Quand je rentrerai chez moi, songeait-il, ils me trouveront une petite fonction. Danny Dubaï. Félicitations. *Traversez la rue immédiatement.* Des lézards du désert, deux fois plus gros que les geckos du Sri Lanka, s'étaient hissés sur les poteaux des feux de circulation, et lorsque le bip électronique tintait, on aurait dit que les diaphragmes reptiliens palpitaient et ordonnaient *Traversez la rue immédiatement.* Danny revenait à l'hôtel pour nettoyer le petit bar blanc, puis allait dormir dans la chambre située derrière la réception qu'il partageait avec quatre autres employés. Chaque mois, son père lui envoyait une lettre pour modifier la liste des objets, pour la plupart électroniques, qu'il souhaitait lui voir rapporter à la fin de l'année.

Aux alentours de Noël, les employés devinrent tendus. Sur leur contrat, on leur avait promis un bonus de vingt pour cent en fin d'année, or début décembre, le bonus avait été annulé. Les employés étaient impuissants. On les avait obligés à remettre leur passeport à leur employeur – c'était la loi à Dubaï –, et les passeports servaient de rançon.

Apparemment, ces pratiques étaient normales à Dubaï. L'employeur eut même le culot, en rendant son passeport à Danny, avec son salaire mais sans bonification, de lui proposer : « Tu aimerais garder ton emploi encore un an, petit ? Les clients apprécient ta conversation. Surtout les femmes. »

– J'ai répondu : non, je ne veux pas travailler une autre année dans votre Dubaï. Je me disais que j'essaierais peut-être encore d'aller en Amérique, vous voyez. Après avoir trimé tous les jours pendant un an, sauf le dimanche matin, j'ai eu deux jours libres à Dubaï. Pour faire des courses pour mon père.

Danny sentit la pression sur son poignet se relâcher.

– Pas pour toi ?

– Non. Pas pour moi.

– Quel salaud. Je ne parle pas de toi.

– J'ai acheté ce qu'il fallait pour mon père, et puis j'ai pris l'avion pour rentrer chez moi. Mais quand j'ai débarqué au Sri Lanka, quelqu'un à l'aéroport Katunayake m'a arrêté. Un agent des douanes. Je lui ai expliqué que je n'avais rien acheté en duty-free, croyant que c'était le problème. Mais ce n'était pas ça. Vous me suivez ?

Tout en observant le visage de l'assassin, Danny haussait puis baissait la voix, formulait des questions rhétoriques, sachant par expérience que cette manière de conter pouvait transformer des histoires vraies en histoires fausses. Il savait qu'il cherchait toujours trop à plaire.

– Donc, pourquoi m'arrêtait-il si ce n'était pas pour des achats en duty-free ?

Sur l'écran de télévision, les chevaux se tenaient prêts à s'élancer. Deux nouveaux parieurs entrèrent dans l'alcôve, les yeux fixés sur l'écran.

– L'agent des douanes m'a fait venir dans un bureau. Il m'a posé quelques questions. Ensuite, un autre agent, qui n'était pas des douanes celui-là, est entré pour me poser les mêmes questions tout en feuilletant mon passeport. Puis d'autres agents sont venus. Vous suivez toujours ? Au bout de deux ou trois heures, ils m'ont emmené à l'extérieur de l'aéroport en disant qu'ils avaient quelque chose à vérifier. Pendant tout ce temps, je n'avais pas la moindre idée de ce qu'ils me voulaient.

Danny poursuivit son récit. Il avait passé les heures suivantes dans un brouillard. Dans la pièce où on l'avait conduit, il entendait encore au loin le bruit des avions. Des hommes entraient, sortaient, lui posaient des questions de plus en plus étranges.

– J'ai commencé à comprendre qu'ils recherchaient un type du LTTE qui était censé arriver de Dubaï sur le même vol que moi. Ils voulaient savoir si j'étais le type recherché. Vous savez ce qu'est le LTTE ? Les Tigres tamouls. Des rebelles. Les policiers me demandaient : Tu es un terroriste ? Es-tu allé à Dubaï récolter de l'argent pour fabriquer des bombes ? Et moi je leur répétais :

Non, non, j'étais à Dubaï pour travailler dans un hôtel. J'ai fini par m'endormir. Au milieu de la nuit, la lumière s'est allumée, et trois autres hommes vêtus d'un uniforme différent sont arrivés pour me reposer les mêmes questions. Terroriste ? Argent ? J'avais très faim, mais je leur répondais.

– Excusez-moi, vieux…, dit un Australien en s'approchant pour leur emprunter le journal des courses.

Prakash attendit que le parieur se fût éloigné et se pencha vers Danny.

– Dis-moi, Fée du Logis. C'est vrai ce que tu racontes, ou c'est des bobards ?

– C'est vrai. Ça m'est arrivé. Maintenant écoutez-moi. Et faites attention à mon cactus. Ne le renversez pas. C'est pour ma petite amie.

Le meurtrier de Radha Thomas plaça ses deux mains autour du cactus et s'amusa à le pousser d'avant en arrière en souriant.

Danny, les yeux fixés sur le cactus, reprit son récit. Même si les policiers qui l'interrogeaient se relayaient toutes les heures, l'assurance avec laquelle chacun lui affirmait qu'il était un Tigre tamoul – et pas n'importe lequel, non, un Tigre tamoul bien précis et réel, qui avait pour nom de guerre Danny, qui se faisait passer pour un gérant d'hôtel à Dubaï, qui revenait par avion à Colombo chaque vendredi, et rapportait à son père, lequel résidait à Batticaloa, des appareils électroniques susceptibles d'être recyclés en minuteurs de bombes –, leur assurance donc, et aussi leur imperméabilité totale à ses dénégations avaient pour conséquence que, pendant les pauses, Danny ne pouvait rien faire d'autre que de spéculer sur le terroriste (son homonyme) avec qui on le confondait. Comment cet autre Danny s'habillait-il, dans quelle rue de Batticaloa habitait-il ou prétendait-il habiter, avec qui couchait-il. Et quand un nouvel inspecteur entrait et que l'interrogatoire reprenait, de plus en plus précis (« Combien de temps as-tu passé au Tune Hotel à Kuala Lumpur ? »), Danny avait l'impression d'être dans un de ces films de gangsters tamouls où le héros s'endort un soir dans son appartement, se réveille le lendemain matin dans un lit king size à Bangkok en veste bleue, et se découvre chef de la mafia en Thaïlande. Il touche son visage, compte ses revolvers et ses sous-fifres, ne comprend absolument pas comment sa vie a pu basculer en un instant et comment il est arrivé en Thaïlande, ni pourquoi les gens le prennent pour un chef de la mafia. Après un temps, toutefois, le héros, confronté à des photographies, prend peu à peu conscience qu'il *est*, et a toujours été un parrain de Bangkok, et que toute sa vie antérieure de simple jeune homme frivole à Tuticorin ou Salem était pure illusion.

Un nouvel interrogateur était entré dans la pièce.

– On le reconnaissait facilement, ajouta Danny.

En effet, le policier en question avait un tic : le coin droit de ses lèvres se relevait quand il parlait, tandis que son œil droit se contractait, comme s'il avait du mal à extraire les mots de sa bouche.

Danny fit la démonstration. Prakash hocha la tête. Il connaissait ce genre de tic.

Donc, ce policier s'était assis en face de Danny, une cigarette allumée dans la fourche de ses doigts.

« Quel est ton nom ? » avait-il commencé. Puis la ritournelle des questions s'était enchaînée. « Tu connais le terroriste dénommé Danny ? Tu connais des terroristes ? Comment s'appelle ton père ? » Enfin, sans changer d'expression, il avait commandé : « Inscris ton nom sur ce papier. »

– J'ai écrit mon nom, poursuivit Danny. Il m'a dit : « Pas en tamoul. » J'ai écrit en anglais. « Maintenant, écris-le dans la langue nationale, le singhalais. » J'ai repris le stylo. Ma main tremblait. Il m'a dit : « Ce n'est pas ainsi qu'on écrit Danny en singhalais. Je vais te montrer comment on l'écrit dans la langue nationale. » Et il a écrasé sa cigarette sur mon avant-bras. Pendant que je hurlais, il maintenait sa cigarette sur ma peau et continuait de reposer les mêmes questions. Quel est ton nom ? Comment s'appelle ton père ? Etc.

– … quelle dinguerie, grommela Prakash à voix basse.

Sur l'écran de télévision, les chevaux s'étaient élancés. Dans la main posée sur son poignet, Danny sentait le martèlement de leurs sabots se mêler à ses propres pulsations. Puis la pression de Prakash s'allégea.

Danny conclut : l'histoire est bonne.

Prakash redressa la tête.

– Je n'y crois pas. Je ne crois pas à ton histoire de cigarette. Je t'ai vu fumer. Tu n'as pas peur des cigarettes. Tu devrais les avoir en horreur.

– Oui, c'est vrai, j'ai fumé, vous avez raison, acquiesça Danny en montrant ses dents. J'ai commencé à fumer juste après avoir été brûlé par une cigarette.

Et *ça*, ce détail, toucha l'animal au cœur. C'est ainsi que sont les humains. Prakash lâcha totalement le poignet de Danny.

– Quand je suis allé consulter le médecin à Batticaloa pour lui montrer la brûlure sur mon bras, il m'a dit que j'avais aussi un problème de tension artérielle. Cent quarante-neuf cent trois.

– Est-ce que….

Prakash avança doucement l'index vers la boursouflure sur le bras de Danny.

Mais il ne l'atteignit jamais. De sa main libre, Danny projeta le petit cactus en pot sur le visage de l'assassin, lequel bascula en arrière et tomba sur le sol.

Le temps que Prakash se relève, il était trop tard. La porte du pub était grande ouverte, encore toute vibrante, et Danny avait disparu.

Souviens-toi du garçon en sarong bleu.

Ce jeune musulman avec un kufi sur la tête et un sarong bleu, qui se tenait à genoux devant un officier de l'armée sur un cercle clair de sable brûlant. Un mois plus tôt, un tsunami avait frappé le Sri Lanka. C'était en 2004. Des milliers de personnes avaient péri en une journée. Une nouvelle malédiction pour cette île qui connaissait déjà une guerre civile. Pourtant, les gens avaient réagi en héros. Des hommes et des femmes qui avaient envoyé leurs fils tuer des Tamouls envoyaient maintenant de l'argent pour sauver des vies tamoules.

Danny avait lui aussi contracté la fièvre caritative. Il parcourait la côte pour participer aux opérations de secours, apporter de l'eau, des médicaments et des vivres à des familles qui avaient perdu leur maison. Un village de pêcheurs tamouls, notamment, réduit au dénuement le plus absolu, s'était réfugié dans une église avec des couvertures, de l'eau bouillie et des colis de nourriture sous emballage plastique. C'était un musulman en sarong bleu, reconnaissable à ses dents en avant, qui les ravitaillait en eau et nourriture. Danny s'était joint à lui. Il faut se rappeler comment étaient les relations entre Tamouls et musulmans dans l'est du pays à l'époque. Ce n'était qu'une succession de représailles et contre-représailles. Ça n'en finissait jamais. Pourtant ce musulman maboul sur son vélo qui vacillait sous le poids de l'approvisionnement était devenu, nul ne savait pourquoi, le sauveur des Tamouls. Bananes, riz cuit, pickles de citron pour les réfugiés, lait frais pour les enfants. Tout le monde admirait le musulman. Un sacré rusé, découvrit-on, car il récupérait des victuailles auprès de l'armée *et* des rebelles, lesquels ne les distribuaient qu'à la stricte condition qu'elles ne soient pas données aux réfugiés qui recevaient déjà de l'aide de l'autre camp. Après la journée de trêve qui suivit le tsunami, les combats avaient repris. Le commandant de l'armée du secteur découvrit que les réfugiés bénéficiant de son ravitaillement recevaient aussi celui des rebelles. Un soir, l'église fut incendiée sous les yeux des réfugiés. Le commandant fit venir le jeune musulman et lui dit :

– Cesse ta distribution aux Tamouls pendant vingt-quatre heures. Ils ont profité de notre riz et de celui des rebelles. Ce sera leur punition. Compris ?

– Compris, compris, répondit le jeune musulman à sa manière pataude.

– Tu sais ce qui arrivera si tu contreviens à mon ordre ? insista le commandant.

Le lendemain, des militaires se rendirent en jeep devant l'église calcinée et découvrirent que le jeune musulman continuait de distribuer des aliments aux réfugiés. Ils s'arrêtèrent devant lui et l'un d'eux ordonna : « Monte. »

Danny était là, lui aussi, venu aider à la distribution, mais il se cacha et regarda les soldats emmener le jeune musulman sur le rivage où l'armée avait établi son campement. Là, ils obligèrent leur captif à s'agenouiller devant un officier assis sur un siège en plastique. Danny les observait de loin. Le spectacle abject du jeune homme en sarong prosterné devant un officier de l'armée sri lankaise sur ce rond de sable brûlant, summum de l'humiliation, avec en arrière-plan le bleu de l'océan Indien, reste gravé dans l'esprit de Danny – et qu'il ne s'efface jamais ! – comme le symbole du destin d'une âme charitable en ce monde.

*Des droits ?* Tu as le droit de fuir, Danny. Le devoir.

Il est de ta *responsabilité* de fuir.

Un point c'est tout.

*13 h 50*

Il avait descendu William Street en courant, bifurqué dans une rue à droite, puis à gauche, pour semer son poursuivant, jusqu'au moment où un homme en gilet orange fluorescent, planté au milieu de la chaussée, brandit devant lui un panneau de signalisation rond et rouge.

Stop.

Danny se figea, ébahi, devant l'homme au panneau STOP, qui semblait prêt à hurler s'il osait avancer d'un pas.

Derrière l'homme, un autre descendait dans une bouche d'égout à l'aide d'une poulie métallique à laquelle il était sanglé par un harnais vert ; trois de ses collègues, également en orange, assistaient à l'opération derrière un autre panneau où était inscrite cette mise en garde : DANGER – RECULEZ – INTERDIT D'APPROCHER À MOINS DE 3 MÈTRES

– Désolé, s'excusa Danny en s'éloignant, alors que l'homme disparaissait dans la bouche d'égout. Et il s'engagea dans une ruelle.

Il leva les yeux vers le ciel. Tout en haut, perchées sur les toits en métal étincelant, deux créatures chauves au bec tombant le regardaient – le jabiru qui l'avait filé dans Hyde Park était avec un congénère. C'étaient les charognards de la ville : ils passaient en priorité sur tout ce qui était mort ou jeté dans les rues de Sydney.

Vous ne m'aurez pas aujourd'hui – Danny se remit à courir.

***

Triple saut. Au fin fond d'une ruelle, Danny ralentit enfin l'allure.

Personne ne le poursuivait, la rue était déserte. Il était sauf. Mais pense à ce quadragénaire à gueule de bois persistante, Prakash, imagine le tremblement dans sa poitrine, sa gorge sèche, le lézard qui palpite dans le creux de sa nuque, sa confusion sous le soleil.

Le docteur n'était pas en état de pourchasser un triple sauteur. Tu es sauvé, se répéta Danny. Sauvé.

Et pourtant son téléphone ne cessait de vibrer et de scintiller avec insistance.

Ne réponds pas. Tu sais qui c'est.

Sauf que Prakash finira par appeler la ligne spéciale dédiée aux dénonciations. Il leur dira la vérité à mon sujet.

*M6*

– Tu m'as frappé. Tu m'as frappé en plein visage, haleta Prakash quand Danny se résigna à répondre.

– Désolé, dit Danny, manquant s'esclaffer de sa propre réponse.

– Où es-tu ?

Danny garda le silence.

– Qu'est-ce qu'un homme de ménage en situation irrégulière ? reprit le docteur en riant. Un homme qui déménage.

La voix était concentrée, haut perchée, poussée d'une tierce au-dessus de son registre normal. Il doit fulminer, pensa Danny. Je l'ai cogné dans le nez.

Le meurtrier gloussa de rire.

– C'est toi qui m'as téléphoné, aujourd'hui. Tu voulais me voir. Et quand tu me vois, tu me frappes.

– Je suis désolé, monsieur. Vraiment désolé. C'est une erreur.

– Alors reviens. Viens t'excuser. Ensuite, nous irons nettoyer l'appartement. Je te donnerai soixante dollars. Tu veux davantage ? Tu veux plus ?

– Non.

– Je suis à Kings Cross. Devant le pub. Si tu es dans les parages, lève la main que je puisse te voir. Non. Tu n'es pas dans le coin. Tu as filé comme l'éclair.

Le docteur était essoufflé. Il marchait. Vite. Il me cherche.

– Excusez-moi, docteur. Désolé d'avoir couru.

Et désolé que vous ayez été assez bête pour ne pas voir le coup arriver. Ha !

– Tu crois que je suis un meurtrier ?

– Oui, répondit Danny du tac au tac, surpris par le caractère direct de la question. Heu… Non, non. Non, non, non. Vous n'êtes pas… Je ne pense pas que vous soyez le…

La communication fut coupée.

Quand le téléphone sonna de nouveau, Danny n'entendit aucune voix.

– Pardon, dit-il. Vraiment, je regrette.

Le cœur battant, il songeait : le salaire net hebdomadaire en Australie, selon la direction des statistiques, est de mille cent dollars, et je n'en suis même pas à soixante pour cent. S'il avait dû s'excuser mille fois auprès du docteur, il l'aurait fait. C'était sans doute ainsi qu'avait procédé Kiran Rao, même s'il n'en avait jamais fait mention dans son livre.

– Tu sais où je me trouve, Nelson ?

– À la clinique ?

La voix de Prakash s'adoucit quand il ajouta :

– Dois-je appeler la police ?

– Non.

– Monsieur le policier, l'homme qui m'a frappé avec un cactus s'appelle Danny. Je vais vous le décrire. Et voilà son numéro de téléphone. Sachant que j'allais le dénoncer, il s'est mis à raconter des choses horribles à mon sujet. Que j'ai fait du mal à quelqu'un. Ce Danny est un sale type… Tu veux que je leur dise ça, Danny ?

Danny resta muet.

Sûr de son avantage, Prakash poursuivit.

– Il existe au service de l'immigration un numéro de téléphone spécialement consacré aux dénonciations. Tu es au courant, je suppose. Attends, j'ai une question à te poser. Cette jolie histoire à propos de la cigarette, c'est vraiment arrivé ou tu l'as inventée ? Non, je pense que c'est vrai. Ça sonnait juste. Reviens ici, je te frapperai avec le cactus. D'accord ?

Même si tu appelais la police pour les prévenir que le meurtrier se trouve à Kings Cross, au Vegas, on ne te croirait pas. Jamais. Hier soir, un homme a tué une femme puis a jeté son corps dans une crique et, ce matin, il est tranquillement assis dans un pub en train de jouer aux machines à sous ? Difficile à croire, petit. Danny effleura la boursouflure sur son bras. Bien entendu, aucun policier australien, malgré toutes leurs armes à feu et leur physique de catcheur, malgré le lourd l'attirail qu'ils portent sur leur uniforme bleu, aucun policier n'a une telle boule sur l'avant-bras. Leur compréhension du monde n'a pas été enrichie par quelques heures de torture.

– À mon tour de te raconter une histoire, Fée du Logis. En échange de celle du cactus. La mienne s'appelle L'Expulsion de l'Homme de Ménage. Tu vas devenir un héros l'espace d'une minute sur Twitter, ensuite tout le monde regardera un match alors que toi tu seras expulsé à vie. Tu penses que c'est une histoire à dormir debout ? Détrompe-toi. Bien sûr, personne ne voudra être celui qui ordonne de renvoyer le brave petit employé de maison au Sri Lanka. Il y en aura même pour demander, au bureau de la douane ou de l'immigration « Ne faudrait-il pas lui donner une chance ? », et des centaines de gens défileront dans la rue avec des pancartes pour te défendre. Quelques-uns feront peut-être même une grève de la faim un jour ou deux, déposeront une petite bombe dans un avion de Qantas, ou organiseront une exposition de peinture en ton honneur à Melbourne. Mais, pour finir, ils rentreront chez eux et toi tu seras chassé. Tu crois que je mens ? Tu crois que je me fiche de toi ?

– Non, dit Danny.

Il avait raison. Prakash avait raison. Ni félicitations, ni guirlande, ni étole, ni médaille d'or. Faire ce qui était juste équivalait à éteindre la lumière.

– Tu t'es ressaisi, Fée du Logis ?

Sa jambe gauche tressautait. Une odeur de brocoli bouilli lui parvenait d'une cuisine australienne non loin de là.

– Villawood. Sympa, non ? Et tu sais où tu atterris ensuite ? Christmas Island. Tu en as entendu parler ?

Danny hocha lentement la tête. Christmas Island. Il en avait entendu parler.

– Les gens avalent des clous, boivent de drôles de trucs, et s'entaillent les poignets pour sortir de cet endroit. Tu vivras joliment bien là-bas, pas vrai ?

Le docteur avait mis toute la puissance, la force brute de son australianité dans ce « pas vrai ».

Danny répondit par un faible :

– S'il vous plaît. Mon père a dépensé toutes ses économies pour m'envoyer en Australie. Je dois le rembourser. Je dois aller chez Rodney le Comptable faire le ménage. Je vous en prie. Je vous en prie. C'est un homme bien. Il a un autocollant antinucléaire sur son réfrigérateur. S'il vous plaît.

– Danny, tu sais que ta voix tremble quand tu mens ? Où es-tu ? Reviens tout de suite à la clinique.

– Non, dit Danny, et il mit fin à la communication.

L'écho d'un non lui revint, apparemment en provenance de l'enseigne Coca-Cola mais en réalité de plus loin derrière, des recoins cachés de Kings Cross, où les hommes poussaient des cris comme nulle part ailleurs sur terre – explosions jaillies de corps libérés par l'alcool et l'héroïne, qui se répandaient tels des invertébrés sur les trottoirs –, jusqu'au moment où ils retrouvaient soudain la force de se redresser et de mugir : *Ça ne finira jamais, Danny. Ta guerre civile n'aura jamais de fin !*

Danny se remit à courir.

Il courut jusqu'à une intersection entre un tunnel, où pénétraient des rails, et une falaise de grès brut au-dessus de laquelle s'élevaient des étages et des étages de balcons de verre. Hors de vue de l'enseigne Coca-Cola et de Kings Cross.

Pas un instant le téléphone ne cessa de se manifester. Le front contre la paroi de grès, il répondit enfin.

La ligne fut coupée.

Pourquoi avoir tout raconté à cet homme, Radha ? Je parie même que vous lui avez donné le numéro réservé aux dénonciations. Pourquoi ?

Pour se calmer, il se mit à avancer le long de la falaise en cueillant des fougères.

De quelle façon Prakash l'a-t-il poignardée ? Danny se mit à frapper la paroi à coups répétés, comme pour imiter le geste d'un meurtrier. Je ne sais pas de quelle façon un couteau pénètre dans la chair, mais je sais ce que fait une cigarette sur la peau.

*Joyeuse joyeuse joyeuse*, fit une voix derrière lui. Il se retourna. Ce n'était que le vent caressant les feuilles sèches.

*La vie n'est qu'un rêve.*

À la sonnerie suivante, Danny lâcha les fougères et, levant les yeux vers le ciel bleu, hurla assez fort pour être entendu jusqu'à l'enseigne Coca-Cola.

– Je ne crois pas que vous l'ayez tuée, docteur ! J'ai dit n'importe quoi !

– D'accord.

Les yeux fermés, il essaya d'interpréter le silence au bout de la ligne.

– Petite Fée du Logis, reprit le meurtrier en riant. Tu as toujours été très intelligent.

Fin de l'appel.

Danny laissa à son tour échapper un gloussement. Ce fou cherche encore une issue. Le Roi du Nil veut s'enfuir.

Fougères et herbes folles poussaient sur la paroi. Danny cueillait les feuilles et y plongeait le nez pour humer en elles les parfums du continent. Un bref instant, l'effet fut semblable à celui du menthol. Ses narines se dégagèrent.

*Top-top-bada-daba-daba-boum-boum…* roucoulèrent ses lèvres. Il jouait avec les petites fougères qui poussaient sur la falaise de grès.

Mais ça recommençait. Le téléphone vibrait de nouveau.

*M6*

Danny regarda l'écran. Allez-vous-en. Laissez-moi tranquille.

En réponse, la falaise se mit à trépider.

Le train en direction de la station de Kings Cross passait sur les rails en contrebas. Danny s'écarta de la falaise. Le téléphone continuait de vibrer, on aurait dit qu'un bras puissant le martelait inlassablement. Comme si lui aussi, la falaise, le train qui passait en bas dans un grondement de tonnerre exigeaient de savoir. *Pourquoi as-tu dit à Radha que tu n'avais pas de papiers ? Pourquoi as-tu fait confiance à une Australienne ?*

Parce qu'elle avait promis de l'aider.

– Danny ! avait-elle crié pour couvrir le bruit de l'aspirateur. Nous ne sortirons pas ce soir. Désolée. Prakash et moi allons à un concert à Centenary Park en faveur des demandeurs d'asile. Je vous aurais bien invité mais nous avons déjà acheté les tickets.

– Très bien, avait répondu Danny. Pas de problème.

Asile.

C'était sans doute à cause de ce mot. Danny avait senti son front se plisser, sa mâchoire se crisper. Ce jour-là, il avait épousseté et nettoyé chaque objet au moins deux fois.

Son travail terminé, il avait trouvé Radha occupée à téléphoner, une bière à la main. « Oui, je veux savoir si je peux placer un pari par téléphone. Je vais à un concert ce soir. Je peux appeler de là-bas ou bien je dois venir en personne ? Parfait. »

Quand elle eut raccroché, Danny rassembla son courage pour lui dire :

– Moi aussi, je voudrais l'asile.

– Pardon ? s'était-elle esclaffée.

– J'en ai besoin, précisa Danny. Parce que je n'ai pas d'assurance médicale.

La peau entre les yeux de l'Australienne se plissa.

– Pourquoi n'avez-vous pas d'assurance ? Tout le monde est affilié à Medicare en Australie. C'est la loi.

Danny secoua la tête.

– Je n'ai pas de caisse de retraite. Je n'ai pas de numéro fiscal. Je n'ai pas de passeport. Je n'ai pas de permis de conduire.

Radha fronça de nouveau les sourcils. Il était visible que son esprit examinait Danny sous un autre angle, à la manière d'un perroquet qui met la tête en bas pour observer un fruit étrange.

– Ah non ? Mais pourquoi ? demanda-t-elle enfin. Puis elle ajouta : Oh, zut. Je comprends. Vous êtes arrivé ici par bateau ?

Non, il n'était pas arrivé par bateau. Il était venu en Australie sur un vol de Malaysia Airlines, en classe économique. C'était bien là le problème.

Trois jours après le retour de Danny de Dubaï, son père avait posé sur lui un regard empreint d'une sympathie nouvelle, d'une gentillesse inconnue ; on aurait pu penser que l'histoire horrible de son fils l'avait ému. Or, dès la fin de la semaine, il cancanait déjà avec l'effrontée voisine sur la terrasse : *Les Tamouls du Sri Lanka ont bâti des fortunes au Canada, en Norvège, en Allemagne, ils possèdent leurs propres flottes de motos et de voitures. Alors que ce garçon parti à Dubaï, avec quoi revient-il ? Une marque noire sur son bras. Et rien de la liste des choses que je lui avais demandé de me rapporter. Pas même le lecteur de DVD. Il prétend avoir été torturé par la police, mais je vous pose la question, pourquoi la police s'intéresserait-elle à un homme s'il n'a rien à cacher ? Pourquoi ?* Le regard de Danny avait fait taire son père. « Rentre à l'intérieur un moment », lui ordonna-t-il en l'entraînant dans leur maison. Danny ferma la porte et, brandissant une chaise en bois de la salle à manger au-dessus de sa tête, il la projeta contre un placard en contreplaqué bon marché qui s'éventra. Ensuite il fracassa la chaise.

Il restait allongé sur son lit toute la journée, et quand la fraîcheur du soir tombait, il sortait se promener dans Batticaloa, poussant jusqu'au Kallady Bridge pour admirer la lagune. Parfois son cousin germain, Kannan, le rejoignait sur le pont et, au milieu du tumulte de la circulation des vélos et des voitures, ils discutaient à voix basse.

– Tout le monde essaie de filer d'ici, disait Kannan. J'attendais ton retour pour qu'on parte ensemble.

Il y avait deux options possibles, l'informa son cousin. Le Canada ou l'Australie. Les deux seuls pays à accepter encore des Tamouls du Sri Lanka. L'Europe et les États-Unis les refoulaient.

Chaque semaine, un bateau en partance pour le Canada levait l'ancre à Rameswaram, en Inde. Il fallait payer les passeurs et c'était risqué.

Et l'Australie ? Il y avait aussi un bateau qui ralliait l'Australie. Mais il existait un autre moyen pour gagner ce pays.

Un moyen légal.

C'est ainsi que, de bonne heure un dimanche matin, Danny et Kannan prirent un bus pour Colombo afin d'assister au Forum sur les études universitaires en Australie qui se tenait chaque année dans la capitale, dans un hôtel proche du front de mer.

Concernant l'Australie, outre les images publicitaires présentes dans tous les cerveaux humains du monde (terre rouge, plage blanche, sex-appeal exubérant), Danny savait seulement ceci : un docteur tamoul y avait émigré des décennies auparavant, y possédait désormais une propriété à Melbourne, et invitait ses visiteurs du Sri Lanka à jouer au tennis avec lui et son épouse australienne sur leur court privé en terre battue, puis à nager dans leur piscine. L'Australie n'est-elle pas envahie de racistes ? le questionnaient ses hôtes lorsque son épouse s'éloignait. En guise de réponse, le docteur ouvrait un coffre-fort et les conviait à admirer sa collection de pièces d'or de vingt-quatre carats, qui comptait notamment des demi-souverains frappés à l'effigie des monarques anglais et un authentique Krugerrand sud-africain.

Par un jour d'été implacable, la salle de conférences de l'hôtel éclatante d'éclairages blancs et parfaitement climatisée était dominée par une affiche géante : JEUNES SRI LANKAIS, FAITES VOS ÉTUDES EN AUSTRALIE. Danny et son cousin Kannan frottèrent leurs bras nus gagnés par la chair de poule. Des Blancs vêtus de costumes en laine avaient apporté des photos de leurs universités. Dans un coin de la salle, l'un d'eux se tenait debout, une main posée sur un écran diffusant *Mission impossible 2* dans lequel jouait le seul, l'unique, le légendaire Tom Cruise. Le décor du film était Sydney. Le représentant du Mackenzie Technical College, mâchoire carrée et cheveux carotte, expliquait à mi-voix : « Nous ne pouvons vous le *garantir*, mais sachez que je serais *un peu* surpris si, à la fin de vos études, nous n'obteniez pas un travail et un visa. » L'homme jeta un regard vers Danny et ajouta : « C'est une litote, bien sûr. »

Dit-il la vérité ? Danny réfléchit quelques secondes. Peu importait. La prochaine fois qu'il quitterait le Sri Lanka, ce serait la dernière.

Le coût de la scolarité, précisa le rouquin, s'élevait à dix-sept mille quatre cents dollars, c'est-à-dire le moins cher de ce que vous pourrez trouver à Sydney (mais Wollongong, avec sa trépidante vie nocturne, n'est qu'à deux heures). Vous devrez verser un dépôt équivalent à un semestre, et trois cent vingt dollars pour six mois de cotisation à l'OSHC, l'assurance santé des étudiants étrangers. « Je suis en bonne santé », protesta Danny. C'était la première fois qu'il entendait parler de cela. La loi australienne. L'OSHC était obligatoire pour obtenir un visa. Telle était la loi.

– Je n'ai pas tout cet argent, soupira le cousin pendant le trajet de retour en bus. Les passeurs n'en demandent pas autant.

Ils avaient quatre jours pour se décider, ajouta Kannan. Le bateau partait le jeudi soir. Danny réfléchit, réfléchit, réfléchit.

Kannan ne réfléchit pas. Il se rendit seul à Rameswaram et acheta son passage sur un bateau en partance pour le Canada.

Pour Danny, l'option de ces requins de trafiquants était vraiment trop illégale. Ce n'était pas le genre de l'Honnête Danny. Par ailleurs, il avait suffisamment d'argent pour se rendre à Sydney – enfin presque.

À ses économies de Dubaï, son père ajouta près de huit mille dollars australiens. Maintenant que la guerre civile avait pris fin, les prix de l'immobilier augmentaient et son père avait récemment vendu un appartement qu'il gardait depuis des années précisément dans ce but. Pour le jour où Danny et lui émigreraient à l'étranger. C'était une grosse somme d'argent pour une université douteuse, c'est vrai, mais Danny ne pensait pas avoir besoin de la totalité, car il partait en Australie avec un plan. Un plan intelligent, qu'il expliqua à son père. Dès l'instant où il mettrait le pied sur le sol australien, il déposerait une demande d'asile. Son père, qui gardait ses distances depuis l'épisode du placard éventré, exprima un scepticisme mitigé. Regarde-le qui évite mon regard, pensa Danny. Ce petit homme a eu peur de la police et de l'État toute sa vie, et maintenant il a peur de moi. Je sais ce que je fais, insista Danny. « Heu, oui bien sûr, c'est un bon plan, acquiesça son père. Tu pars en premier, Danny. Ensuite je te rejoins. Puis les cousins. Tu nous feras tous venir un par un. »

À Dubaï, un serveur pakistanais de cinquante-six ans employé à l'hôtel à qui l'on demandait de raconter sa folle jeunesse à Karachi avait répondu avec rudesse : « Quand ai-je été jeune ? Dites-le-moi ! »

Moi, s'était promis Danny, je deviendrai jeune en Australie.

Donc, Sydney. Après un sommeil agité vinrent une aube rouge, et une eau d'un bleu profond pénétrée par de vertes baies de terre qui avaient la forme de pieds de grenouille. L'avion effectua un virage abrupt pour dévoiler des immeubles dont la taille et la blancheur augmentaient de minute en minute, et Danny eut l'impression d'être, à l'inverse de Jack escaladant son haricot géant, en train de descendre dans une cité de géants.

L'avion atterrit brutalement.

*Arrivé à Sydney à 16 h 30, j'ai pris le train jusqu'au Mackenzie College un jeudi soir. La ville de Wollongong se trouve à un peu plus d'une heure et demie de la gare centrale de Sydney.*

Trois jours plus tard, Danny rédigeait par courriel pour son père un rapport d'étape pour justifier l'emploi qu'il faisait de l'argent de la famille.

*J'ai pris possession de ma chambre à huit heures* (l'université était à une quarantaine de minutes au-delà de Wollongong, et occupait le premier étage d'un immeuble en briques – un entrepôt. Une partie du rez-de-chaussée était en ruine, l'autre occupée par des réfrigérateurs et des lave-linges ; on montait dans les salles de classe par un escalier de côté) *et vers dix heures ce même soir, juste avant la fermeture de la bibliothèque, j'ai envoyé une lettre demandant un statut de réfugié via le site web du Service d'immigration australien.*

Vingt-quatre heures plus tard, le Commonwealth d'Australie avait répondu à Danny :

> Re : Modification de Statut de sous-classe 500 en sous-classe 866
>
> *Cher M. Rajaratnam*
>
> *Nous avons bien reçu votre demande de changement de statut Étudiant (sous-classe 500) en statut de Réfugié (sous-classe 866). Sachez que nous n'avons aucune tolérance pour les demandes d'asile importunes et/ou frauduleuses.*

*À l'examen de votre requête, il nous est apparu que, malgré vos affirmations sur le fait que vous auriez subi des tortures, et malgré les photos de votre bras comme preuve supposée, votre récit comporte certaines lacunes. Le Sri Lanka est une nation composite, multiculturelle, et nous ne pensons pas que les Tamouls aient à craindre pour leur vie. Si vous avez été victime de torture, il aurait été plus logique que vous tentiez de fuir par bateau, ainsi que le font bon nombre de vos compatriotes. Vous avez de toute évidence eu les ressources nécessaires pour venir en Australie par avion en tant qu'étudiant payant, et vous avez apparemment cotisé à une assurance santé privée ainsi que l'exige la loi. De plus, c'est seulement une fois sur le sol australien que vous avez décidé, semble-t-il, d'avoir été victime de persécution dans votre pays. Si vous déposez une demande de visa de réfugié maintenant (sous-classe 866), en Australie, vous devez savoir qu'à la lumière de notre politique de tolérance zéro vous serez probablement obligé d'effectuer un séjour en détention et que, par la suite, votre dossier sera vraisemblablement rejeté.*

Le premier jour de cours, des cris et des bruits de bagarre éclatèrent juste à l'extérieur de la salle de classe : les étudiants originaires du Moyen-Orient venaient de découvrir que leurs frais de scolarité étaient le double de ceux demandés aux étudiants asiatiques.

L'université fournissait un petit emploi à chaque étudiant étranger. Danny fut assigné à un restaurant de curry, au premier étage d'un pub dirigé par un Tamoul du nom de Venkat – une autre variété de Tamoul, native de l'Inde.

Les Tamouls indiens sont des gens bruyants et bavards. C'est toute la différence.

Danny, mon frère sri lankais, c'est si bon de parler tamoul avec quelqu'un ! s'exclama Venkat. J'ai des tonnes de DVD de Malaisie, les derniers films sortis, nickel chrome ! ajouta-t-il en marchant sur des cartons noircis et en évitant des baquets en plastique remplis de vaisselle sale pour entrer dans la cuisine. Danny le suivait en l'écoutant. Pour débuter : une période d'essai de quatre semaines, *thambi* du Sri Lanka, annonça Venkat. Non payée, bien sûr. Suintant l'eau de cale, les cartons ondulaient sous les pas de Danny. Je pensais en avoir terminé avec *ça* à Dubaï, songea-t-il, tout en souriant à Venkat. *Me faire escroquer.*

Une dernière chose, annonça Venkat. Le quota légal est de vingt heures de travail par semaine pour un étudiant étranger (ou quarante heures en deux semaines), mais on peut contourner cette règle, à raison de dix dollars de l'heure, « un peu » moins que le minimum légal. Ça te va ?

Il existait peu de moyens de rendre la monnaie de sa pièce à Venkat en faisant la plonge à la cuisine, mais Danny les avait appris à Dubaï. Il volait les couverts en plastique, les serviettes en papier, les condiments. Pourquoi pas ? Tous les étudiants faisaient de même. Prendre sa revanche. Certains téléchargeaient des dissertations sur Google. Certains ne se donnaient même pas la peine d'assister aux cours : ils cherchaient des travaux de ramassage de fruits dans les vergers.

C'était là que résidait l'escroquerie. Le Mackenzie College attirait les étrangers à Wollongong pour leur soutirer des frais de scolarité pendant deux ans, à l'issue desquels, armés de certificats de troisième cycle joliment encadrés, mastères de gestion et mastères de technologie, on les lâchait dans la nature pour goudronner les routes, installer des fenêtres ou faire frire des nouilles. Les Blancs exploitaient les étrangers, les étrangers volaient les Blancs, et personne à l'université ne semblait heureux, à l'exception d'une Chinoise qui serrait son sac à dos contre sa poitrine et arborait en permanence un large sourire, tel Jésus tenant un agneau dans ses bras.

Au début de son troisième mois à Mackenzie, Danny remarqua un étudiant asiatique qui sortait à grands pas de l'université avec un dictionnaire dans les mains : une édition reliée du *Merriam Webster's Collegiate Dictionary*. Il suivit l'étudiant et le héla. L'étudiant asiatique s'arrêta, et se métamorphosa en un jeune homme mi-japonais mi-brésilien doté de longs cheveux et d'une barbiche. Il se nommait Abelardo Nishida mais se faisait appeler Abe. Ça rime avec saké, mec ! Il venait de Rio et ne parlait que quelques mots de japonais. En marchant, il offrit à Danny des cigarettes. Gratuites, les cigarettes. Merci beaucoup, dit Danny en en allumant une.

– Comment trouves-tu l'argent pour acheter des cigarettes en Australie ? voulut savoir Danny.

En guise de réponse, Abe le cordiste, le spécialiste de la descente en rappel, se tapota le front du bout de l'index.

Danny suivit Abe, qui cheminait en caressant son dictionnaire. Ce Japonais m'a l'air d'un garçon qui n'a pas de problème de tension nerveuse, se dit Danny.

Trois jours après leur rencontre, le Brésilo-Japonais cessa d'assister aux cours.

***

Le samedi, Danny monta dans un bus à Sydney et suivit son itinéraire jusqu'à Castlereagh Street, cœur du CBD, le quartier des affaires de la ville, où il aperçut, tout en haut du gratte-ciel de verre, le souriant Abe (qui rime avec saké !) transformé désormais en Cordiste Prodigieux. Quelqu'un devait s'occuper de la propreté de la ville et Abe, en plein jour, glissait le long des façades vitrées de Castlereagh Street et de Pitt Street, coiffé de son casque bleu et ceinturé de tout son attirail de crochets, boucles et chaînes, exhibant à tous les piétons australiens son cul de migrant cent pour cent irrégulier. Comme dans *Mission impossible 2*, pensa Danny.

Il était payé en espèces.

Abe glissa dans un appareil automatique une carte de bus bleue, puis se tourna vers Danny pour lui signifier *Je paie pour toi.* La ligne rapide les transporta de Taylor Square à Bondi, dans un studio d'une pièce empli de cendriers, de brise marine et d'une vue dégagée sur l'océan, où Abe allait nager chaque matin, loin, très loin, expliqua-t-il, de tous ces foutus touristes asiatiques.

Abe alluma une cigarette. Il avait dressé une longue liste d'observations sur l'Australie, qu'il accompagnait d'un tapotement de l'index sur le front. Par exemple : « As-tu remarqué que la pièce de deux dollars est plus petite que la pièce d'un dollar, et la pièce de cinquante cents plus grande que les deux combinées ? »

Non, Danny n'avait jamais réfléchi à ce que cela signifiait.

– Connais-tu la taille de ce pays ? Regarde ça. Il ouvrit le dictionnaire et montra à Danny une carte du continent sur lequel ils se trouvaient.

De la fenêtre, Danny pouvait apercevoir les vagues écumer sur la plage de Bondi. De petites rides se creusèrent au coin de ses yeux, qui lui donnaient à la fois l'air plus sage et plus juvénile. Abe lui offrit une cigarette et le questionna sur sa vie.

– Jamais je ne retournerai chez moi, affirma Danny en conclusion.

Abe lui glissa un regard de côté et hocha la tête. *Okay.*

– Alors allons-y, décida-t-il.

Et il entraîna Danny dans un bus, puis dans un train, et un autre bus, jusqu'à l'épicerie Sunburst, à Glebe.

Devant la fresque murale peinte à la bombe du Krishna à l'air bizarre, un vieil homme blanc, alerté par téléphone ou bien simplement par l'odeur du clandestin, les attendait. Visage luisant et cheveux ébouriffés, Tommo Tsavdaridis avait l'allure d'un homme que la vie a gâté. Tout sourire, il les fit entrer dans son épicerie Sunburst. Ses mains blanches bataillèrent pour ouvrir les grands bocaux en verre où il conservait des bonbons enveloppés de papier, aussi durs que du verre, et il en offrit un à Abe et à Danny en gage apparent de sa bonne volonté.

– Glebe est un excellent quartier, dit-il aux deux hommes qui mastiquaient leur bonbon, à la manière d'un agent immobilier à l'adresse de locataires. Des bus vous emmènent d'ici à la gare centrale et n'importe où ailleurs si vous avez les moyens de payer. À propos, d'où venez-vous ? Ah… des amateurs de cricket, sans doute ? Non ? Non ?

Un soupçon d'arthrite, juste un soupçon, voyez-vous, empêchait désormais Tommo Tsavdaridis d'assumer tout le travail qu'exigeait son magasin, expliqua-t-il en montrant à Danny la réserve en haut des marches en métal, aménagée en chambre pour quiconque voudrait travailler au Sunburst pour seulement cent vingt dollars par semaine.

– Juste une chose, ajouta le propriétaire. Mon dernier employé indien a travaillé ici plusieurs mois. (Il leva trois doigts pour les dénombrer.) Un jour, le magasin empeste. J'entre et je l'interroge : « Vikram ? Qu'est-ce que c'est ? » Il me répond « J'ai fait du café. » D'accord, tu as fait du café, mais pourquoi ça sent si mauvais ? Et là je comprends. Il a fait bouillir du lait dans la bouilloire. Qui a jamais eu une idée pareille ? Pas question de faire la même chose, Danny. Ne jamais faire bouillir de lait dans la bouilloire et empester le magasin. Sinon je te tue.

Les honnêtes gens sont toujours honnêtes de la même manière, mais chaque chose pourrie sur terre émet sa propre puanteur. Cet épicier grec aux cheveux blancs ne ressemblait pas à Venkat. Danny pressentait que son penchant pour l'exploitation était nettement plus ambitieux.

À toi de décider, répondit Abe le cordiste lorsque Danny exprima ses réserves. Ils étaient de retour à Bondi et marchaient le long de la plage. Danny réfléchissait à la carte géographique de l'Australie du dictionnaire Merriam Webster's. Aussi vaste que l'Empire romain. Aussi étendue que les États-Unis sans l'Alaska. Et la plus grande partie du territoire était rouge et *déserte*, ce qui en quelque sorte triplait sa superficie.

À Dubaï, Danny avait vu ce qui arrivait aux sans-papiers. Il l'avait vu à l'aéroport. Deux Philippins enchaînés l'un à l'autre par des menottes et sur le point d'être expulsés étaient assis devant une porte d'embarquement. Un garde asiatique en uniforme les surveillait, et les deux hommes devaient demander la permission quand ils voulaient boire au robinet d'une fontaine à eau. Tandis que l'un des Philippins essayait de se pencher pour boire, l'autre, menotté à lui, était contraint de se contorsionner pour faire contrepoids avec son corps et lui faciliter la tâche. Tels deux singes enchaînés.

Retourne à l'université, Danny. Retourne en classe et donne-toi une chance.

De leur position surélevée au-dessus de la plage de sable de Bondi, Abe observait les femmes qui se faisaient bronzer et se fendait d'un commentaire détaillé sur chacune – le bikini de celle-ci, la serviette de telle autre, et devine ce que porte celle-là… rien ! Pendant ce temps, Danny prêtait l'oreille à un autre commentaire. En lisière de la plage, un cacatoès à la poitrine couleur souffre était perché au sommet d'un sapin de Noël tel un coq sur une girouette, répétant inlassablement *Je t'emmerde je t'emmerde je t'emmerde* à l'adresse des corps offerts au soleil, étirant tantôt le cou, tantôt le contractant, tout en continuant de croasser *Je t'emmerde je t'emmerde* à la plage, à l'océan, et au gracile avion qui se mouvait dans le ciel immense, et Danny ressentait pour la première fois toute la puissance de ce nouveau continent, brut, rouge, païen, qui s'adressait à lui par la voix de ce cacatoès braillard : *Je t'emmerde, je t'emmerde, espèce de trouillard.*

– Si tu as peur, retourne à l'université, lui conseilla le Brésilo-Japonais qu'il connaissait à peine, et qui lui expliqua comment fonctionnait la tricherie. Tu changes de cours tous les semestres, n'est-ce pas ? Deux années à l'université deviennent quatre années. Voire cinq. En parallèle, tu gagnes de l'argent en ramassant des fruits. Et au bout de cinq ans… Qui sait ?

Danny ne quittait pas des yeux le cacatoès au sommet du sapin de Noël.

Ce soir-là, il ne retourna pas à l'université. Mais il n'abandonna pas non plus ses études. Pendant trois jours et trois nuits, il resta chez Tommo Tsavdaridis à l'essai : il travaillait à l'épicerie, rangeait le papier toilette et le lait concentré sur les étagères, dormait dans la réserve et se disait J'en ai assez de me faire arnaquer. Je ne peux pas continuer de payer tous ces frais de scolarité à ces escrocs. Le deuxième soir, il ramassa les deux pandas en peluche abandonnés dehors sur le trottoir, les rapporta dans sa chambre-réserve, les fourra sous ses bras et dormit avec eux. Le lendemain matin, il aperçut deux policiers devant le magasin. Sa jambe gauche se mit à tressauter, et sa gorge souffla *non* jusqu'au tréfonds de son estomac, *non*.

Non, tu ne peux pas transgresser la loi et t'en sortir indemne, réfléchit-il en traversant Glebe et Broadway jusqu'à George Street, fantasmagorique George Street, où s'écoulait un flot de jeunes gens éclatants de santé de toutes origines, Malais, Indonésiens, Arabes et Pakistanais, jusqu'à l'esplanade de Martin Place, centre financier de l'Australie, vitrine frimeuse de la richesse d'un continent jeune, surchargée de sculptures surdimensionnées de lions, de licornes et d'émeus juchés au-dessus des porches des banques. Mais ce qui sidéra le plus Danny, ce fut un homme, un Blanc visiblement exempt de tout lien avec les établissements bancaires, qui mordillait quelque chose dans un sac en papier entrouvert, et qui tournait en boucles incessantes sur l'esplanade, irradiant une sorte de liberté brute, comme l'odeur de sueur de ses jambes d'athlète. En l'espace d'une seconde, Danny se retrouva au *Mugathwaram*, la brèche magique dans la lagune qui avait encerclé toute sa vie, le vaste océan argenté distant d'un simple saut. Ses deux mains tremblaient. *Que peut-on te faire de plus ici, Danny, après ce qu'on t'a déjà fait dans ton pays ?* Sachant, sauf erreur, qu'il n'existe aucun moyen dans la vie d'être un peu moins craintif et qu'il n'était pas question cette fois de trois petits bonds, Danny serra les poings et s'élança. Dans l'océan. Il écrivit au Mackenzie College pour les informer qu'il ne paierait pas ses frais de scolarité et abandonnait donc ses études. Mais il n'envisageait nullement de quitter l'Australie. Vingt-huit jours après l'envoi de sa lettre, il devint à jamais libre dans Sydney. Vingt-huit jours après l'envoi de sa lettre, il devint à jamais pris au piège dans Sydney.

– Et maintenant vous reversez à cet homme la moitié de tout ce que vous gagnez ? La moitié de l'argent que je vous donne ? O-kay, lui avait dit Radha en secouant la tête. O-kay. Combien cela vous laisse-t-il par semaine ?

Il le lui dit. En effet, ce n'était pas beaucoup, il n'était pas dupe.

– Mais je suis libre, ajouta-t-il. Je suis libre dans Sydney.

– Vous vivez dans une épicerie.

– Au-dessus, rectifia Danny avec un haussement d'épaules.

– O-kay... Où se trouve cette épicerie ?

Danny sourit. Il était trop tard à présent. Pourquoi en rester là ? Pourquoi s'arrêter ?

– À Glebe. L'épicerie Sunburst.

– Je connais ce magasin. J'y suis déjà allée. C'est à côté de la fameuse fresque murale de Krishna, n'est-ce pas ?

Oui, la fameuse fresque. À ce propos, Danny avait deux remarques. Tout d'abord, il n'approuvait pas la façon dont les divinités hindoues apparaissaient sur des fresques dans Sydney. Que pouvait-on y faire ? Partout les hindous faisaient l'objet de moqueries. Ensuite, cette fresque possédait certaines qualités artistiques indéniables, notamment dans la manière dont Krishna avait été réinventé sous l'aspect d'un surfeur avec des dreadlocks et un dharma de rasta.

– Oui, répondit-il, c'est bien ça. Le Sunburst. Le magasin est installé à Glebe depuis trente ans.

– Je ne vous y ai jamais vu.

Danny sourit. Parce que je suis l'homme de couleur qui travaille dans le fond du magasin.

Radha faisait d'importantes découvertes sur la ville où elle était née et avait vécu toute sa vie.

– Je parie que vous n'êtes pas le seul dans votre cas. L'autre jour, à Carlington, j'ai entrevu au-dessus d'un restaurant six Chinois en débardeur. L'espace d'une demi-seconde. Ensuite ils sont rentrés. On aurait dit des singes.

Lorsque vous êtes en situation irrégulière, c'est exactement ce que vous êtes.

– Nettoie-moi ça, avait ordonné le vieux Tommo Tsavdaridis en désignant la crotte de chien humide sur le trottoir, juste devant le magasin, environ deux heures après que Danny lui eut annoncé qu'il restait. Oui, enlève ça. Je ne tiens pas à ce que les clients marchent dedans avant d'entrer dans ma boutique.

Danny s'était agenouillé pour enlever le magma visqueux avec de l'essuie-tout, en retenant sa respiration, et avait jeté le tout dans une poubelle publique. Après quoi il était revenu ranger les conserves de soupe à la tomate sur les étagères. Une demi-heure plus tard, Tommo le rappelait. Des chiens avaient pris l'habitude de faire leurs besoins quatre fois par jour devant l'épicerie Sunburst. Sans doute avaient-ils appris qu'un clandestin habitait là.

Dans la soirée, le vieil épicier avait édicté une règle de fer : interdiction pour Danny de parler avec les clients. L'Iranienne qui possédait le salon de coiffure d'en face avait imposé la même discipline à ses employées chinoises. Les illégales.

À neuf heures le même soir, avec un « clic » patriarcal, M. Tsavdaridis éteignit les lumières de la réserve.

– Pas un bruit, ordonna-t-il à Danny. Sinon j'appelle l'immigration.

Et il éclata de rire.

Vingt minutes plus tard, quand Danny, sa brosse à dents et son tube de Colgate en main, commença à descendre les marches métalliques, le vieil homme surgit en criant :

– J'ai dit non !

– Toilettes, protesta Danny.

– Immigration !

De retour dans la réserve, Danny s'accrocha à ses pandas et ferma les yeux. S'il devait écrire sa propre histoire, songea-t-il, il intitulerait ce moment « Apprentissage de la vie d'un immigré clandestin, première heure ».

Il sentit sa tension artérielle augmenter.

L'escalier métallique grinça. Peut-être l'épicier était-il venu vérifier s'il était toujours dans sa cage. Oui, c'était bien lui. Danny flaira son odeur.

Il évalua sa tension artérielle à 150/110. Voire davantage. Par chance, il connaissait quelques vieux trucs pour gérer sa vessie au bord de l'explosion. Quand il était enfant, son père ne le laissait jamais aller aux toilettes après l'extinction des lumières.

Ferme les yeux. Inspire. Techniques à employer quand tu es allongé dans le noir et que ta vessie menace d'éclater. Un : respire et ferme les yeux. Imagine que tu enfonces une longue paille dans ta gorge. Quand la paille perce la paroi de ta vessie, aspire à fond. Ta bouche s'emplit d'urine fétide. Mais ta vessie est légère, si légère. Deux : rampe jusqu'au bord du matelas. Lèche le sol jusqu'à ce que tu trouves un gros grain de sable. Fais tourner le grain de sable sur le bout de ta langue et psalmodie : « Ceci est un grain de sucre qui se dissout lentement dans ma bouche. Ceci est un grain… » La pensée du sucre détend les membres, relaxe l'esprit. Trois : retourne-toi sur le ventre, contracte les cuisses, et…

… pendant tout ce temps il put sentir ses doigts descendre de leur propre chef le long de son avant-bras jusqu'à la boursouflure. Puis, comme dotés leur propre raisonnement, ses doigts demandèrent : Que peuvent-ils te faire de *plus*, Danny, après ce qu'ils t'ont déjà fait ?

Apprentissage de la vie d'un immigré clandestin, deuxième heure.

Se lever, ouvrir la porte, sortir de la chambre-réserve, descendre les marches métalliques, entrer dans le magasin, se diriger vers le fond, et utiliser le cabinet de toilette situé derrière l'étagère des shampoings, après-shampoings et savons à la crème de noix de coco. Tommo l'observa d'un air ébahi avec ses yeux d'Australien en règle, sans prononcer un mot. Il n'appela pas les services de l'immigration. Au matin, il n'évoqua même pas le sujet.

Les jours s'écoulèrent ainsi. Danny respectait certaines consignes du Sunburst et en transgressait d'autres. Au bout de trois semaines, Abelardo Nishida téléphona. Il avait une proposition de travail en free-lance.

Le soir, après avoir empilé les boîtes de tomate, Danny affronta M. Tsavdaridis.

– Mardi, je dois sortir. Un avocat d'Erskineville cherche quelqu'un pour faire son ménage. Il a un aspirateur mais je dois apporter le reste. S'il apprécie mon travail, il me paiera cinquante dollars.

Le vieux Tommo se contenta de le toiser. *Tu as perdu la tête, macaque ?*

Non, Danny n'avait pas perdu la tête. Il s'était rendu à la bibliothèque.

– J'ai consulté un livre de droit, Tommo. Vous savez ce qui est écrit ? Toute personne employant un travailleur en situation irrégulière en connaissance de cause est passible d'une peine de prison.

Moi pas moucharder, vous pas moucharder.

Il accepta de verser à Tommo cinquante pour cent de ses gains. Et de travailler plus tard le soir dans l'épicerie le mardi à son retour.

Sa carrière de prodigieux homme de ménage dans le centre-ville de Sydney venait de débuter.

– Grâce à moi, tous les sans-papiers de Glebe réclament davantage à leur employeur. Tous sans exception.

Fin du récit. L'Australienne applaudit et Danny reçut, pour la première fois en Australie, des félicitations.

– Vous êtes un sacré révolutionnaire. Comme Gandhi.

– Non.

– Si, si. Comme Nelson Mandela. Ce pays a besoin de gens de votre trempe.

Un frisson parcourut Radha Thomas. Elle percevait ce qu'il y avait de libre en Danny. Elle voyait en lui un champion avant-gardiste. Un tigre.

Danny sentit la jubilation de Radha à l'écoute de son histoire, et il s'en délecta. Cependant il éprouvait aussi l'envie de lui dire non, tout ça est faux. Car même lorsqu'il pratiquait le jeu auquel Abe l'avait initié, même quand il triomphait des policiers en uniforme bleu, même quand il gagnait, Danny était perdant. Il n'avait même pas joué le jeu correctement. Parce qu'il *était* dans un jeu – un grand match international, une Coupe du monde, des Olympiades. Dans ce jeu, les gens fuyaient des pays en flammes vers des pays qui ne brûlaient pas encore ; ils sautaient dans des bateaux, cisaillaient des barbelés, se faufilaient dans des conteneurs au fond des cales de navires, tandis que d'autres s'efforçaient de les stopper, de les tenir à distance, de les refouler ; et même si le chaos régnait en surface, des règles bien définies régissaient le jeu : soit vous les braviez, montiez sur les bateaux, vous faisiez capturer par les garde-côtes et enfermer dans des prisons spéciales – et dans ce cas il y avait des avocats, des travailleurs sociaux, des gens tels que les bibliothécaires de Glebe ou les femmes gauchistes dans les gares, qui vous venaient en aide (se précipitaient pour vous aider puis postaient des photos de leur générosité sur Facebook) –, soit vous arriviez par avion, légalement, avec un visa tamponné sur votre passeport, puis alliez étudier dans des universités louches en vous excusant platement quand on vous hurlait dessus *Pardon pardon pardon*, et laviez leurs cuvettes de W.-C. pendant cinq ou six ans, avant de devenir un citoyen la septième année et de pouvoir dès lors dire aux Blancs d'aller se faire voir. Ce qu'il ne fallait pas, c'était tomber dans l'entre-deux, c'est-à-dire venir en Australie légalement puis glisser dans l'illégalité, sembler être quelqu'un puis devenir un autre, car cela faisait de vous un clandestin, sans personne pour prendre la parole dans la rue en votre faveur ni vous défendre devant un tribunal. Or cette geôle sur mesure à l'intérieur de la prison globale était précisément celle de Danny : des charbons ardents personnels qu'il avait lui-même allumés pour marcher dessus.

Mais *ça*, ce n'était pas l'histoire que Radha Thomas souhaitait entendre.

– Dites-moi qui vous recherche, Nelson Mandela, demanda son employeuse en haussant la voix. Dites-moi ce qu'ils font. Dites-moi tout.

– Qui me recherche ? Tout le monde.

– Qui tout le monde ?

– Les douanes, la police, le ministère de l'Immigration et des Affaires multiculturelles, qui a été rebaptisé Immigration et Citoyenneté, puis de nouveau rebaptisé Douanes et Protection des frontières, puis Immigration et Protection des frontières, ainsi que l'ABF.

– Qui ?

– La police des contrôles frontaliers. Il y a aussi maintenant le détachement spécial Pegasus pour l'immigration et le détachement spécial Cloudburst, affectés tout particulièrement aux migrants.

– De quoi parlez-vous ? J'ignorais l'existence de tous ces services.

– Règle numéro un, poursuivit Danny, s'ils ont votre numéro fiscal, vous devez clôturer votre compte en banque. Règle numéro deux : vous ne pouvez absolument pas travailler dans un supermarché ouvert vingt-quatre heures sur vingt-quatre comme City Convenience ou 7-Eleven. L'immigration y fait des descentes continuelles.

– Sans blague ?

– Sans blague. Autre lieu dangereux à éviter : les temples hindous situés en ville. L'immigration a effectué un raid dans l'un d'eux l'année dernière et a arrêté tout le monde, y compris le prêtre et le paon sacré.

– Hilarant. Vous êtes vraiment un sacré numéro. La prochaine fois que nous sortirons, vous raconterez à Prakash ce que vous venez de me dire. C'est incroyable.

Aussitôt, Danny se sentit rétrécir. Il implora :

– Je vous en supplie, ne révélez pas mon secret au docteur. Ne lui dites pas que je suis un sans-papiers…

Sa requête eut l'effet immédiat de ternir un peu l'image qu'elle s'était forgée de lui, car elle répondit d'un ton las :

– Bien sûr, je garderai le secret. Nous vous aiderons, Nelson. Asseyez-vous.

Elle lui désigna un siège et poursuivit :

– Tout le monde désire l'aide de Radha. Et personne ne lève jamais le petit doigt pour moi. D'accord. Je ne mentionnerai aucun nom, mais je consulterai un de mes amis qui travaille à l'Aide judiciaire. De manière hypothétique. Pas de nom. Pas d'adresse. C'est promis. Vous savez, soupira-t-elle en croisant les bras et en creusant les reins, dès l'instant où vous êtes entré chez moi pour travailler, vous m'avez compromise. Vous m'avez entraînée dans une action illégale. Vous en avez conscience, n'est-ce pas ?

Danny hocha la tête.

Les bras toujours croisés, elle se pencha vers lui, pliée en deux.

– Et que dites-*vous* lorsque vous attirez des ennuis à quelqu'un, Nelson ?

– Je suis très désolé, répondit Danny. Et merci merci merci.

Puis il attendit. La semaine suivante, Radha Thomas n'aborda pas le sujet. Il comprit alors qu'elle n'avait jamais eu l'intention de parler à quiconque de sa situation – à l'exception de Prakash, bien entendu. Elle avait dû rebattre les oreilles du docteur fou avec l'histoire de l'homme de ménage, discuter de son cas et de tous les détails sordides. Nous devrions l'aider, tu ne crois pas ? Nous devrions le sauver, non ? Nous verrons ça demain. Ce soir, allons faire la fête.

Voilà pourquoi Prakash avait tout gardé en mémoire.

*14 h 31*

Écris-moi ton nom dans la langue nationale, petit.

Le cœur de Danny s'arrêta.

Un homme à la peau foncée, habituellement affecté à l'interrogatoire des suspects au Sri Lanka, arborait ce jour-là un gilet couleur citron vert et inspectait des véhicules en stationnement, une cigarette allumée dans la fourche de ses doigts.

L'homme se retourna et redevint aussitôt un inconnu, avec les mots CITY RANGER inscrits en travers de son gilet fluo. Il photographiait les plaques minéralogiques des voitures garées sur le côté gauche de la rue avec son téléphone portable.

– Hé ! le héla Danny, histoire de parler avec un de ses semblables bruns de peau. Quelle heure est-il ?

Calant sa cigarette entre ses lèvres noires, l'agent consulta son téléphone et leva trois doigts.

– Merci !

Des petites créatures vertes se mirent soudain à attaquer Danny. En se déplaçant le long de la falaise tapissée de fougères, son corps avait dérangé les herbes grillées, et chaque touffe explosait en atomes verts, quatre ou cinq à chaque fois, des sauterelles perturbées dans leur sommeil estival qui bombardaient Danny avant de se désintégrer chacune en quatre ou cinq autres atomes verts. Il dut se donner des tapes pour s'en débarrasser.

Le premier contact de son répertoire téléphonique se manifesta.

*Sunburst*

– Danny, dit la voix lasse du vieux Tommo. Je t'ai interdit d'amener des amis ici.

– Je n'ai pas d'amis. De quoi parlez-vous ?

– Danny, ton ami est ici. Il dit s'appeler Prakash. Je lui passe le téléphone.

Il y eut un bruit de frottement, une toux, des excuses, et une voix différente se fit entendre.

– Nelson. Tu t'es enfui. Alors je suis venu te voir.

Danny sentit un tremblement agiter sa jambe gauche.

Comment Prakash a-t-il pu arriver à Glebe aussi vite ? Voyons, Danny, c'est un être humain normal. Il a une voiture. Il l'a utilisée pour aller du centre-ville à Glebe.

– Comment avez-vous su… commença Danny, bien qu'il connût la réponse.

– Juste à côté de la fresque murale de Glebe. Tout le monde la connaît. Ce n'est pas Ganesh. C'est *Krishna*. D'accord. Un Krishna jamaïcain. Je passais devant chaque fois que je venais au marché du samedi, Nelson. J'ai apporté ton cactus. Tu sais lequel. Celui qui t'a servi à me frapper. C'est ainsi que ton employeur ici… *Tsavaridis*, c'est bien ainsi qu'on prononce ? Tommo. D'accord, c'est ainsi que Tommo a su que je ne plaisantais pas. Que je suis vraiment ton ami.

Il a garé sa voiture devant le Sunburst. Pendant que tu te cachais ici dans East Sydney, l'homme au visage ravagé par la gueule de bois est allé dans *ta* clinique.

Le sang les rend malins, on dirait. Après que tu l'as frappé, Prakash n'a pas cédé à la panique. Pas du tout.

Passé le moment de surprise, une fois remis de sa chute, après s'être relevé tout seul et avoir rassuré les clients du pub : « Ce n'est rien, je vais bien, ne vous inquiétez pas pour moi ! », le docteur à demi fou ne s'est pas lancé à ta poursuite. Non. Du bout de l'index, il a tracé des cercles sur la page des courses. Il a évalué Dhananjaya Rajaratnam à la façon d'un turfiste professionnel, jugé l'animal raisonnablement coté, et placé sa mise. Prakash a parié qu'il était en mesure de te contrôler.

Danny glissa ses mains dans ses cheveux.

Non. Ce n'est pas quand je l'ai frappé que ça s'est passé. Ce n'est pas à ce moment qu'il a commencé à élaborer son plan. Le regard noisette et froid de Prakash m'a localisé bien avant cela. Nelson Mandela, notre brave homme de ménage. Il apprendra la nouvelle à la télé. Que vais-je faire de lui ?

Si je ne lui avais pas téléphoné le premier aujourd'hui, c'est lui qui m'aurait appelé.

Très haut au-dessus de Kings Cross, Danny vit un filet noir, pareil à ceux lancés par les pêcheurs dans la lagune de Batticaloa, s'étendre et s'élargir, se déployer et retomber très vite, menaçant de le prendre au piège et de l'entraîner dans le tunnel sous l'enseigne Coca-Cola, dans le sillage des lumières orange qui s'enfonçaient dans les ténèbres.

– Nelson ! cria la voix au téléphone. Ça va ?

Danny transféra l'appareil contre son oreille gauche.

– Désolé, monsieur, docteur, répondit Danny, surpris par le tremblement de sa voix.

– Que dois-je faire du cactus ?

– Je n'en veux pas, docteur. Monsieur. Je ne veux rien. Moi pas moucharder. Vous pas moucharder.

– Parfait, s'esclaffa Prakash. Très bien. Continue. Je vais t'attendre ici. J'aimerais te revoir avant de prendre l'avion pour l'Afrique du Sud. D'accord ? Écoute, ajouta-t-il en baissant la voix. Je ne compte pas vivre ici comme la pastenague sous le bateau à fond de verre. Je t'en ai déjà parlé, je crois. Tu prends un bateau à fond de verre pour aller admirer la barrière de corail et tu vois cette horrible pastenague qui se cache. Ce n'est pas moi. Jamais. J'ai bien vécu. (Sa voix se brisa.) J'ai *vraiment* bien vécu. Tu comprends, Nelson ?

– Oui.

– Je ne te reproche rien de ce qui s'est passé à la clinique, Nelson. Je ne t'en veux pas du tout de m'avoir frappé. Tu sais à qui j'en veux ?

– À qui ?

– Ton chef.

– Tommo ?

– Non. Pas lui. Ton véritable chef. Tu es un simple homme de ménage.

– Monsieur, vous avez raison. Je suis un simple homme de ménage, et c'est un honneur d'avoir votre confiance.

Tu parles comme si tu étais dans l'hôtel à Dubaï et que tu travaillais encore à la réception, se dit Danny.

– Monsieur, je n'oublierai jamais notre accord.

Prakash raccrocha.

Aussitôt, Danny pensa : Je dois en parler à Sonja. C'est la seule chose à faire maintenant. Je dois tout lui dire.

Il lissa ses cheveux mordorés.

Mais que lui dire exactement ? D'abord, en deux minutes, laisse-moi t'expliquer que je suis un immigré clandestin et comment je le suis devenu. Ensuite, en deux ou trois autres minutes, laisse-moi te raconter comment, aujourd'hui, je me suis trouvé mêlé à un meurtre.

Mon histoire de menteur en cinq minutes ! Jamais elle ne me pardonnera.

Où est ce cactus quand il te serait utile ? Tu te sentirais mieux si tu l'avais avec toi en ce moment.

Il avait été si près de tout avouer à Sonja pourtant. Et si souvent.

Une fois, c'était au cinéma, naturellement. Un mardi, jour de tarif réduit, ils étaient allés au Parramatta Westfield, où il avait refusé la suggestion de Sonja de voir le film tamoul. Ils avaient donc opté pour le film avec Tom Cruise et, en scrutant longuement Sonja, Danny s'était demandé s'il pourrait simplement lui glisser à l'oreille : « C'est à cause de lui, de Tom Cruise, que je suis en Australie. »

Une autre fois, quinze jours auparavant, à Bondi Beach. Tandis que Sonja nageait le long de la plage nord, à l'écart des touristes asiatiques, Danny était resté assis sur sa serviette. « Je n'aime pas nager », avait-il expliqué. Ah bon ? Je croyais que tu avais grandi au bord d'une lagune ? « Je n'aime pas nager », avait-il répété. Elle le connaissait suffisamment pour savoir qu'il ne fallait pas insister. Il l'avait regardée nager seule. Le rivage était pour lui la limite taboue : jamais il ne pourrait se baigner dans cette partie de l'océan. Abe était venu nager à Bondi. Il ne voulait pas se souvenir de Abe.

Sydney était devenue pour lui une ville pleine d'interdictions et de magie noire, d'endroits désormais proscrits. Un carrefour à Rose

Bay, par exemple, où le cheval d'un policier s'était mis à s'ébrouer, une veine se dilatant sur ses naseaux, quand il avait entrevu Danny à travers ses œillères. La galerie marchande à Burwood, où une femme avec un parapluie vert l'avait repéré, demeurait hors limites après trois ans. Une berge de la rivière Parramatta, qu'il avait explorée seul un mois plus tôt en attendant Sonja, où une structure métallique, dans le lointain, lui avait brusquement rappelé le Kallady Bridge à Batticaloa. Un sifflement s'était fait entendre, comme si les poissons de la rivière avaient appris à chanter aussi bien que ceux de chez lui : *Tu as abandonné ton père dans son grand âge.* D'autres secteurs de Parramatta lui étaient désormais également interdits. Sydney, la plus belle ville du monde, était un labyrinthe d'erreurs inscrites dans sa mémoire.

– Quel homme étrange tu es, Danny, avait remarqué Sonja en revenant de sa baignade.

Après s'être rincée sous une douche de plein air, elle s'était assise à côté de lui pour se sécher les cheveux. Danny avait recouvert sa tête d'une serviette blanche et demandé :

– Prête ?

En la frictionnant vigoureusement, Danny regardait les maisons en surplomb, toutes ces fenêtres qui étincelaient comme de la pyrite dans la lumière dorée du soir au-dessus de Bondi Beach.

Séchée et habillée, Sonja les conduisit en haut de la colline jusqu'à un poste d'observation où elle insista pour qu'il descende de voiture. S'il ne voulait pas nager, d'accord. Mais au moins qu'il admire le paysage.

Au-delà de Bondi Beach, un promontoire rocheux s'étirait dans l'eau, telle une patte de lion posée sur l'océan. Et au-delà, un autre promontoire rocheux, puis une autre plage. L'Australie se dévoilait à Danny dans toute son autorité.

D'imposantes vagues vertes se fracassaient contre la roche en contrebas.

Sonja avait loué une Ford pour la journée. Après Bondi, elle emmena Danny rendre visite à sa mère. C'était la première fois qu'il parcourait une aussi longue distance en voiture en Australie. Durant le trajet, diverses ombres glissèrent au-dessus d'eux : tout un vol d'oiseaux, les chevrons lourds et noirs de Harbor Bridge. Puis ils arrivèrent dans une nouvelle région : North Sydney. Dans son salon au seizième étage d'un immeuble, la mère de Sonja leur offrit un peu de conversation en anglais et beaucoup de soupe vietnamienne. Elle ne quitta pratiquement pas des yeux les cheveux de Danny de tout le repas. Plus tard, sous un éclairage criard, la mère et la fille lui montrèrent leurs ouvrages de tricot : pulls, chaussettes et cache-nez en laine. La mère de Sonja exhiba ensuite fièrement sa carte de Medicare, sa carte senior et sa carte de bibliothèque, qu'elle aligna avec soin : c'était son idée à elle de la propriété et, pour Danny, l'idée qu'il se faisait du bonheur. Voilà donc à quoi ça ressemble de *leur* côté. Il pinça la boursouflure sur son avant-bras et y enfonça son ongle le plus effilé. Il repensa aux ombres tressées du massif Harbor Bridge tombant sur la voiture, un peu plus tôt, qui lui avaient donné l'impression de ne pas le soutenir avec la même force qu'elles soutenaient Sonja.

– Êtes-vous musulman ? questionna la vieille dame.

– Maman, ne recommence pas, dit Sonja en se tournant vers Danny. Regarde son sourire. Pourquoi as-tu peur de lui ?

Danny lâcha son avant-bras et répondit :

– Je ne suis pas un terroriste. Explique-le à ta mère, s'il te plaît.

La vieille femme comprit qu'elle l'avait offensé, car elle gratifia sa fille d'une longue histoire, à charge pour Sonja de la traduire pour son ami. Sonja s'exécuta, en regardant alternativement sa mère et Danny.

– Maman veut que tu saches ceci. Au Vietnam, mon père voulait attirer son attention mais sa timidité l'empêchait de lui adresser la parole. Il se rendait au marché pour la rencontrer et n'arrivait pas à lui dire un mot. Alors tu sais ce qu'il a fait ? Il s'est rasé la tête. Pour lui prouver son amour. Et ma mère a compris ce qu'il voulait lui dire.

– Ta mère veut que je me rase la tête ? demanda Danny.

Les deux femmes éclatèrent de rire comme si elles avaient affaire à un idiot.

– L'année prochaine, dit Sonja en lui tendant un plateau de sablés faits par sa mère, nous irons en vacances à Cairns. D'accord, Danny ?

Il croqua le sablé. Son passeport avait expiré trois mois plus tôt, et il aurait sans doute besoin d'un papier d'identité quelconque pour prendre un avion. Chaque fois que Sonja évoquait son projet d'aller à Cairns et de faire de la plongée autour de la Grande Barrière de corail, Danny se représentait les lieux comme une version super-luxe de la lagune de Batticaloa.

– Cairns, c'est le Sri Lanka, affirmait Sonja. Tropical. Tu vas adorer.

– Comment sais-tu que ça ressemble au Sri Lanka ?

– Grâce à YouTube.

– Je vois.

Un jour, dit-il, il lui parlerait du Sri Lanka, le pays le plus beau du monde. Alors elle cesserait de lui vanter cette Barrière de corail et *tutti quanti*.

Sonja se tourna vers sa mère :

– S'il ne veut pas aller à Cairns, tant pis. Nous irons au Sri Lanka et je verrai son pays. Mais il n'en parle jamais. Il change toujours de sujet. Il croit que je ne l'ai pas remarqué.

Cela rappela à Sonja qu'elle s'était promis d'acheter à Danny un aérosol à base de plantes dans le magasin ayurvéda de Harris Park dirigé par une charmante famille sri lankaise. Pour sa fameuse cloison nasale déviée ? À propos, ces gens ont un accent délicieux quand ils parlent anglais. Pourquoi le tien est-il différent ?

Danny utilisa de nouveau le même stratagème : changer de sujet avec habileté. Au lieu de lui parler du Sri Lanka, de Batticaloa, ou du mystère de son accent « presque » australien, il entreprit de raconter à la mère de Sonja l'histoire des Tamouls et des Aborigènes.

En effet, après ce matin d'été dans une rue déserte de Campsie où Danny, voyant un homme et une jeune fille à la peau très foncée danser non pas sur une musique mais sous le soleil couchant – lui torse nu, elle en short et haut de bikini, mais vêtus en réalité de leur seule peau luisante et aguerrie contre la chaleur –, s'était approché d'eux, fasciné, et aperçu qu'ils n'étaient pas indiens, ni sri lankais, mais aborigènes, il avait fait des recherches dans les bibliothèques de Glebe et de Newton, et appris bien des choses sur le Net.

Sonja traduisait pendant que Danny racontait.

– Écoute ça, maman, c'est une histoire incroyable. Danny dit que des gens à la peau foncée, les Tamouls en particulier, furent les premiers habitants de l'Australie, parce que, à l'origine, les Aborigènes parlaient une sorte de tamoul. Danny dit que c'est la vérité, maman. Les scientifiques en ont la preuve. Ces scientifiques s'appellent des linguistes, précisa Danny. Tu comprends pourquoi j'aime cet homme ? Il dit que, à notre prochaine visite à North Sydney, il amènera un linguiste pour te prouver scientifiquement que, à l'origine, tout en Australie était tamoul.

Sonja riait. Sa mère elle-même ne croyait plus que Danny était musulman. Il était un phénomène. *Plus* que cela. Il mangeait leurs sablés, et elles dévoraient ses histoires.

*À ce moment-là, tu aurais dû lui tout lui raconter. Voici vraiment ce que je veux que tu saches. Ma véritable histoire.*

Mais tout lui avouer aujourd'hui ? Justement aujourd'hui ?

*Nous sommes ensemble depuis deux ans et tu ne m'as jamais dit que tu es un sans-papiers ? En plus, tu es mêlé à un meurtre ?* Voilà ce qu'elle lui hurlerait au visage. Pire, il s'imaginait lui-même s'effondrant devant elle en implorant : *Je t'en supplie, ne dis à personne que je suis un clandestin.* Et elle de répondre : *Ne rien dire à personne ? Je t'ai emmené voir ma mère, Danny. Elle avait raison à ton sujet.*

Murugan.

Danny se tourna vers la droite et vit un haut figuier dont la sombre canopée était parsemée de scintillements, comme si l'arbre avait conscience de son propre cœur.

*14 h 36*

Il s'aperçut qu'il n'avait pas bougé lorsque le téléphone sonna de nouveau.

– Nelson, je suis devant chez toi. Il y a une bibliothèque. Je parie que tu y viens souvent.

– Monsieur, pardonnez-moi. Je vous en prie, ne dites pas à la police où j'habite.

Un rire lui répondit.

– Tu sais très bien supplier, Nelson. Je ne t'ai pas raconté ce qui s'est passé après ton départ. Quand ils m'ont obligé à faire le ménage. J'ai appris des choses. Oui, oui. J'ai découvert ce que sont les gouttes noires. Un jour, je soulève la cuvette des toilettes pour la nettoyer, ainsi que tu le faisais sans doute, et je découvre des gouttes d'urine noirâtres en dessous. Moi je pisse proprement. Je suis un militaire. Ne jamais laisser de traces. Et voilà que je vois des gouttes séchées sur mon siège. Sur ma cuvette de toilettes. J'en déduis que quelqu'un a joui de la vue sur l'opéra tout en pissant dans mes W.-C. Et qu'il a peut-être aussi utilisé mon lit. Pas toi, non. Je ne t'ai pas soupçonné. *Mais ton patron.*

De qui parle-t-il ? De Tsavdaridis ? Danny était perplexe. Va-t-il le tuer maintenant ?

La voix du docteur frémit.

– Il fait vraiment chaud devant cette bibliothèque. Je ferais mieux d'entrer pour profiter de la clim.

Danny reconnut le grincement d'une porte qui s'ouvrait.

– Quelle foutue gabegie, ces bibliothèques, reprit Prakash. Le QI de la plupart des humains est fixé dès l'âge de dix ans. Après, il ne progresse plus. Je t'ai déjà raconté l'incident de la mine, Nelson ?

– Non.

– Ah. Mais je ne vais pas te le raconter maintenant, hein ? (Nouveau rire.) Oh qu'il fait bon ici, avec l'air conditionné.

Il y eut un soupir, suivi d'un bruit indéfini, et Danny supposa que Prakash s'était assis. Peut-être sur une chaise de la bibliothèque en face d'un ordinateur.

– Imagine un peu. Tu sais que tu es en train de conduire sur cette foutue autoroute de Mitchell Highway pour un long week-end, et tu aperçois une Toyota rouge écrabouillée. Tu te demandes ce qui est arrivé aux passagers. Eh bien c'était moi. Tu m'écoutes ?

– Oui. C'est ça, l'incident de la mine ?

– Non, c'en est un autre. Je roulais sur l'autoroute. C'était l'hiver. J'avais un blouson en cuir matelassé avec de la plume d'oie canadienne. Très cher, le blouson. Ils l'ont découpé pour me l'enlever et m'allonger sur un lit d'hôpital au service des urgences. Quand j'ai ouvert les yeux, des plumes neigeuses flottaient autour de moi, et il y avait un grand disque de lumière suspendu au-dessus de ma tête. J'ai cru que j'étais devenu un ange, que c'étaient les plumes de mes ailes, et que le disque blanc étincelant, là-haut, était mon nouveau cerveau d'ange. En apprenant que j'étais toujours vivant, crois-moi, j'ai eu les larmes aux yeux. Son père – le père de la femme qui était avec moi dans la voiture – ne m'a pas pris pour un ange, lui, évidemment. Il a porté des accusations contre moi alors que j'étais sur mon lit d'hôpital… D'abord la mine, ensuite cet accident, et maintenant ça. Pourtant je n'abandonne jamais, tu peux me croire. Jamais je ne m'excuse. Au tribunal, le juge et les avocats m'ont fait cocher une case, et je me suis retrouvé en liberté. C'est après que j'ai commencé à parier. Et quand j'ai de nouveau eu des problèmes, ils m'ont envoyé faire une cure de désintoxication. C'était leur décision. Est-ce que tu me plains, Nelson ?

– Oui.

Il y eut un bruissement, puis la voix de Prakash s'adressant à une tierce personne.

– D'accord, d'accord, je sors. Très bien. Je m'en vais. Je ne m'excuse pas, mais je sors… Foutu bibliothécaire, reprit-il après un silence. Il veut que je m'en aille. Et tous ces gens plongés dans des livres…

Ça ne fera pas évoluer votre QI ! Ça va, ça va. Je quitte ce trou à rats. Tu sais qu'ils m'ont très mal traité dans *ta* bibliothèque, Nelson ?

– Je le regrette, monsieur.

– Je ne te reproche rien personnellement. Il y a un vol à sept heures moins le quart. Je ne peux pas poireauter indéfiniment à Glebe. Je dois rentrer boucler mes valises et mettre en ordre l'appartement. Tu ne crois pas que tu me dois un service, Nelson ? Ils m'obligeaient à faire le ménage. Viens nettoyer une dernière fois.

– Non.

Danny coupa la communication. C'était une erreur. Fâché, Prakash envoya aussitôt un SMS.

*Quel est le numéro de téléphone des dénonciations déjà ? Ah oui, 1 800 009 623.*

*Il paraît que c'est terrible dans Villawood avec tous ces gangs.*

*Les gens préfèrent se suicider plutôt que d'y rester.*

Les sauterelles bondissaient des buissons autour des jambes de Danny.

Le téléphone se remit à sonner.

*Numéro inconnu*

Peut-être Sonja appelant d'un téléphone fixe de l'hôpital ? se prit à espérer Danny. Son index glissa vers le bouton vert… Non, jamais elle n'appellerait d'une ligne fixe.

La sonnerie se prolongea.

*Numéro inconnu*

Que peuvent-ils te faire qu'ils ne t'ont déjà fait ? pensa Danny en se pinçant l'avant-bras.

– Allô ? lança-t-il d'une voix stridente.

*14 h 46*

– Allô. Ici le sergent Michaelos de la brigade criminelle, s'annonça une voix. À qui suis-je en train de parler ?

Une pie, descendue au milieu des feuillages, se percha sur une branche tout près de Danny. La pointe de son bec, qui luisait au soleil, se mua en couteau.

– Allô, dit Danny en se mettant aussitôt en mouvement. Allô, allô.

– Qui est à l'appareil ? demanda la voix. Je vous appelle dans le cadre d'une enquête sur un meurtre. Pouvez-vous me dire votre nom, je vous prie ?

Danny le lui dit.

La voix au téléphone l'informa que son numéro figurait sur le répertoire des contacts d'une dénommée Radha Thomas, assassinée la veille au soir à Toongabbie. La police désirait lui poser quelques questions, pour le moment juste au téléphone. Était-il d'accord ?

– Oui.

– Nom, profession, adresse. Oui, le quartier suffira pour l'instant.

Danny arrachait les fougères par poignées tout en se déplaçant le long de la falaise et en répondant à chaque question.

– Êtes-vous un de ses amis ? Nous appelons tous ses contacts.

– Je faisais le ménage chez elle. C'est tout. J'ai arrêté depuis déjà longtemps.

– Depuis combien de temps ?

– Huit, neuf mois, répondit-il, ajoutant un mois à dessein. Au moins.

– Je vois, dit le sergent. Avez-vous connaissance d'une chose qui pourrait nous aider dans notre enquête ? Un détail bizarre que vous auriez remarqué ?

– Non, répondit Danny après avoir vainement sondé sa mémoire.

Réfléchis, Danny. Danny porta ses mains parfumées de fougère à son visage et inhala leur senteur rafraîchissante. Si la police vérifiait les numéros du téléphone de Radha, elle trouverait sans nul doute celui de Prakash. Et elle l'arrêterait de son propre chef, non ?

Quelqu'un se souviendrait *forcément* d'un Indien dans un pub portant une cravate à rayures. Il y aurait sûrement un Australien blanc qui aurait eu envie de lui mettre son poing dans la figure. Il s'en rappellerait. Et il saurait qu'il est de *son* devoir d'en avertir la police.

*Moi pas moucharder, vous pas moucharder.*

Danny leva la tête et vit une paire d'yeux chinois dirigés vers lui. Un homme en maillot de marin à rayures bleues était penché au balcon en verre d'un immeuble. Avec un large bâillement, l'observateur chinois se gratta les bras et sourit.

À travers la fenêtre ouverte du balcon, Danny parvenait à discerner le tissu d'ameublement, du matériel électronique, une urne en terre, et les signes fiables de la présence d'une épouse plus belle que l'homme.

Reste en Australie, Danny.

Danny aurait souhaité pouvoir crier et s'expliquer. Il sentait le battement de son pouls dans sa gorge douloureuse. Ça lui donnait envie de rentrer au Sunburst pour s'allonger. Mais ça lui faisait aussi penser à la gorge de Radha et à la Justice.

De sa position surélevée et sûre, l'observateur chinois se mit à mâcher quelque chose et continua de surveiller Danny en actionnant ses mâchoires.

*Est-ce que la police t'a appelé, toi aussi ?*

Prakash avait envoyé un autre SMS.

*Oui*, répondit Danny.

*Qu'as-tu dit ?*

*Rien.*

Immédiatement, le téléphone sonna et le meurtrier poursuivit la conversation de vive voix.

– Que leur as-tu dit ?

– Je vous le répète, rien.

– Vraiment ?

– Oui.

– Vraiment ?

C'était une supplique. Enfin, Danny entendait Prakash tel qu'en lui-même. Joueur, Roi du Nil, caïd de la vie nocturne sydnéenne – mais aussi un être sans espoir de rémission ni d'amnistie.

– Oui, docteur. Vraiment. Vraiment.

– Cesse de m'appeler ainsi. Je ne suis pas docteur. Tu m'insultes.

Prakash marqua une pause avant de s'enquérir encore :

– Tu n'as vraiment rien dit ? Bon. Je ne t'ai jamais blâmé, Nelson.

Le meurtrier semblait presque reconnaissant. Avec un peu de chance, pensa Danny, il restera d'humeur courtoise jusqu'à la fin de la journée.

Une seconde après, toutefois, la voix avait changé.

– Nelson, tu m'as frappé en plein visage avec un cactus.

– Je suis désolé. Excusez-moi. Cent fois pardon, docteur. Mille fois.

Nouveau silence, puis :

– Je ne t'en veux pas. Je sais que tu n'es qu'un homme de ménage. Tout est manigancé dans les hautes sphères. Nous savons bien qui est aux manettes, n'est-ce pas ?

– Qui ?

Au lieu de répondre, Prakash dit :

– Je prends l'avion ce soir, Nelson. Il faut que je sois en forme. Tu sais où je vais ? Tu sais à quelle heure ?

Après que Danny eut répondu, Prakash revint à sa question précédente.

– Nous savons qui est aux manettes, n'est-ce pas ?

– Qui ?

– Les grands patrons.

Danny attendit la suite.

– Les gens qui vendent ce pays. Ce sont eux les grands patrons.

– Mais qui ?

– Le top du top, siffla Prakash.

Et il raccrocha.

De qui parle-t-il ? s'interrogea Danny.

Tout en haut, dans son refuge, l'observateur chinois opinait de la tête ; on aurait dit que lui aussi se posait la question. Puis il étira les bras très haut, bâilla et se retira dans la pénombre de son appartement.

Une embuscade. Une vingtaine de capots noirs miroitaient sous un hangar ouvert. Au milieu d'une rue déserte, à mi-parcours de la colline menant de Kings Cross à Woolloomooloo, Danny contemplait de maléfiques produits européens, lisses et luisants – une salle d'exposition de voitures italiennes.

Juste devant le showroom, une chose écrasée attira son attention – rat ou marsupial – et soudain toute la brutalité de ce pays, l'aversion des Blancs, leur usage du papier toilette, la puanteur du brocoli, l'obsession du rugby (qu'il ne fallait *jamais* appeler rugby) se concentrèrent dans ce rat (ou son équivalent) pulvérisé.

Triple saut. Enjambe le rat d'un bond et file, Danny.

Dix mètres après le showroom, dressés au-dessus d'un pont en béton, les hauts pinacles en pierre de la cathédrale gothique étaient superposés sur le réseau de câbles d'acier de Centerpoint Tower. Comme elle a l'air effrayante, pensa Danny, qui la voyait pourtant presque chaque jour.

Les choses apparaissent sans doute ainsi à Prakash désormais. Aux yeux d'un meurtrier, le monde doit sembler aussi étincelant et terrifiant qu'aux yeux d'un immigrant. Aucun policier australien ne peut comprendre cela.

Danny perçut un rongement dans les parages : le rongement du kangourou mastiquant des os pour en absorber le sel.

Il revint vers la salle d'exposition de voitures italiennes. Trois cacatoès à poitrine couleur soufre s'agrippaient de leurs serres grises à une carrosserie noire, tels les logos d'une nouvelle marque d'automobiles de luxe. Au même instant, son téléphone sonna.

*Numéro inconnu*

Encore ?

– Allô ? dit Danny.

C'était de nouveau la police, mais pas la même voix que précédemment.

– Je suis l'inspecteur chef Jeffries, et je commande la brigade criminelle. Autrement dit je suis le responsable de l'enquête sur cette affaire, et c'est de moi que vous auriez dû recevoir l'appel, non de l'inspecteur Michaelos. Je suis désolé, ce n'était pas la procédure correcte. Je déteste ce genre d'erreur et je suis sûr que vous aussi. J'apprécie que vous ayez répondu aux questions de l'inspecteur Michaelos, cependant j'en ai d'autres à vous poser. Vous voulez bien y répondre ?

– Oui, monsieur, répondit Danny en continuant d'avancer sous le pont.

*Pendant combien de temps avez-vous connu cette femme ?*

*À quel rythme faisiez-vous le ménage chez elle ?*

*N'avez-vous jamais remarqué quelque chose d'inhabituel ?*

– Non, monsieur.

*Connaissez-vous quelqu'un qui aurait pu lui vouloir du mal ?*

– Non, dit Danny, avec plus d'assurance cette fois, malgré le tremblement de sa jambe gauche.

– Vous n'avez rien du tout à nous dire ?

– Rien, monsieur. Nous avons terminé, monsieur ? Car je dois aller travailler.

– Oui, dit le policier après un silence. Allez-y.

Danny savait que des yeux le suivaient sous le pont en béton, observaient peut-être son inconfort humide, son visage transpirant le mensonge, mais il n'y avait aucune inquiétude : c'étaient les yeux de SDF australiens.

***

– Quand les services d'immigration finiront par vous prendre, Nelson, vous n'aurez qu'une chose à faire. Les regarder droit dans les yeux et leur dire : libérez-moi et je me chargerai de vos travaux de plomberie, avait dit un jour Radha Thomas, le visage enduit de crème hydratante, en entrant dans la salle de bains où Danny, à genoux, frottait les anneaux grisâtres dans la baignoire. Vous m'avez entendu, Nelson ? Comprenez bien une chose : notre goût pour la règle, à nous autres Australiens, n'est qu'une apparence. Ce qui nous importe vraiment, c'est la plomberie.

Danny avait continué de récurer la baignoire. Il ne savait jamais vraiment, dans la moitié des propos de Radha, si elle plaisantait ou si elle était sérieuse. Ou si elle était dans cet entre-deux que les Australiens nomment l'ironie.

Après quelque temps toutefois, les plaisanteries, l'ironie, ou quel que soit le qualificatif, s'étaient taris chez Radha Thomas.

– Le comptable ne cesse de demander où passe l'argent de cet appartement, remarqua-t-elle un jour. Et il ne va pas tarder à en parler à Mark.

Rien, à Sydney, ne peut échapper à la loi du loyer. Pas même une histoire d'amour échevelée. Prakash devait comprendre que la danse au clair de lune touchait à sa fin. C'est le bon moment pour moi de partir aussi, avait pensé Danny.

Et pourtant il était resté.

Et resté encore.

Radha ne payait-elle pas comme une femme honnête, en temps et en heure, et avec des pourboires ? Lui avait-elle jamais demandé de nettoyer les crottes de chien sur le trottoir ?

Semaine après semaine, il avait repoussé la décision d'aborder la question avec elle. Jusqu'à ce mardi, six mois et demi plus tôt, *Bada-bump-brrrrrrump*, après avoir aspiré la moquette, nettoyé les toilettes (avec un soin particulier), s'être assuré que tout était en ordre dans l'appartement, et accepté les soixante dollars. Il avait pris une profonde inspiration, redressé le dos, et annoncé à Maison Numéro Cinq qu'il cesserait de venir. Pour de bon.

Ce jour-là, les fenêtres étaient ouvertes. Radha se tenait près de la jardinière de tulipes rouges et tapotait les touches de son téléphone sans le regarder, un journal des courses à portée de main.

Au-delà des fenêtres ouvertes, Danny pouvait apercevoir l'appartement de Daryl l'Avocat – Maison Numéro Quatre –, qui lui apparaissait comme un havre de paix et de soulagement.

Il était là, debout, souriant, se passant la main droite dans les cheveux. Finalement, pour attirer l'attention de Radha Thomas, il lança :

– Je démissionne.

Il avait conscience de la laideur de son sourire ce jour-là, car lorsque Radha finit par comprendre le sens de ses paroles, au bout de la troisième fois, elle lâcha :

– Vous nous prenez pour des monstres, n'est-ce pas ? Puis elle se dirigea vers le canapé et s'assit. Espèce d'hypocrite. Savez-vous au moins qu'il y a de pauvres gens dans Villawood qui écrivent des poèmes sur le suicide ? Et vous, vous êtes là, à vous promener dans Sydney, bien habillé, de l'argent en poche, à profiter du mode de vie australien. Sale petit hypocrite.

Le sourire de Danny s'effaça. Cette fois il eut le courage d'ajouter :

– Prakash est un peu fêlé, Miss Radha.

– Fêlé ?

Il avait déjà tourné les talons quand elle le rappela.

– Hé ! Vous ne pouvez pas dire une chose pareille et filer. Qu'est-ce que vous voulez dire ?

Il s'expliqua donc. C'était le mot employé dans les films tamouls, et qu'avait utilisé son père pour parler de lui aux voisins à son retour de Dubaï (« Mon fils est un peu fêlé »).

Cela voulait dire dingue. Comme le garçon à l'école qui raconte des histoires à dormir debout.

Radha déposa son téléphone sur la table basse devant le canapé.

– Fêlé ? C'est ça que vous pensez de nous ? Vous étiez un membre de la famille pour nous, vous savez. Pour Prakash et moi. Je... j'ai parlé de vous à des amis au sujet de votre statut d'immigré. Je... j'ai demandé à des gens de vous aider.

– Merci, répondit Danny.

– Fêlé, répéta Radha en croisant les bras et en dévisageant Danny. Arrêtez de sourire. Vous êtes laid quand vous souriez. Écoutez-moi bien. Prakash et Radha. Radha et son Prakash. Les Indiens des quartiers ouest détestent Prakash. Il ne peut pas aller là-bas. Ils nous détestent tous les deux. Parce que nous sommes Oscar et Lucinda. Nous ne vivons pas de la même façon que les Indiens de Sydney, qui achètent des voitures de plus en plus grosses, et célèbrent les fêtes hindoues de plus en plus bruyamment chaque année dans Parramatta. Cessez de sourire, j'ai dit.

Son téléphone vibra. Elle le prit dans ses mains et se mit à jouer avec, tout en continuant de s'adresser à Danny.

– Prakash est issu d'une famille de chirurgiens, et il pensait que c'était ce qu'il devait devenir aussi, comme son frère. Au lieu de ça, vous savez ce qu'il a dû endurer. L'armée dans le Queensland, le travail dans les mines du Kimberley. Il a fait le tour du monde, vous le saviez ? Le tour du monde… vous m'écoutez ? La vie lui doit une revanche. Il aurait pu devenir Gandhi. Ou Fred Hollows*.

– Ou Nelson Mandela, ajouta Danny avec un sourire.

– Vous vous moquez de moi ? Est-ce que vous vous moquez de moi ? C'est moi qui vous ai inventé. Avant de travailler pour moi, vous n'existiez pas. Regardez ce que j'ai trouvé sur Internet.

Danny cessa de sourire. Radha lui montra l'écran de son portable. Contrairement à ce qu'il avait cru, elle n'était pas occupée à placer des paris par téléphone.

– Regardez. Lisez. « Quiconque a connaissance d'un individu, d'un emploi, ou d'un employeur qui pourrait faciliter… »

Danny fit un pas en avant pour mieux lire.

– Ne vous approchez pas. « Faciliter l'obtention d'un visa frauduleux ou d'un emploi illégal est instamment encouragé à prendre contact avec le département de surveillance des frontières sur le site Australie point gouv point au slash frontières slash… »

* Ophtalmologue australien, célèbre pour avoir soigné des milliers de personnes. (*Toutes les notes sont de la traductrice.*)

Radha reposa brutalement le téléphone sur la table en répétant :

– Slash slash.

Danny était abasourdi.

Après un silence, Radha reprit :

– Je ne voulais pas dire ça. C'est vous qui m'y avez forcée. Vous ne savez rien de Prakash. De toutes les épreuves terribles qu'il a endurées.

– Je ne peux plus travailler ici.

– Nelson. Nous pourrions partir pour Hong Kong. Il y a des opportunités pour moi là-bas. Un poste d'administrateur d'hôpital. Mais je ne peux pas me priver de cette lumière. À Sydney, la lumière est si forte qu'il est difficile d'y renoncer. Parfois je pense que Prakash va me faire du mal. Qu'il va se faire du mal à lui-même, puis à moi, puis à Mark aussi. Il devient tellement jaloux.

– Allez voir la police, dit Danny. Parlez-leur.

Radha laissa échapper un rire sardonique et secoua la tête

– La police ! Il n'y a *nulle part* où aller. Aucun endroit où se cacher dans cette ville. Personne ne me donnera de travail ni de seconde chance. Cette folle du bureau de Medicare qui a volé l'argent de l'État avant de s'enfuir, et que son propre mari a dénoncée ! C'est la police qui m'a mise dans cette panade.

Elle repoussa brutalement le téléphone sur la table.

– Prakash et moi passons nos journées à parier, et nous ne pouvons pas miser un cent sur nous-mêmes.

Elle essuya d'un revers de sa main gauche les larmes qui perlaient à ses yeux. Danny serra fortement son sac d'ustensiles dans lequel il avait toujours une boîte de mouchoirs en papier. Radha poursuivit :

– Je n'arrête pas de le dire à Prakash : un homme en prison n'a qu'une alternative. S'évader ou rendre sa cellule aussi vaste que le monde.

Danny jeta un coup d'œil vers la porte. Quand vous avez deux vies, vous doublez simplement le nombre de lieux que vous voulez fuir.

– Nelson, vous connaissez Randwick ? Bien sûr, vous connaissez. C'est dans *Mission impossible 2*. Ce fichu film dont vous nous rebattez les oreilles. Écoutez. Il y a un groupe de cacatoès noirs qui vivent en secret au cœur de Sydney, et chaque soir d'été, vers six ou sept heures, ils décrivent des demi-cercles au-dessus de Randwick, juste en face du grand pub qui se trouve là-bas. Vous admirez le coucher de soleil et ces créatures coiffées de leur huppe, leurs ailes noires déployées, ressemblent à l'armada espagnole. Si vous apercevez ces cacatoès, pensez à moi, pensez à Radha. La femme que vous n'avez pas voulu aider. Et maintenant, fichez le camp d'ici si c'est ce que vous voulez.

Dois-je de nouveau la supplier de ne pas répéter à Prakash que je suis un clandestin ? s'interrogea Danny.

Dix minutes plus tard, après que Radha lui avait demandé de l'attendre pendant qu'elle allait dans sa chambre chercher la carte de visite de la femme qu'elle avait rencontrée récemment dans le train et qui se trouvait par hasard être une avocate spécialisée dans les affaires d'immigration, Danny quitta l'appartement.

Radha le rappela plusieurs fois par la suite. Son téléphone vibrait et il voyait *M5* s'afficher.

Peut-être était-ce simplement la colère qui l'avait poussée à révéler à Prakash ce qu'elle savait au sujet du Prodigieux Homme de Ménage. Peut-être un soir, alors qu'ils étaient ivres, avait-elle appelé la ligne spéciale du service d'immigration devant son amant et commencé à relater l'histoire. Avant de raccrocher et d'éclater de rire avec lui.

Peut-être était-ce pour cela qu'elle avait trahi la confiance de Danny. Pour prendre sa revanche.

Elle t'a peut-être trahi mais maintenant elle est morte, se répétait Danny. Ne la juge pas. Ne juge pas la Reine du Nil.

Au pied de la falaise de grès, au milieu d'une touffe de succulentes, prise par un fil de soie d'araignée, une petite feuille tournoyait dans cet endroit pourtant non venté, mue par sa propre torsion. Danny se mit à genoux pour l'observer.

*Elle* ? Non, ce n'était pas elle qu'il fallait juger. Pas Radha Thomas.

Pendant des mois, derrière l'appartement de Daryl l'Avocat, Danny avait vu la fenêtre aux tulipes rouges – derrière ou de l'autre côté de la rue. Il aurait pu passer chez Radha Thomas pour dire bonjour, prendre de ses nouvelles. Cela lui aurait demandé cinq minutes.

Mais c'était une ligne noire qu'il n'avait jamais franchie.

*14 h 52*

Danny était toujours accroupi près des succulentes. Comme une machine à mouvement perpétuel, la feuille prise dans le fil d'araignée continuait de tourner, tourner.

*14 h 54*

Pas un meurtre. Un calcul.

Pas un coup de folie, mais la sueur glacée après un accès de rage hystérique. Voilà pourquoi il l'avait tuée.

Agenouillé devant la petite feuille tourbillonnante, Danny revoyait la cicatrice sur le cou du docteur ; plus vive que jamais, un demi-cercle rouge et frais, une marque qui n'avait rien d'une blessure de rasage. La forme d'un ongle qui s'était enfoncé profondément. Et dont l'éclat et la rougeur s'accentuaient. Elle avait dû lutter jusqu'à la fin.

Qu'avait-elle dit pour le mettre en colère ?

Quelque chose du genre :

*D'accord. Inutile d'aller en Inde. Tu peux trouver un emploi ici et prendre un nouveau départ. Il est impossible de continuer ainsi. Tu habites gratuitement à Potts Point. Qui vit à Sydney sans payer de loyer ? Tu dois recommencer de zéro, Prakash.*

Essayait-elle de l'aider, comme elle avait essayé d'aider Danny ? Est-ce pour cela qu'il l'avait tuée ?

Cet homme, avec ses cravates d'école privée, ce joueur obsessionnel, isolé de sa communauté mais qui aimait rugir dans sa cage à Kings Cross. Un jour, il avait attaqué Radha comme un lion attaque son dompteur.

Les sauterelles dérangées dans les buissons revinrent assaillir Danny, qui s'évertua de nouveau à leur assener des tapes, en assommant certaines de façon absurde, en manquant d'autres.

Ou alors… c'est *lui* qui a engagé la conversation. Oui. Il lui promet qu'il va cesser de boire et de parier, la presse de fuir avec lui en Afrique du Sud, et soudain elle répond : *C'est fini, Prakash. Tu dois quitter l'appartement de Potts Point, ce satané comptable pose vraiment trop de questions…*

Il lui fait observer : *C'est Guru Purnima demain. Tu me ficherais à la porte le jour de Guru Purnima ?* Elle insiste : *Mark commence à avoir des soupçons. Tu dois partir. Tu peux t'installer dans une pension. Je paierai une partie du loyer. Mark est vraiment de plus en plus…*

*Ne prononce pas son nom, putain.*

*Il s'appelle Mark.*

*Ne prononce pas son nom.*

Est-ce que Prakash, à cet instant, lève les yeux vers le ciel nocturne en espérant recouvrer son calme ? Oui. Il regarde le ciel. Mais plus les étoiles étincellent, plus il est perturbé. Oui. Il glisse une main dans sa veste rouge et trouve… un couteau. Excellent. C'est très malin de sa part de l'avoir apporté. *Viens vers le rivage, Radha. Viens. Si on dansait le Lindy Hop encore une fois ?*

Peut-être ont-ils dansé au bord de l'eau. Oui, certainement.

Juste quand une petite voix froide et rationnelle dans sa tête d'homme fou lui a murmuré « Fais-le » alors qu'elle répétait *Pauvre Mark, je ferais mieux de le prévenir que je rentrerai tard, je vais envoyer un SMS à Mark*, juste parce qu'elle a prononcé son nom, ou parce que les étoiles ont changé de place, il lui crie qu'elle n'est pas une rock star, qu'elle n'est qu'une femme de quarante ans, et que c'est cet étalage de culture indienne dans ces foutus quartiers qu'il ne peut plus supporter. Même à ce moment il n'a pas vraiment l'intention de lui faire de mal, il l'a peut-être plaquée au sol de ses bras puissants et s'est aperçu alors seulement qu'il avait un couteau sur lui, et que c'était une bonne idée de l'avoir emporté, et tout en la poignardant encore et encore, qui sait s'il n'a pas psalmodié *Qu'est-ce que la civilisation ? Qu'est-ce que cette foutue civili… ?* avant de l'envelopper dans une coûteuse veste en cuir rouge, et d'en remplir les poches de pierres froides afin de s'assurer que son corps sombrerait. Ensuite, le noir est tombé sur Sydney.

Le téléphone de Danny bipa.

*Message de votre opérateur téléphonique :*

*Afin de poursuivre le développement de notre réseau mobile du futur, nous serons dans l'obligation de vous dire au revoir…*

Dans un même mouvement, Danny sortit le téléphone de sa poche, le leva très haut et le jeta au sol, où il éclata en divers fragments qui s'éparpillèrent dans les succulentes.

*Jamais* je ne rentrerai chez moi.

*14 h 55*

En réponse parvint du ciel le cri d'oiseau à trois notes et demie (court-court-loooong-demi) qui avait toujours évoqué à Danny, quand il l'entendait au milieu des pétards incessants de la volière sydnéenne, l'arme de poing d'un tireur entraîné. Alors même qu'il levait les yeux vers la canopée à la recherche de l'oiseau, les trois notes et demie crépitèrent de nouveau…

Danny rit de lui-même. Au milieu de la journée d'été, tremblant de peur et les sinus douloureux, il applaudit à deux mains les décombres de son téléphone.

Ça n'arrivera pas de cette façon, Danny. La magie n'opérera pas pour toi aujourd'hui.

Il s'agenouilla pour rassembler les pièces éparses, refixa la batterie tant bien que mal avec le sparadrap et alluma le téléphone, qui reprit joyeusement vie. Pas question pour l'appareil d'être tué ou assassiné. Il était trop bon marché pour ça.

*Message de votre opérateur téléphonique :*

*Afin de poursuivre le développement de notre réseau mobile du futur, nous serons dans l'obligation de vous dire au revoir…*

Seul problème, l'appareil indiquait : 0:00 et clignotait.

Combien de temps restait-il avant dix-huit heures quarante-cinq ? Danny réfléchit. Allait-il oser demander l'heure à quelqu'un ? Il obliqua vers le pont et vit un SDF déployer devant son compagnon un éventail de cinq succulents mégots de cigarette pour qu'il en choisisse un, signe de vraie camaraderie. Danny les observa, ravi. Il aurait aimé s'approcher. Même l'odeur du tabac rend un homme plus rationnel.

Quelle folie. Changer d'avis au milieu d'une route de grande circulation en Australie.

Après avoir entrepris de traverser William Street en direction d'un épique bâtiment gouvernemental en grès dont la façade était tapissée de bandeaux illustrés d'araignées rouges de la brousse, Danny s'arrêta net en se rappelant que l'édifice était une sorte de musée et que, s'il en approchait trop, il risquait de croiser des touristes du Sri Lanka, d'Asie du Sud ou de Malaisie, et que c'était précisément la raison pour laquelle il évitait ce genre d'endroits depuis des années. Bien qu'il sût que les feux de signalisation avaient changé de couleur, il tourna les talons, fit demi-tour au milieu de William Street, courut devant les voitures qui redémarraient en klaxonnant furieusement – pendant un instant, le vacarme de la rue de Sydney fut aussi tonitruant que celui d'une rue du sous-continent –, et poursuivit sa course sur le trottoir au milieu des passants, emporté par la dynamique de sa propre mésaventure, jusqu'à une berge verdoyante, où il gravit une volée de marches. Ces marches, qui obliquaient sèchement vers la droite, le déposèrent de leur propre volonté plutôt que de la sienne devant une grande église.

À quelques mètres de Danny, une femme asiatique, vêtue d'une robe blanche de mariée, posait avec un bouquet de roses rouges devant la cathédrale Sainte-Marie. Un homme en smoking accroupi en face d'elle la photographiait et, l'espace d'un instant, Danny se crut dans une version extrême-orientale de Disneyland. Jusqu'à ce que sa laisse le rappelle à l'ordre : le téléphone vibra dans sa poche de pantalon.

*M6*

– Où es-tu maintenant, Nelson ?

Danny garda le silence.

– Tu refuses de me le dire ? Parfait. Devine où je suis, moi. Toujours au même endroit. Ton patron a voulu se débarrasser de moi. Tommo. C'est bien son nom ? C'est lui qui m'a dit de t'attendre devant la bibliothèque. C'est un de tes lieux de prédilection, j'imagine.

– Oui.

– Est-ce que les hommes assis devant sont aussi des clandestins ?

– Non.

La jeune mariée asiatique se faisait de nouveau photographier, cette fois avec un bouquet de roses jaunes.

– Tu ne veux pas leur attirer d'ennuis. C'est généreux de ta part. Dans quel quartier travailles-tu en ce moment ?

– À Newtown, dit Danny. Vroum vroum.

L'assassin pesa sa réponse.

– Comment fais-tu pour entrer dans les maisons où tu fais le ménage ?

– En général, les gens mettent la clé sous le paillasson. Ou bien dans la boîte à lettres, sous une enveloppe.

– Et l'argent ?

– Ils le laissent sur le bureau. Soixante dollars. En espèces. Ils me font confiance, ajouta Danny après un silence.

– Moi, on ne me faisait pas confiance, dit Prakash. Après ton départ, ils m'ont obligé à nettoyer l'appartement. Mais je vais te dire. Pas question que je le fasse aujourd'hui. J'ai un avion à prendre. Et si ce n'est pas moi qui fais le ménage, devine qui le fera ? Ce con de Nelson…

Les cloches de Sainte-Marie sonnèrent et Danny coupa la communication.

Pendant les quatre premiers carillons, une faiblesse l'envahit car il pensa à Sonja. Puis, à chaque nouvelle volée de cloches, ses forces lui revinrent.

La jeune mariée asiatique tapait dans ses mains joyeusement, tandis que la sonnerie du téléphone s'imposait de nouveau.

Si tu n'as aucune idée de l'endroit où aller, tu ferais aussi bien de la rejoindre à l'hôpital, songea Danny.

En levant les yeux, il pouvait apercevoir Saint-Vincent entre les immeubles de William Street. C'était l'heure de la pause déjeuner. Sonja se dirigeait sans doute avec deux autres infirmières en uniforme indigo vers la buvette située sur la butte verdoyante en face de l'hôpital.

– Un latte soja, un cappuccino allégé et un grand crème, c'est bien ça ?

Je n'étais pas végétarien quand je me suis inscrit sur le site VeggieDate pour faire la connaissance de femmes telles que toi. Et j'étais fumeur. Après t'avoir rencontrée, le plus difficile a été d'arrêter de fumer. C'est ce qui exige le plus de volonté.

Et pourtant je ne peux pas, par le seul pouvoir de ma volonté, devenir un immigré légal.

Silencieux au-dessus des immeubles de grès, un vol de cacatoès planait, peut-être les mêmes que ceux qui l'avaient conduit vers Kings Cross, avec leur forme de nuage blanc, telle une bulle de pensée flottant sur la ville.

Retourne travailler, Homme de Ménage.

53 Brown Street, Newton. L'immeuble de Rodney le Comptable, où l'on pénétrait en pianotant le code numérique 1987.

Bien entendu, Danny n'avait pas son aspirateur avec lui, ce qui l'obligerait à utiliser le vieil appareil rangé dans le placard du comptable. Sous-optimal, songea-t-il. Sérieusement sous-optimal.

Pour le cas où l'église ne fournirait pas un stimulant suffisant aux touristes, une piscine à plafond de verre leur permettait de jouir, sous leurs pieds, d'un autre spectacle. Les visiteurs comprenaient ainsi que la véritable religion de ce pays était la *natation*. Tout en bas, dans la nef souterraine qui faisait pendant à celle de l'église, des pèlerins équipés de lunettes de plongée battaient des bras et des jambes dans leurs couloirs de prière aquatiques.

Danny observa les nageurs et il vit une femme morte, vivante...

Un matin, pour varier un peu les plaisirs, Radha et Prakash avaient emmené Danny dans une piscine située près de la gare centrale. Le ticket de visiteur à deux dollars serré entre ses doigts, il avait observé le couple nager dans le petit bassin et batifoler sous un serpent géant, un Nagaveda en mosaïque colorée, tandis que les enfants, avec leurs lunettes de protection, dévisageaient les deux joyeux nageurs indiens. Radha et Prakash avaient ensuite fait signe à Danny de s'approcher du bord, et ils s'étaient amusés à l'éclabousser. *Reviens, péquenaud ! Reviens !*

Maison Numéro Cinq. Tu as dû lutter de toutes tes forces quand il t'a poignardée. Tu étais musclée. Une nageuse puissante. Maîtresse de deux maisons.

Est-ce que personne n'appellera la police pour dénoncer ton assassin ?

Sous les yeux de Danny, derrière la paroi de verre, l'eau bleue de la piscine s'ouvrit toute grande et avala les nageurs en une fraction de seconde.

Un mois plus tôt, dans un bus à destination de Marrickville, deux hommes portant des chemises bleues semblables à celles des policiers étaient montés à bord pour un « contrôle de tickets ». Danny avait exhibé le sien presque avec fierté – à l'instar de tous les clandestins, il était très scrupuleux pour ce genre de choses. *Merci, monsieur, vous êtes en règle*, avaient dit les contrôleurs. Mais, dans la rangée derrière lui, un jeune Australien n'avait pas de ticket. Aussitôt le premier contrôleur s'était métamorphosé en un personnage de dessin animé : levant les sourcils, il avait lâché un flot d'indignations stridentes, comme s'il pensait devoir se conduire en clown avant de faire respecter la loi ; sa réaction n'avait fait que mettre en fureur le jeune Australien, qui s'était mis à protester tant et plus, jusqu'à ce que le contrôleur en chemise bleue et son collègue se saisissent du contrevenant et le portent pour le faire sortir du bus. On aurait dit que les gigantesques blocs de grès, tous ces édifices gouvernementaux du XIX^e siècle dressés contre Circular Quay, avaient glissé sur ce pauvre jeune citoyen pour mettre sa vie en miettes. Danny se remémora aussi ces hommes, dans le pub, encourageant le garde-côte européen à capturer les migrants sur leur bateau de fortune. Chaque jour, dans tous les bars d'Australie, des hommes (et pas *seulement* des Blancs) s'inquiétaient que trop d'immigrants noirs, jaunes ou bruns se déversent dans leur pays, et chaque jour, leur propre gouvernement leur disait d'aller se faire voir et laissait entrer davantage d'hommes noirs, jaunes ou bruns en Australie. Mieux valait en rire. S'il avait eu un journal à cet instant, Danny aurait trempé son doigt dans l'eau pour inscrire par-dessus les articles en anglais une phrase en tamoul : *Un immigrant légal est simplement quelqu'un dont la présence n'est pas désirée au même titre que celle des autres.*

L'ongle long de Danny gratta la paroi de verre. Dans la piscine des profondeurs de la cathédrale Sainte-Marie, de jeunes corps australiens reprirent forme, invoqués par Danny.

La carte de bus Blue-10 glissa rapidement dans la pointeuse horaire qui, après avoir maugréé et l'avoir rejetée, la ravala subitement pour y apposer des signes imprimés avant de la recracher à contrecœur.

15 h 31 min 12 s

Danny adressa un sourire au conducteur à l'air arabe, puis se dirigea vers le fond de l'autobus. Il examina l'encre noire et fraîche sur le dos de la carte de transport, et traduisit l'heure dans sa forme plus traditionnelle. Trois heures et demie.

Danny était de retour à Central Station. Le beffroi de grès se dressait quelque part derrière lui lorsqu'il parcourut l'allée du bus en quête d'un siège qui lui parût sûr. Oublie l'enseigne Coca-Cola et tout ce qui se trouve derrière. Oublie la longue montée vers Kings Cross. Danny avait rembobiné cette journée jusqu'à l'endroit où il se trouvait le matin à onze heures : dans un appartement d'un quartier honnête de la ville. Prêt à se mettre au travail.

Dans la rangée du milieu, un Indien barbu leva une brique de lait entier et but à la régalade. Danny saliva. Prakash aussi est en train de boire, songea-t-il. De boire et de laisser enfler sa rage.

Il s'assit.

Le soleil frappait les fenêtres du bus. Les vitres portaient les traces gravées par des clés d'écolier ou la capsule d'une première bière ; les rayures scintillaient telles des boucles et des boucles de fil d'argent tout autour de Danny.

*15 h 39*

Le bus roulait au milieu du vacarme des chantiers de construction – ce même son pénétrant des marteaux-piqueurs géants qui crépitaient partout dans la ville remuante et irritée – et pourtant Danny n'aperçut par la vitre que deux dociles engins de forage, leur tête d'acier inclinée dans un geste de feinte déférence devant le passage des humains et, très au-dessus d'eux, au-delà des pelouses verdoyantes, une série de flèches de grès inaccessibles : l'université de Sydney.

La climatisation de l'autobus fonctionnait mal.

Sur les pelouses de l'université, à côté d'un jacaranda en fleur, se dressait un mât totémique nord-américain de couleur grise. Tout en haut du totem était juché un aigle à l'air féroce avec un bec jaune.

Une touffe de cheveux argentés apparaissait sur la tête de l'aigle, et des lunettes à monture noire encadraient ses immenses yeux noisette. Danny se mit à transpirer du plus profond de lui-même.

*15 h 49*

Le bus s'arrêta pour prendre un groupe d'étudiants chinois arborant des T-shirts tout neufs de l'université de Sydney. Chacun avait l'index glissé dans un passeport à la couverture rouge estampée d'étoiles dorées, prêt à le présenter au conducteur. Ce devait être la coutume, en Chine, conclut Danny.

Leurs visages étaient trop nus, trop bruts, trop terribles pour lui. Il préféra fermer les yeux et essaya de convoquer des images de son passé.

Parfois, dans ses rêves, il la voyait encore, leur voisine à Batticaloa : une femme aux cheveux blancs coupés ras qu'il avait surnommée l'Observatrice Effrontée, car dès le premier jour de son retour de Dubaï, cette voisine avait pris l'habitude de se planter, mains sur les hanches et coudes écartés, sur le balcon du premier étage d'un nouvel immeuble qui avait surgi de terre en face de chez eux. Elle se tenait là et l'observait. De son balcon, elle avait une vue directe sur la porte de leur maison et elle en profitait. Danny faisait des grimaces mais l'Observatrice Effrontée n'en avait cure. Au-dessous d'elle, dans la rue, les passants allaient et venaient, tels des dénominateurs mouvants sous le numérateur constant de sa posture mains-sur-les-hanches. Chaque fois que Danny entrait ou sortait, cette créature, sourire figé sur le visage, se tenait à son poste pour le regarder – non, pas le regarder, *aspirer* son image, de même qu'elle avait dû aspirer son histoire, maintes et maintes fois, de la bouche des autres voisins. Dubaï ? Torture ? Notre Danny ? Oh, racontez-moi encore. Les potins, dans son pays natal, étaient si denses, si compacts qu'on aurait dû les requalifier. Non pas potins mais crottins. Crottins tamouls indigestes. Imaginez, à supposer que vous surviviez à Villawood, à l'extradition, au trajet de retour en avion, à l'armée sri lankaise, aux agents des services de renseignement, imaginez, après tout ça, être obligé de rentrer chez vous et de supporter le sourire de l'Observatrice Effrontée sur son balcon. L'Australie ? Immigré clandestin ? Arrêté et expulsé ? *Et en plus* mêlé à un meurtre ? Notre Danny ? Racontez-moi encore.

Danny préférerait se suicider, il en était certain.

*15 h 50*

– Il fait de plus en plus chaud devant ta bibliothèque, Danny. Quand reviens-tu ?

– Entrez à l'intérieur, monsieur. Attendez au frais.

– J'ai horreur des bibliothèques publiques. Le curseur du QI s'arrête à l'âge de dix ans, je te l'ai déjà dit. Tout ça est une perte d'argent. Personne ici ne va devenir plus intelligent.

– À votre guise.

Danny regarda autour de lui ; il avait l'impression que les gens pouvaient deviner qu'il conversait avec un assassin et il baissa la voix.

– Je serai là dans la soirée. Je dors dans l'épicerie.

– Ce soir, je serai en Afrique du Sud. Casinos honnêtes. Machines à sous honnêtes. Je te parie que je vais encore remporter le Flexi Trifecta. Je voyage en classe économique premium. Il y a davantage de place pour les jambes.

*Comment osez-vous parler de classe économique premium aujourd'hui ?* avait-il envie de crier à Prakash.

Mais il connaissait peut-être déjà la réponse. Souviens-toi, Danny. Il se remémora un matin de son enfance, vers l'âge de six ou sept ans, au milieu de la foule du marché de Batticaloa, où il était resté bouche bée devant un thon à nageoires jaunes. Le poisson luisant mesurait près d'un mètre cinquante de la tête à la queue. Un pêcheur l'avait attrapé dans l'océan et rapporté ici pour le montrer. Après avoir exhibé le monstre, le pêcheur avait gratté ses écailles, puis il l'avait ouvert avec un couteau à partir des branchies, découpé sa chair et empilé les filets roses sur les balances. Danny avait assisté au spectacle, dressé sur la pointe des pieds. À l'issue de la démonstration, lorsque le monstre ne fut plus qu'une enfilade d'organes humides et noirs attachés à une tête de thon, le pêcheur l'avait brandi en l'air – non pas pour que l'assistance l'achète, non, mais pour que, en applaudissant, chacun puisse de nouveau ressentir l'excitation pleine et entière de compter parmi les vivants.

Voilà pourquoi vous volez en classe économique premium un jour tel que celui-ci.

– Nelson, tu as la tête ailleurs. Tu ne m'as pas répondu.

– Pardon, monsieur. Quelle était votre question ?

Lentement, peut-être pour lui donner le temps de réfléchir, le docteur répéta :

– Comment tout cela a-t-il commencé, Mandela ? Pourquoi m'as-tu téléphoné aujourd'hui ?

– Parce que j'ai oublié, monsieur.

– Oublié quoi ?

– Que je suis en situation irrégulière.

L'assassin expira longuement.

– Où étais-tu, ce matin, quand tu m'as appelé ?

– Je faisais le ménage chez l'Avocat. La police m'a posé des questions sur elle. L'Avocat habite à Erskineville, tout près de… son appartement.

– Près comment ?

– Juste derrière. 36 Flora Street.

– Je vois. Et ensuite ?

– Je vous l'ai dit. La police m'a interrogé. C'est eux qui m'ont appris sa mort.

– Pourquoi n'es-tu pas resté là-bas ? Pourquoi t'es-tu mêlé de cette histoire, Nelson ?

– À cause de la balle bleue.

– Quoi ?

– Rien, soupira Danny.

Le téléphone se tut.

Danny effectua quelques calculs. L'avion décolle à dix-huit heures quarante-cinq. C'est un vol international. Prakash devra être à l'aéroport au plus tard à dix-sept heures quarante-cinq. Donc il lui faudra mettre quelques cravates dans ses valises et quitter l'appartement bien avant. Il n'a plus que deux heures devant lui. Danny claqua dans ses mains.

Le bus s'emplit de jeunes étudiants asiatiques, ce qui signifiait qu'ils étaient à proximité de l'université, et donc pas loin de King Street, l'avenue principale de Newton.

L'espoir est une sorte de rigueur. Le désespoir, du sucre. Rappelle-toi, se dit Danny, l'erreur que tu as commise au Mackenzie College. Tu t'es laissé séduire par Abe le cordiste. Ne désespère pas aujourd'hui. Il reste à peine deux heures. Laisse Prakash s'en aller.

Il jeta un dernier regard à l'Indien barbu avec sa brique, dont le visage, fortifié par le lait, irradiait le calme et la sérénité d'un village du sous-continent.

Si quelque chose tourne mal dans les deux prochaines heures, auront-ils du lait glacé à Villawood ? Même s'ils m'expulsent sur une île du Pacifique, il y aura toujours du lait froid à boire. La vie continuera.

Danny pressa le bouton rouge pour demander l'arrêt à la station suivante.

Il glissa sa carte dans le composteur

15 h 51 min 56 s

et descendit à King Street. C'est à peine s'il put avancer. La porte du four était largement ouverte à présent. Le vent qui semblait venir du désert lui gifla le visage. Ils n'auront certainement pas de lait frais pour toi au Sri Lanka, fils.

S'il porte l'appellation de « flat white », « latte » ou « doppio », s'il est filtré à la main par des hommes ou des femmes en tablier et servi dans de la porcelaine au prix de quatre dollars la tasse, alors il s'agit de ce que les Australiens blancs appellent café. Selon eux, c'est un excellent café – peut-être le meilleur du monde –, en tout cas assez bon pour prouver (avec l'assurance maladie universelle, les lois sur le contrôle des armes, et un certain sens de l'ironie) que leur pays n'est pas l'Amérique, pas *américanisé*, ni une simple escale technique pour la Flotte américaine du Pacifique.

Or pour l'immigrant de Sydney, le café est ce qui sort d'une machine self-service fabriquée aux États-Unis et importée dans les magasins 7-Eleven à travers toute la ville. Le café, noir et fort, dans un gobelet en plastique, coûte un dollar. La machine verse même du lait si vous pressez un bouton. Parfaitement, du lait *chaud*.

Une file de chauffeurs de taxi, d'étudiants étrangers et de routards s'étire invariablement devant tous les 7-Eleven, or cette fois le magasin de King Street était désert et Danny, en entrant, comprit la raison en lisant la pancarte sur la machine à café : EN MAINTENANCE POUR NETTOYAGE.

De toute façon, la vue du filet noir s'égouttant du verseur suffit à lui faire changer d'avis. Il sentit sa pression artérielle monter. 145/110, peut-être. Le café n'aurait fait qu'aggraver les choses.

Il regretta de n'avoir pas avec lui ses fines tranches de fromage Black & Gold.

À côté de la caisse, près des journaux du soir encore tout chauds dont l'une des pages intérieures affichait probablement la photo d'une femme assassinée, il repéra un muffin de maïs enveloppé dans un sachet de plastique étiqueté deux dollars, et devina aussitôt qu'il était rassis. Ça sautait aux yeux.

C'était exactement le genre de muffin que vendait l'épicerie Sunburst.

– Gluten ?

Il saisit le muffin entre deux doigts pour le montrer au jeune homme au teint basané, probablement originaire de l'Inde du Nord, qui se tenait derrière la vitre du comptoir.

– Gluten ? répéta Danny.

*Quoi ?* Le jeune homme grimaça. *Qui ?*

– Le gluten est mauvais pour mes sinus. (*Dixit* Sonja.) Il y a du gluten dans ce muffin ?

L'Indien derrière le comptoir haussa les épaules.

Danny soupira.

– Faites-moi une remise.

L'Indien n'avait jamais entendu parler de gluten, pas plus que de remise.

Danny déchira l'emballage de plastique et mangea son muffin de maïs à deux dollars sur un banc devant le magasin 7-Eleven. Il avait conscience que son téléphone vibrait. Prakash, très certainement.

Il ramassa les miettes tombées sur le banc et les lécha sur ses doigts.

À présent, il avait dans l'estomac du gluten et du bon sens. Ses chances de survie lui semblaient favorables. Il continua de se lécher les doigts. Prakash quittera l'appartement bien avant six heures. Il me suffit d'aller faire le ménage chez Rodney le Comptable et de rester occupé, conclut-il.

Après manger, il éprouvait toujours l'envie de faire craquer ses jointures. Il s'y apprêta, puis interrompit son geste pour jeter un regard alentour. Les Blancs n'aiment pas le son du craquement des jointures. « Arrêtez ça », protestent-ils, comme s'il avait craché ou pété en public.

– Merde ! lança Danny à voix haute.

Et il commença à faire craquer les jointures de sa main droite.

Un homme blanc en costume noir mais non cravaté, tenant à la main un agenda en cuir noir, passa devant Danny et lui jeta un coup d'œil de biais. Un deuxième homme le suivit peu après, vêtu de façon identique, et tenant le même agenda noir. Danny se leva et leur emboîta le pas. Ils gravirent le perron d'un imposant bâtiment surmonté d'une inscription qui évoquait une case dans un jeu de Monopoly : PALAIS DE JUSTICE.

Danny monta les marches à son tour et pénétra dans un tribunal australien.

Six globes jaune citron suspendus au plafond diffusaient une lumière crépusculaire dans une vaste salle remplie de bancs en bois. Une dizaine de personnes d'origines diverses étaient éparpillées sur les bancs. Sur une estrade en bois surélevée, et sous une chaire également en bois surmontée d'un lion doré et d'une licorne argentée, était assis un homme revêtu d'une robe noire que Danny présuma être le juge.

– Seize infractions au Code de la route en quinze ans, ce n'est pas rien, dit le juge dans un micro.

– Oui, votre honneur, mais…

En contrebas, une main posée sur l'épaule d'un homme corpulent et suant qui devait être l'accusé, un jeune avocat s'efforçait de répondre au juge.

– Vous noterez qu'aucune de ces infractions n'a été commise depuis 2004.

– En effet. Cependant, dans ce cas particulier, votre client roulait sur l'autoroute, répliqua le juge qui ressemblait plus ou moins, songea Danny, à l'ancien Premier ministre Malcolm Fraser.

– Sans nier ni minimiser l'infraction, votre honneur, je vous demande de nouveau de prendre en considération les circonstances familiales du défendeur. C'est un bon père, et je puis vous assurer que ses deux fils l'aiment beaucoup…

On aurait dit qu'une scène du livre de Kiran Rao prenait vie sous les yeux de Danny : tous les personnages en présence se comportaient de façon logique et civilisée. Le vieux juge, qui aurait fort bien pu jouer au méchant, abandonnait toute forme d'apparat, parlait sans ambages – ce qui rendait l'accent australien beaucoup plus attrayant à Danny qu'il ne le lui avait jamais paru –, et semblait faire de son mieux pour comprendre pourquoi l'homme traduit en justice avait commis la faute qu'on lui reprochait. Lorsque l'avocat entama sa plaidoirie, le juge posa son menton sur sa main pour l'écouter.

Demande d'asile ! Danny avait si souvent plaidé sa cause devant un auditoire imaginaire. Cette fois, c'était pour de vrai. Le lion et la licorne, là-haut, étaient la Loi et ils n'étaient pas menaçants, à l'inverse de tous les symboles du pouvoir au Sri Lanka. En écoutant le juge et l'avocat se défier en paroles, Danny perçut une fois encore l'attrait de la loi australienne et, infiniment plus essentielle que n'importe quel océan, son équité. D'où provenait-elle, cette loi équitable ? Danny parcourut le tribunal du regard. Blancs, Noirs ou Arabes, les habitants de Sydney n'étaient pas particulièrement justes, ni impartiaux, ni intègres.

Alors qui avait bâti cette salle en bois, qui avait suspendu au plafond ces six luminaires jaune citron, qui avait faire naître l'espoir, apparemment ressenti par chacun ici, de voir selon toute probabilité la justice émerger de cette audience ?

Et cela n'est-il pas, songea Danny, la contrepartie de la question qu'il n'avait cessé de poser au Sri Lanka ? Là-bas, sur un plan individuel, personne en effet ne semble jamais mauvais, ni les Tamouls, ni les Singhalais, ni les musulmans. Et pourtant le mal existe. Un homme endosse un uniforme, devient agent du gouvernement, et commet des actes de torture. Danny effleura son avant-bras : cette boursouflure, là, était bien réelle.

Si l'on accepte le mystère du mal, pourquoi ne peut-on accepter le mystère d'une loi plus ou moins juste ?

– Vous pouvez partir, annonça le juge, libérant toutes les personnes présentes dans le tribunal.

Le cœur de Danny se mit à battre plus vite.

Et s'il avançait vers la haute estrade en bois pour demander au juge de toucher la cicatrice sur son avant-bras en lui disant : « N'est-ce pas une raison légitime pour une demande d'asile, mec ? Et puis je dois vous parler d'un dénommé Prakash. Vous voulez bien m'écouter ? »

Ce fut comme si la cour lui répondait de façon directe. Une porte en bois s'ouvrit toute grande et un homme vêtu d'un blouson bleu l'identifiant comme SHÉRIF entra dans la salle, remonta son ceinturon noir et jeta un regard circulaire.

Cet homme aussi, qui dans une minute va se mettre à parler et à agir à la manière d'un personnage de dessin animé – houspillant et rudoyant l'assistance –, occupait sa place dans l'ordre des choses, pensa Danny. Les épines sont là pour protéger les roses.

Sitôt que Danny, après avoir ouvert une autre porte en bois pour se faufiler hors de la salle aux six globes, eut quitté le tribunal et retrouvé la lumière de l'été, il recommença à faire craquer ses jointures.

*16 h 10*

Des fissures recuites par le soleil s'élargissaient dans la surface goudronnée et quand il traversa la rue en direction de l'appartement de Rodney le Comptable (53 Brown Street), Danny s'attendait presque à voir de la fumée s'élever du sol. Pourquoi pas ? Il avait déjà vu cela. Les rues de Sydney, en été, dégagent souvent de la vapeur quand une pluie fine tombe sur l'asphalte brûlant. Vas-y, fais-le. Danny mettait au défi la cité de Sydney au cœur desséché. Il provoquait la rue insignifiante : Vas-y, crache de la fumée, transforme-toi en lit de charbons ardents sous mes pas. Je survivrai. Je triompherai de toi. (Mais il pensait aussi : Qu'un autre que moi piétine ces braises aujourd'hui. Je marche dessus depuis quatre ans. *Lucet et Ardet !*)

*Quatrième année en situation irrégulière*

*– Ils ne nous attraperont jamais, avait commencé par dire Abe. Je connais ce pays depuis le temps.*

*Pendant huit mois, personne n'avait aperçu le cordiste sur les façades des gratte-ciel de Pitt Street et de Castlereagh Street. Abe avait quitté Sydney, pris un Greyhound Australia, et voyagé à travers le pays en travaillant au noir.*

*Pendant huit mois, il avait été journalier dans des fermes d'élevage, il avait peint des clôtures, ramassé des fruits, accepté tout ce qui se présentait. Les poches remplies de dollars australiens, il était ensuite rentré à Sydney.*

*– Tu as vu des kangourous ? s'enquit Danny.*

*Kangourous, taureaux, chevaux, lapins. Tous les animaux gardent la tête baissée pour se gaver d'herbe à longueur de journée, sauf les kangourous, qui interrompent toute activité pour regarder passer l'autocar, les oreilles dressées (Abe mima le geste) comme ça. « Ils savent que nous sommes mauvais. »*

*Après deux jours de trajet, Abe avait crié au conducteur : « Stop ! » Ils étaient arrivés à un endroit cerné de toutes parts d'embrasements roses : des cerisiers en fleur. L'endroit s'appelait Mildura. Abe avait cueilli des cerises contre un salaire payé en espèces. Cette ferme avait des allures de Nations unies : les cueilleurs de cerises venaient du Vietnam, d'Indonésie, des Tonga, des Fidji. Il n'y avait pas un seul Blanc, sauf le patron. L'exploitation se trouvait à proximité d'une rivière et, parfois, quand le fermier criait « Kangourou », les journaliers abandonnaient tout pour descendre en courant à la rivière. C'était un code prédéfini. Les agents de l'immigration effectuaient une rafle dans les champs et il fallait se cacher. La rivière Murray, c'était son nom, avait en son milieu des troncs blancs d'arbres morts dressés. Abe et ses compagnons se blottissaient sur la berge, et adressaient des signes aux touristes chinois qui passaient en bateau en sirotant une flûte de champagne. Le second : « Kangourou ! » signifiait que les agents de l'immigration étaient partis et qu'il fallait reprendre le travail.*

*– J'ai perdu du poids, dit Abe en se tapotant l'estomac. Près de six kilos en moins à cueillir des fruits. C'est le genre de kilos qu'on perd sans jamais les reprendre.*

*– Les fermiers ne sont pas inquiétés quand ils embauchent des sans-papiers ? s'étonna Danny.*

*– Oh que non ! s'esclaffa Abe. Personne n'ira arrêter un fermier australien. C'est du baratin. Tu sais ce que fait le fermier ? Il engage de pauvres Malaisiens*

*pour arroser ses plantations, cueillir ses cerises, les mettre dans des caisses, et ensuite il expédie ces caisses à Kuala Lumpur où de riches Malaisiens les achètent à prix d'or parce qu'ils pensent que ce sont des Blancs qui ont cueilli les cerises.*

*Abe avait résolu l'énigme. Les Asiatiques riches et les Asiatiques pauvres ne communiquent pas entre eux, et c'est ainsi que les Australiens gagnent leur argent.*

*– Tous les agents de l'immigration sont pourris, c'est connu. Pendant la saison des récoltes, ils se contentent de surveiller de loin, mais le jour où tu es censé toucher ta paye, le fermier leur téléphone, et ils arrivent aussitôt avec leurs chiens et leurs fourgonnettes pour t'embarquer.*

*Les services d'immigration n'étaient pas le véritable danger dans la campagne. On pouvait toujours échapper aux ventrus fonctionnaires en bleu et se cacher près de la rivière en observant les oiseaux noirs perchés sur les troncs blancs des arbres morts. Mais un jour, alors que Abe marchait dans le verger où il travaillait, un pitbull noir lui avait emboîté le pas. Le chien semblait désorienté, ou affamé, ou avoir pris un coup de soleil. Quand Abe s'arrêtait, le chien se cabrait et posait les pattes sur son torse. Quand Abe avançait, il le pinçait et mordillait son jean. Il grognait. Abe craignait, si le chien le mordait, de devoir aller à l'hôpital, où l'on découvrirait qu'il n'avait pas de carte Medicare. Alors il se planta au bord de la grande route pour essayer d'arrêter une voiture. « Au secours ! Aidez-moi ! » criait-il. Dès l'instant où vous criez « Au secours », l'Australie devient un désert. C'est une réalité. Après avoir couru pour fuir le pitbull pendant une demi-heure, un policier à bicyclette qui roulait sur la route s'arrêta. « Il ne faudrait pas que ce chien se fasse heurter par une voiture », dit le policier en emmenant l'animal. (C'est seulement après que le policier blanc se fut éloigné et retourné pour lui jeter un coup d'œil par-dessus son épaule qu'Abe reconnut l'expression de son regard : l'expression d'un peuple en train de perdre le contrôle sur un continent.)*

*Après Mildura, Abe avait poursuivi son périple le long de la rivière Murray jusqu'à l'Australie-Méridionale. Là-bas, de nombreux Blancs cueillaient le raisin. Tous étaient de jeunes routards européens. Le soir, après avoir trimé dur dans les vignes, ils regagnaient leur auberge de jeunesse, passaient un coup de téléphone et, peu après, un homme d'une cinquantaine d'années à la peau sombre arrivait tout transpirant sur son vélo pour leur livrer seize pizzas. Seize boîtes de pizzas ! Les jeunes Blancs se tenaient en caleçon sur le balcon de leur auberge de jeunesse et lui criaient : « Plus vite ! Plus vite ! » Ils engloutissaient leurs pizzas en vingt minutes, retéléphonaient pour en commander d'autres, et guettaient le livreur sur le balcon pour pouvoir lui crier encore : « Plus vite ! Plus vite ! » Pendant toute la journée, ces jeunes Blancs étaient les esclaves du fermier. Le soir, l'homme à la peau sombre était le leur. Amusant, non ? C'est ce que Abe avait pensé. Le problème avec l'Australie est qu'il n'y avait jamais personne avec qui partager une bonne plaisanterie, parce que personne ne voyait rien.*

*Dans une ville dénommée Berri, en Australie-Méridionale, Abe avait rencontré un cueilleur de fruits malaisien de cinquante-deux ans, Chang, qui vivait en situation irrégulière depuis neuf ans. Les Sino-Malaisiens étaient les meilleurs pour la clandestinité. Par respect, Abe avait décidé de l'appeler oncle Chang.*

*Neuf ans, avait réfléchi Danny. Si un dénommé oncle Chang avait pu tenir neuf années, alors lui, Danny, pouvait aller jusqu'à dix.*

*Vingt !*

*Et puis voilà que, tout à coup, une semaine après son retour à Sydney, Abe le cordiste avait été arrêté. Les services d'immigration effectuèrent une descente dans l'entreprise de construction au moment où il était sanglé sur le filin de descente en rappel. Tom Cruise resta en détention pendant deux semaines avant d'être expulsé. Il téléphona un jour de Villawood. « Tu sais, Danny, le plus rigolo, c'est que tous ceux qui sont restés au Mackenzie College jusqu'au bout ont fini par obtenir un job. Ils ont même acheté des voitures. Un jour, tu feras le ménage chez eux, Danny. Amusant, non ? »*

*Danny comprit ainsi que, pour Abe, tout n'avait été qu'un jeu depuis le début. Ce garçon avait probablement quitté le sol australien en serrant la main des agents de l'immigration.*

*Deux jours plus tard, dans un journal local, Danny lut qu'un immigrant clandestin originaire du Sénégal était mort sur la banquette arrière d'un bus ; selon la police, il était diabétique, mais probablement trop effrayé pour demander des soins médicaux avant qu'il ne soit trop tard.*

*Ce soir-là, il pleuvait. En se promenant dans Glebe jusqu'à l'emplacement où l'on pouvait admirer les deux immeubles jumeaux, les portes de Sydney, Danny leva les yeux sur les globes verts qui les surmontaient, floutés par la bruine et la brume, pareils à deux luisantes Terres miniatures tenues par des géants invisibles. Chaque globe disait la même chose :* Tu as abandonné les mondes que tu devais porter, Danny. Et qu'as-tu obtenu en retour ? Une paire de pandas chinois à câliner le soir.

*Danny s'éveilla dans l'obscurité et descendit dans le cabinet de toilette du Sunburst pour s'asperger le visage d'eau fraîche.*

*Honnête Danny. Courageux Danny. Intelligent Danny.*

*Il prit une serviette de Tommo pour s'éponger le visage.*

*Ce jour-là, il faisait le ménage chez son employeur régulier de Rose Bay. De là, il prit le bus pour revenir en ville. Le bus traversait le cœur de Sydney en passant devant les cantines tenues par des immigrés d'Asie du Sud-Est qui servaient à leurs clients blancs de la mauvaise nourriture, puis devant les boutiques tenues par des Blancs qui vendaient des produits de luxe aux riches clients d'Asie du Sud-Est. Liberté, cuir raffiné, costumes. Danny observait tout. Sur un quai de la gare centrale, il vit arriver un train arborant sa destination sur un panneau lumineux : Villawood. Son cœur se mit à tambouriner follement.*

*– Murugan, murmura Danny. Ramène-moi sur ce quai, à cet endroit précis.*

*Il aida une jeune mère à hisser dans le train une poussette avec son bébé, alors qu'un homme en uniforme bleu, un revolver dans l'étui de son ceinturon, passait devant eux. Les trois corps – la femme, l'enfant et le policier – se chevauchèrent en une sorte de vérité essentielle.*

*Et le train emporta Danny en direction de Villawood.*

*– Murugan, implorait-il à chaque entrée dans une gare. Au dernier arrêt, il descendit du train en murmurant encore « Murugan », et se dirigea vers le centre de détention des services d'immigration de Villawood. Arrivé devant la porte, il s'arrêta et croisa les bras. À l'intérieur de ces murs de briques, il y avait des Grecs, des musulmans, des Chinois, des Indiens, des Pakistanais. Leurs regards brûlants transperçaient la brique pour lui dire*

Ce n'est qu'une question de temps, Danny. Ici, jamais personne ne triomphe de la loi.

*Dans l'air libre de l'Australie, Danny tourna la tête et cracha. Non. Je trouverai un moyen. Je resterai hors de ces murs. D'une manière ou d'une autre. Mais je ne m'excuserai pas pour ce que j'ai fait il y a quatre ans, et plus jamais je ne vivrai dans la peur.*

*16h12*

Le chat blanc attendait. Chaque fois que Danny entrait dans l'appartement de Rodney le Comptable, au cinquième étage d'un immeuble de Brown Street, le chat se dirigeait vers la porte, obligeant Danny à la refermer vivement derrière lui. Contrarié, le chat frottait ses flancs poilus contre le battant avec un ronronnement charmeur, pendant que Danny ôtait ses chaussures et les plaçait en hauteur sur une étagère pour les protéger d'une vengeance de l'animal.

Obligation de se déchausser avant d'entrer dans l'appartement 6, 53 Brown Street, en raison des allergies provoquées par la poussière de la rue. Tout comme le pollen, le vent, la linette, la plupart des fleurs, toutes les abeilles, la rouille, l'amiante, et bien d'autres choses encore.

Rodney le Comptable, Maison Numéro Huit, souffrait d'une fatigue nerveuse maintes fois diagnostiquée, et employait Danny un jour par semaine à la stricte condition qu'il se pliât à diverses règles, dont celle de ne jamais utiliser de déodorant synthétique ni de savon non bio les matins où il venait travailler, et Danny, qui avait succédé à une longue liste d'hommes de ménage négligents, était parvenu à respecter toutes les exigences requises depuis six mois et deux semaines.

Sachant qu'un aspirateur spécial était rangé dans le placard anti-allergène, derrière le réfrigérateur tapissé de slogans progressistes, il sortit l'appareil, le brancha et le manœuvra dans le salon tout en réfléchissant. Je ne devrais peut-être pas prendre soixante dollars à

Rodney le Comptable aujourd'hui. Ce n'est pas très juste. Je ne suis pas en état de faire du bon travail. Cinquante dollars suffiraient.

Quarante-cinq, même. Ça ira. Je lui expliquerai la prochaine fois. Mes sinus étaient malades. Étant allergique, il comprendra.

De la pièce où il se trouvait, Danny apercevait les cabines téléphoniques situées en face de la bibliothèque de Newton, de l'autre côté de la rue. Sur les trois cabines publiques Telstra alignées, deux étaient peintes en rouge, celle du milieu en rose.

La flèche grise d'une église se dressait au-dessus des toits des maisons.

Danny abaissa le store.

*Ba-da-da-doum-doum-ba-da*... Le chat blanc entra dans la pièce, la queue dressée, et l'examina.

Évidemment, il n'est jamais venu à l'idée de ce brave comptable que toi, le chat, puisse être la source de ses allergies. Danny continua de passer l'aspirateur dans le bureau.

En raison de sa position élevée au-dessus de Newton, chaque fenêtre de l'appartement du comptable jouissait d'un point de vue sur le grand graffiti d'art, peint dans des styles différents, du Renaissance au contemporain.

LA RÉPONSE EST L'AMOUR, déclarait le slogan géant en bleu et rouge sur la façade arrière d'un immeuble blanc que l'on voyait depuis la fenêtre du bureau. Peut-être pas aujourd'hui, mon pote. Ha !

Ensuite, la chambre à coucher.

Danny coinça l'embout de l'aspirateur sous son bras et souleva le panneau du bas de la fenêtre à guillotine.

De là aussi on la voyait, sur le côté d'un immeuble, la fresque murale représentant un cerf aux bois courbes, un héron et un lapin ficelés au-dessus de l'établi de boucher.

Ainsi donc, c'était ici qu'il avait vu cette image. De cette fenêtre.

Trois animaux, trois cadavres, suspendus au plafond d'une cuisine, avec, au-dessous, sur l'établi de boucher, un bélier, sa bouche lacée d'une corde et la langue pendante. Le héron, de profil, avait un œil grand ouvert, fixé sur le spectateur. *Voilà comment on vole le monde.*

*Juste devant vos yeux.* Quelle image terrible, et peinte avec tant de cruauté sensuelle, tant de précision, pour dire : *Vous n'avez même pas poussé un cri quand on vous a tout pris.*

Cousin Kannan, songea Danny. Cousin Kannan n'a pas crié. Voilà pourquoi il est maintenant citoyen canadien, et il le mérite bien.

En bas, dans la rue, un chien aboya.

L'aspirateur tomba et aspira l'air autour des chevilles de Danny. Il porta les doigts à ses narines. Il crut y sentir l'odeur. Brocoli ?

Non, ce n'était pas ça. Ni l'huile de foie de requin.

Le sang. L'odeur du sang.

Tu la verras, Danny. Tu la verras lorsque les mâts blancs dans Rose Bay ou Rushcutters Bay te brûleront les yeux. Tu la verras lorsque la lumière tombe dans les figuiers comme des copeaux de bois doux sur le domaine, et lorsque les immeubles des compagnies d'assurance-vie qui forment une mangrove de verre étincelant à Circular Quay accrochent les derniers rayons du soleil ; ou même lorsque la roue d'un vélo reflète le mouvement de la circulation, tu la verras, telle qu'elle était dans la piscine ce jour-là, sous le Nagaveda, éclaboussant les enfants.

Le rire d'une femme assassinée emplit l'air.

Danny laissa l'aspirateur gronder sur la moquette sous la surveillance du chat, retourna dans le salon et releva le store pour contempler les trois cabines téléphoniques, en bas, dans la rue.

Trois rats bondirent sur le toit des cabines, puis coururent sur un mur peint avant de se transformer en pigeons, éparpillés sur la chaussée chauffée à blanc.

Il choisit la cabine rose, celle du milieu.

*16 h 50*

Peinte en rouge et blanc, aussi haute qu'un gratte-ciel, la grue géante affirmait sa présence nette et géométrique au-dessus de King Street :

une hampe verticale, une barre horizontale, deux triangles isocèles formés par des câbles qui suspendaient des conteneurs rectangulaires à plus de cent mètres en surplomb de la ville, le tout coiffé d'un drapeau or et blanc flottant dans le ciel bleu, telle une république euclidienne qui aurait déclaré son indépendance à l'égard de la confuse cité humaine à ras de terre.

Danny admira la structure tout en s'approchant de la cabine téléphonique Telstra.

*16h51*

La ligne spéciale de la police sonnait.

Danny était à l'intérieur de la cabine publique rose, celle du milieu. Il n'avait pas changé d'avis. Son travail terminé, il avait rangé l'aspirateur du comptable dans le placard, récupéré ses chaussures sur l'étagère, puis il était descendu dans la cabine et avait lu les chiffres un peu effacés sur la paume de sa main pour composer le numéro.

*1 800 333 000*

En écoutant la sonnerie, il utilisa son ongle pour écrire en tamoul sur le combiné en plastique froid du téléphone.

*Mes croyances :*

*D'un an à treize ans : aucune pensée originale. Mère en mauvaise santé. Cœur du problème. Donc : création du Père. Religieux, superstitieux. Apolitique.*

*De treize à quatorze ans : Dieu existe-t-il ? Je commence à en douter. Je soutiens le LTTE en secret, et Che Guevara ouvertement. Un jour, je découvre des images pornos dans le bureau de Père. Des petites photos en noir et blanc. Une femme en soutien-gorge.*

*De quatorze à seize ans : changement total. 50 % athée, 50 % communiste. Je mange des œufs crus chaque matin après avoir lu que Mohammed Ali faisait cela à l'entraînement.*

*Seize ans : 100 % athée, 100 % communiste. Je cesse de manger des œufs crus.*

Son ongle étant parvenu à l'extrémité du combiné, il poursuivit sur son avant-bras en direction de la boursouflure.

*Politique : je commence à haïr le LTTE, mais pas le Che.*

*Dix-sept ans : de nouveau 50 % communiste. Ma voix mue très tard. Père me surnomme « le fêlé ».*

La sonnerie continuait de retentir, mais personne ne décrochait. Danny transféra le récepteur d'une oreille à l'autre.

– Tu aurais une cigarette, mec ?

La voix fit sursauter Danny. Il prit aussitôt conscience d'une présence toute proche qui le dominait, chuchotait et tournait autour de lui.

Vêtu d'une combinaison de pilote grise, tel un enfant géant, l'homme, un Blanc, avait un visage abruti par les médicaments et des yeux bleus ardents. Il toucha l'épaule de Danny.

– Tu me donnes une cigarette, mec ? Tu as une cigarette pour un Aussie ?

– Je ne fume pas, répondit Danny.

Le regard bleu de l'homme-enfant se contracta.

– Ce n'est pas un fumeur, je le savais. Mais si c'était un fumeur, il ne donnerait pas une clope à un Aussie, pas vrai ?

Danny leva les yeux au ciel pour y chercher de l'aide.

*16 h 52*

Un oiseau tomba comme une pierre incandescente à travers les interstices d'un figuier.

*16 h 52 et 20 secondes*

Dieu, fais que je redevienne moi-même. Danny surmonta son envie violente de raccrocher le téléphone. La ligne spéciale de la police sonnait sans interruption

*1 800 333 000*

et tout à coup une voix répondit. Une voix d'homme.

– Police de Nouvelle-Galles du Sud, j'écoute…

Danny imagina le propriétaire de la voix assis dans son fauteuil immense, suffocant dans son uniforme bleu.

– Je peux vous aider ?

– Chaque matin, commença Danny, ma mère me mettait dans un train à Penrith pour aller en ville au lycée Knox.

– Pardon ? dit le policier.

– Grâce au jusqu'au-boutisme de ma mère, je suis désormais conseiller sur les questions multiculturelles pour Channel 9.

– Monsieur, savez-vous qu'il est contraire à la loi d'appeler ce numéro pour des motifs futiles ?

Danny pinça la boursouflure sur son avant-bras. Dis-leur, Danny. Dis-leur qui a tué Radha et immergé son cadavre dans la crique. Qui l'a enveloppée dans une veste rouge lestée de pierres.

Une affichette était collée à l'intérieur de la cabine téléphonique.

*ÉTUDIANTS ÉTRANGERS, VOUS EN AVEZ TERMINÉ AVEC VOTRE DIPLÔME UNIVERSITAIRE ?*

*ÉTUDIANT – ÉPOUX OU ÉPOUSE – MIGRANT*

*VISAS GSM (POUR TRAVAILLEURS QUALIFIÉS)*

*IMCA (CONSULTANTS AUSTRALIENS POUR LA MIGRATION INTERNATIONALE)*

*BUREAU DE PLACEMENT : 99 % DE RÉUSSITE*

*16 h 53*

– Allô ? Monsieur ? Monsieur ? répétait le préposé à la ligne spéciale de la police.

L'homme-enfant australien en combinaison grise continuait de tourner autour de la cabine téléphonique et jetait des regards maussades à Danny en murmurant : « Il ne donnerait pas une petite cigarette à un Aussie ? »

La jambe gauche de Danny se mit de nouveau à tressauter.

Des policiers passaient sur le trottoir d'en face.

Ils étaient là, de l'autre côté des bus et du flot de la circulation, massifs, blonds, la mâchoire carrée, portant à leurs ceinturons une fière panoplie d'étuis, d'insignes argentés, de menottes, auxquels s'ajoutait un holster en cuir rebondi.

Danny eut la certitude qu'il urinait le long de sa jambe gauche.

L'un des policiers regardait droit dans sa direction.

*Comment tu t'appelles, petit ?*

*Écris-moi ton nom.*

*Maintenant écris-le dans la langue nationale.*

Le regard de Danny quitta le policier pour s'égarer plus haut, sur le balcon verdâtre d'une vieille bâtisse.

Fais bien attention, Danny : ce balcon en fer forgé, cette peinture couleur curcuma, ça ne te rappelle pas une autre ville ?

Il les entendait, à présent, les bus bondés pétaradant le diesel, il humait l'odeur de poisson frit, il voyait les alcôves, les jours d'été, plongées dans une obscurité profonde d'où émergeait l'ivoire terni d'une silhouette humaine assise à l'intérieur avec ses pains invendus.

Ne disais-tu pas que jamais tu ne retournerais chez toi ?

Danny sentit un ongle gratter sa nuque moite. Les gens font ça en permanence à Villawood. Tu avales quelque chose, tu te taillades les poignets, tu avales des clous, tu déniches du pétrole pour te brûler vif.

– Allô ? Monsieur ? disait la voix au téléphone. Vous avez des informations à nous communiquer ?

Danny raccrocha brutalement.

Et aussitôt il se mit à rire. Tu as recommencé, Danny le Brave. Tu es allé jusqu'au téléphone, puis tu as reculé. Plusieurs heures après, Danny était encore sur ce tapis roulant à sushis qui tournait, tournait, avec des anguilles crues et des poissons argentés hachés menu, et voilà que Prakash le rejoignait. La ville entière était sur le tapis roulant.

– Il ne donnerait pas une petite cigarette à un Aussie ? répétait l'homme-enfant australien en combinaison de pilote, en tournant inlassablement autour de la cabine téléphonique.

Danny, sur le point de l'envoyer paître, s'aperçut que les yeux de l'homme-enfant étaient d'une couleur familière.

Noisette.

Il vit un autre visage se superposer sur celui de l'Australien : des sourcils farouches, d'épaisses lunettes à monture noire sur une masse de cheveux rebelles poivre et sel.

Tous les murs de Newtown se parèrent soudain d'yeux noisette peints au pochoir.

*Tu as failli tout gâcher, Homme de Ménage. Tu étais sur le point de téléphoner. Si tu téléphones, tu perds tout.*

Danny courut vers la gare.

*16 h 58*

Un train approchait du quai n° 2 de la gare de Kings Cross et une brise fraîche souffla sur Danny. Il sentit les doigts de Sonja glisser dans ses cheveux. Il sut qu'il avait bien fait.

Il avait agi exactement comme il convenait.

Assis sur un banc de bois, un garçon qui ne s'apprêtait pas à monter dans le train ouvrit un livre illustré et en récita des passages à la femme assise près de lui. « Nous mangeons du poulet, et une autre espèce de poulet nous mange. »

*17 h 12*

Un homme dénué de droits en ce monde garde pleinement celui de connaître l'amour.

Danny se tenait devant une bâtisse majestueuse, dotée d'une double rangée de colonnes, qui lui évoquait les bâtiments officiels de son pays. L'hôpital Saint-Vincent.

Face à l'hôpital, perchée sur un tertre verdoyant, se dressait la buvette où les infirmières en uniforme indigo venaient passer des coups de téléphone à leurs amoureux. Danny leva les yeux vers le kiosque pour s'assurer qu'elle n'y était pas.

Une ambulance arriva au moment où il entrait dans le hall.

*Jai Baby Jai*

*Jai Jai Baby Jai Jai*

Derrière le panneau de verre marqué RÉCEPTION, la secrétaire indienne, ses coudes posés sur le bureau blanc, visionnait sur son iPad un clip musical entraînant de Bollywood.

– Infirmière Tran, s'il vous plaît, dit Danny. Je suis son fiancé.

– Je vais voir si peux la localiser, d'accord ?

La réceptionniste indienne détourna lentement les yeux de son iPad pour composer un numéro sur le téléphone vert, dont elle tendit le receveur à Danny, qui se retrouva mis « en attente » et donc en bonne position pour regarder le clip bollywoodien, jusqu'à ce que la voix de Sonja se fasse enfin entendre.

– Danny, je travaille aujourd'hui.

– J'ai perdu le cactus.

Elle ne répondit pas.

C'était sans rapport avec ce qu'elle venait de lui dire, et Sonja avait l'habitude de conduire les conversations à sa manière.

– Sonja, reprit Danny en baissant la voix, sachant que cela influait toujours sur son humeur. On dîne ensemble, ce soir ?

– Non. J'enchaîne sur un service de nuit. Tu le sais bien.

Danny garda le silence.

Après un instant, Sonja proposa :

– Mon premier service se termine à six heures et demie. Viens à six heures et demie tapantes, à la coupure. D'accord ?

– D'accord.

Il raccrocha le téléphone. La réceptionniste indienne dodelinait de la tête au rythme de la musique.

Au moment où il sortait de l'hôpital, Danny perçut un cliquetis de mâchoires d'acier : ses bras émergeant d'une ample blouse grise, un homme assis sur un banc s'efforçait de se couper les ongles avec une paire de ciseaux tremblants.

*17 h 30*

Un canon observait Danny. Après avoir quitté l'hôpital Saint-Vincent, il était descendu à Oxford Street et avait marché jusqu'à l'intersection avec Hyde Park. Là, juste en face, se dressait un ancien canon de marine.

– Ce bon vieux canon a été pendant quatre ans mon unique famille dans ce pays, disait parfois Danny, lorsqu'il s'imaginait plaidant sa cause devant un tribunal d'Australiens logiques et raisonnables.

Quatre ans plus tôt, à son arrivée à Sydney, en lisant l'inscription à côté du canon, il avait été très étonné d'apprendre que cette arme vénérable était un trophée de l'*Emden*, le navire germanique qui avait bombardé Chennai pendant la Première Guerre mondiale, devenant ainsi synonyme de terreur dans la langue tamoule du Sri Lanka. *Emden*. Dragon là-bas, il s'était transformé ici en dodo, et avait été démantelé. Désormais, la dernière pièce de l'*Emden*, ce canon, peut-être celui-là même qui avait embrasé la marina de Chennai et généré des cauchemars pendant deux générations, était exposée dans un parc de Sydney.

Tout peut arriver en Australie, car ici le monde a la tête à l'envers. Danny tapa dans ses mains devant le monstre.

Il faisait encore clair dans Hyde Park, mais plus sombre là-haut, derrière l'enseigne Coca-Cola. Danny savait que, à Kings Cross, la soirée commençait ; les proxénètes au crâne rasé en T-shirt noir le savaient aussi. Leurs mains se réchauffaient dès que l'air fraîchissait.

À cette heure, il n'y avait plus désormais dans Kings Cross aucun passant lambda, aucun ingénu. Danny imaginait les souteneurs grouillant autour de Prakash pendant qu'il remontait vers Potts Point et son appartement avec vue sur l'opéra. Oui, il se représentait parfaitement la situation dans ce lieu de plaisir surplombant la ville.

Alors qu'il tournait encore autour du canon, son téléphone vibra.

*M6*

– Vroum vroum, dit la voix au téléphone.

Danny pouffa de rire. Le meurtrier était à Potts Point en train de passer l'aspirateur.

– C'est un vrai foutoir, ici, Nelson.

Danny le croyait volontiers. Les cravates rayées devaient joncher le sol.

– Nelson, je t'ai déjà parlé des gouttes ? Les gouttes noires.

– Oui.

– Les gouttes noires sur le dessous de la cuvette des toilettes. Je dois les nettoyer avant de partir. C'est toi qui aurais dû faire ça pour moi.

– Désolé, monsieur.

Prakash se mit à rire.

– Économique premium. Je ne pense à rien d'autre, Nelson. C'est presque terminé, n'est-ce pas ? Moi pas moucharder, vieux. La police est venue te chercher ? Appelle ton patron et demande-lui si la police est là. Il te dira non. Je ne t'ai pas trahi. Mais tu sais quoi ? Lui, il t'a trahi.

– Qui ? Tommo ?

– Tsavdaridis, oui. Il t'a trahi. Je ne te l'ai pas dit mais, tu sais, avant que je quitte son magasin, il m'a offert un bonbon au chocolat. Je l'ai goûté. Très mauvais. Ensuite il m'a dit : « Glebe est un excellent quartier. Très pratique pour aller voir les matchs de cricket. » Tu sais quoi, Nelson ? Ton patron fait de la retape pour son magasin. Il veut se débarrasser de toi. Peut-être as-tu été trop exigeant ? Il m'a demandé si je connaissais quelqu'un qui voudrait travailler dans son épicerie. Incroyable, non ? Il m'a posé la question à moi. Il imagine que tous les Indiens sont des clandestins. Ah ces Blancs, Nelson...

– Aucune classe, dit Danny.

Absolument aucune classe. Danny voyait très bien Tommo, dans son épicerie, mijotant déjà de se débarrasser de lui. Toutes ces conversations au sujet du meurtre l'avaient rendu nerveux. Voilà. Il a recommencé à chercher. Vous connaissez quelqu'un qui voudrait travailler dans le magasin ?

– Monsieur Prakash, avez-vous encore mon cactus ?

– Oui, pourquoi ?

– Vous voulez me rendre un service ?

– Pourquoi ?

Parce que quelque part dans Sydney, le jeune étudiant indien, sri lankais ou fidjien s'entend dire *Tu travailleras pour la moitié du salaire minimum et dormiras au sous-sol, d'accord ?* Parce que, à côté de la fresque murale de Krishna, dans Glebe, Tommo Tsavdaridis laisse pendre son bras de la fenêtre de l'épicerie Sunburst pour faire tomber la cendre de sa cigarette dans la rue, et il attend. Il attend le prochain jeune migrant sans-papiers qui entrera dans le magasin pour demander du travail. Et le vieil homme réfléchit : mieux vaut que le prochain soit un Chinois. Quelqu'un qui ne parle pas bien l'anglais. Ainsi, il restera plus longtemps. Parce que la journée à Sydney ne fait que débuter. C'est comme là-bas, dans les vignobles luxuriants d'Australie-Méridionale et de Victoria, tout au long de la rivière Murray, où rien ne pousserait sans la sueur des travailleurs étrangers qui, le lendemain des vendanges, alors qu'ils font la queue pour recevoir le salaire de leur labeur, sont pourchassés par des chiens policiers et des fourgons de l'immigration telle de la vermine.

– Vous voulez bien retourner à Glebe, monsieur Prakash, et tuer ce vieux Grec avec mon cactus ? Avant de prendre votre avion pour l'Afrique du Sud. Vous feriez ça pour moi ?

Je suis *sérieux*. Vous allez là-bas et moi je vivrai comme l'oncle Chang. Pendant vingt ans.

Le meurtrier éclata de rire.

– Maintenant je sais que tu ne m'as pas trahi, Danny. Maintenant je sais que tu n'as pas prévenu la police. Je me trompe ?

– Non.

– Je pars pour l'aéroport dans un instant. Je me suis déjà fait enregistrer. Ne bousille pas tout. La journée est bientôt terminée.

– Au revoir, monsieur.

Il restait juste une demi-heure. Tout ce qu'il avait à faire était de s'assurer de ne pas céder à une montée de pression artérielle qui l'aurait poussé à appeler de nouveau la police.

Partez en Afrique du Sud, Prakash le fêlé, et vivez en liberté. Danny joignit ses paumes devant son front. Namaste.

Tournant le dos à l'*Emden*, Danny reprit la direction de l'hôpital. Pour tuer le temps, il déambula derrière Saint-Vincent, dans les rues bordées de maisons paisibles, et il découvrit une demeure ancienne, avec un lion en stuc posant la patte sur un globe. La maison était si ancienne que l'alimentation électrique se trouvait dans une boîte à côté de la porte, comme dans les maisons de Batticaloa. Ancienne, oui, mais amoureusement conservée. Chacune de ses surfaces reluisait, et tout ce qu'il y avait de fort dans le quartier, dans la ville, dans le continent qu'était l'Australie semblait à l'œuvre dans cet édifice bien entretenu. Étain, bois, brique, tuile, pierre, fer forgé, peinture et laque s'étaient unis en une sorte de Commonwealth. Surmontant l'ensemble figurait une inscription : *Maybelline 1924*, et, posé au-dessus, le vieux lion de l'Empire britannique.

Naturellement, il y avait un banc en bois robuste juste devant la grille.

Un mégot de cigarette, piqué à la verticale sur le trottoir, projetait une ombre allongée à la manière d'un cadran solaire. Danny gratta son maillot de corps et s'assit sur le banc en face de la maison. Là-haut, cette pièce confortable sous les combles. Ce devait être leur chambre à coucher.

Etta, Etty. Quel était le prénom de cette femme à qui l'avion au-dessus de George Street avait fait sa demande en mariage ?

Danny prit son visage entre ses mains. Etta, Etty.

Il plaça ses coudes sur ses cuisses. Bientôt il se mua en un parallélogramme de points de pression : fesses aplaties sur le banc froid, coudes enfoncés dans les genoux, et la griffure d'un ongle long sur sa joue droite. Le reste de sa personne était…

Fumée.

***

Saisi, Danny leva les yeux. Après avoir baissé la vitre de son taxi à toit argenté, le Sikh à turban safran slalomait dans les rues rectilignes de Sydney en effectuant de jubilatoires spirales de pop pendjabi. Danny regarda passer le taxi, puis la maison, et il comprit qu'il était libre.

Les collines autour de Pyrmont avaient disparu ; il n'y a plus de loi, plus de cercle blanc.

Il était maintenant six heures passées.

Prakash se dirige vers l'aéroport.

D'après mes calculs, il est en route, songea Danny. Il va s'envoler pour l'Afrique du Sud. Et Sonja va bientôt terminer son service.

– Salut, mec, dit Danny, en revenant à la vie sous la forme d'un Australien invisible.

*18 h 12*

Comme pour célébrer l'instant, les premières chauves-souris apparurent.

Le paon du dieu Murugan, incarné dans l'hémisphère sud par un nuisible volant, émit un couinement aigu en approchant. Danny leva sa main droite et fléchit le majeur, celui pourvu de son ongle magnifique, en signe de salut.

Cette journée de l'immigré clandestin peut durer très, très longtemps, Murugan. Des années.

Sur l'aile de la chauve-souris, une tache de sang brunâtre se trouva illuminée une fraction de seconde, avant qu'elle disparaisse derrière lui. Aussitôt les sinus de Danny s'éclaircirent.

Certaines choses mettent du temps à émerger, comme un plantain dans un bosquet de cocotiers, par exemple. D'autres surgissent d'un coup.

Danny venait de comprendre que Prakash *n'était pas* sur le chemin de l'aéroport.

Il n'était même pas *à proximité* de l'aéroport.

*18 h 13*

Souviens-toi des paroles d'Abe.

Un chien noir t'attaque dans un champ, et soudain il n'y a plus personne autour de toi. Le pays est désert. Le continent est désert.

Sonja l'avait sommé de ne pas revenir avant six heures et demie, il ne pouvait donc pas aller à Saint-Vincent maintenant, ce qui l'obligeait à demander à quelqu'un de vérifier pour lui quelque chose sur Internet.

Les heures des vols en partance pour l'Afrique du Sud.

Bien évidemment ils ne sont jamais là quand on a besoin d'eux, les Australiens.

Cependant, au milieu d'une rue vide, Danny aperçut un canapé blanc mis au rebut, et il courut vers lui en réfléchissant que là où il y a des objets il doit y avoir des humains. De fait, trois hommes qui avaient l'air de l'attendre se levèrent du canapé.

Trois hommes blancs.

L'un d'eux portait un chapeau australien : un Akubra.

– Eh, mec, toi aussi tu fais partie de la résistance ?

Danny dévisagea l'homme au chapeau et secoua la tête.

– Dommage, dit l'homme. Tu nous ressembles. Tes cheveux, ajouta-t-il avec un sourire. C'est de l'ironie.

Danny remarqua alors seulement la pancarte rédigée à la main sur le canapé blanc :

*Manif contre WestConnex**

*On nous chasse de force de nos maisons*

*Dans cinq ans, votre ville ne sera plus votre ville*

Dès qu'il eut posé les yeux sur le cuir fin et doux du canapé, Danny fut incapable de se retenir. Accablé par une journée lourde en décisions adultes et insoutenables, il éprouva une joie enfantine à s'asseoir sur le joli canapé blanc abandonné. Il sourit. Prêt à péter de bien-être.

Un nain au visage rougeaud et aux yeux inquisiteurs, occupé à fourrager dans la poubelle à côté du canapé blanc, lui jeta un coup d'œil. Des capillaires, minces comme un fil chirurgical, ou comme sa connaissance de la loi, formaient des boucles, des arcs, des demi-cercles sur sa joue droite rebondie. Sa main remuait les ordures avec une telle volubilité qu'elle semblait s'adresser à Danny.

*Tu es assis sur un canapé blanc, mec. Un canapé australien. Ce n'est pas pour ton cul, légalement.*

Le canapé était si confortable. Danny secoua ses jambes. Pas question de partir.

Le plus âgé des trois hommes, le chapeauté, comprit la situation, entendit les paroles non échangées, et se fendit d'un sourire.

– T'occupe pas de lui. Dormir dehors n'aide pas les bonnes manières. Ce petit bonhomme connaît toutes les lois en matière d'éviction et de force majeure, tous les détails et les sous-détails. Il va nous aider pour la conférence de presse. Il passera aux infos du soir, demain. Mais toi, si tu n'es pas dans la résistance, qu'est-ce que tu viens faire ici, mec ? demanda l'homme au chapeau avec un regard narquois.

Force majeure, se dit Danny. Je devrais savoir ce que ça signifie, pourtant je ne le sais pas. Il observa les trois sans-abris australiens.

* Liaison souterraine entre les autoroutes M4 et M5, en Nouvelle-Galles du Sud.

– Est-ce que l'un de vous pourrait me rendre un service ? J'ai besoin d'horaires de vols. Vous avez Internet sur votre téléphone ?

L'homme au chapeau Akubra l'avait, bien sûr. Danny expliqua ce qu'il cherchait. Les horaires de vols partant de Sydney à destination de l'Afrique du Sud. Johannesburg.

– Ce soir ? questionna l'homme au chapeau.

Le nain abandonna aussitôt sa poubelle pour venir se placer à côté de lui.

– Oui, ce soir, acquiesça Danny.

– Il suffit de vérifier sur Expedia. Ah non, il y a un autre moyen pour avoir tous les horaires. Regarde sur le site web de l'aéroport. Tu auras tout.

Le nain soupçonnait quelque chose de bizarre chez Danny.

– Tu n'as pas de portable, mon pote ? Vérifie toi-même. C'est toi qui pars là-bas ?

Danny leur tendit son téléphone. Les hommes de la résistance se le passèrent de l'un à l'autre et le trouvèrent « un peu malade ».

Les trois Blancs consentirent à utiliser leurs propres portables pour l'aider.

– D'où tu viens, mec ? De quel pays ? Ils n'ont pas de bons smartphones chez toi ?

L'homme au chapeau, après plusieurs vérifications, annonça :

– Je ne vois rien. Désolé. Aucun vol en partance pour l'Afrique du Sud ce soir. Le prochain décolle… demain.

– Vous êtes sûr ?

– C'est ce que dit Internet. Est-ce qu'Internet raconte des mensonges ? D'ailleurs, pourquoi ces questions ? Tu veux partir en Afrique du Sud ?

Sur les portes de Sydney, en face du Lansdowne Hotel, les aiguilles des minutes sur les horloges jumelles bougèrent en même temps.

Ce n'est pas à toi qu'il en voulait, Danny. Tu n'étais que le préposé au ménage.

Danny revit l'homme au visage cramoisi qui lui était apparu le matin même à la fenêtre aux tulipes rouges, l'homme en larmes, l'homme qui discutait avec les policiers. L'homme des hautes sphères.

C'était lui que Prakash voulait.

Celui dont il refusait de prononcer le nom. L'agent immobilier. L'homme qui laissait des gouttes noires sur l'envers de la cuvette des toilettes.

Mark, le mari qui ignorait tout.

Il était normal que la police se soit intéressée à lui, ce matin. Mais la police est sans doute partie maintenant. Et c'est la fête de Guru Purnima. Une nuit de pleine lune. Tu sais combien les Indiens aiment jouer et parier une nuit comme celle-ci.

Dès l'instant où tu as téléphoné à Prakash, tu l'as convaincu que quelqu'un allait devoir rendre des comptes. Et il sait qu'il ne pourra pas échapper longtemps à la police. Donc il se dit : Pourquoi pas. Au moins j'aurai Mark. Un meurtre ou deux, c'est pareil.

Les quatre obélisques noirs, les hautes cheminées de St. Peters, apparurent à Danny.

En quittant Glebe, Prakash avait dû reprendre sa voiture pour aller à Erskineville. En ce moment même, il devait surveiller Maison Numéro Cinq. Sans doute d'en face.

Ou plutôt de la rue de derrière.

36 Flora Street.

Tu lui as toi-même fourni l'adresse.

Prakash s'y trouvait probablement. Il savait comment s'introduire dans l'appartement. Où tes employeurs te laissent-ils la clé ? Sous le paillasson, ou dans la boîte à lettres.

Il a trouvé la clé, monté les deux étages, ouvert la porte, et maintenant il épie la fenêtre aux tulipes rouges. Oui, c'était très vraisemblable.

Il tient peut-être même la balle bleue dans sa main.

Ou alors il est devant l'ordinateur, dont il a retiré la housse aux koalas. Il suffit juste d'appuyer sur la touche retour. Il a deviné. Il lit peut-être les résultats des courses sur Internet tout en surveillant la fenêtre. Il a posé ses épaisses lunettes sur la table. Il trace des cercles avec son doigt sur l'écran de l'ordinateur.

*Prrrrmp*

Et dès l'instant où Prakash voit Mark seul là-bas, derrière la fenêtre aux tulipes rouges de l'autre côté de la rue, il sort en courant. *Ba-da-boum-ba-da-boum.* Il va planter un couteau dans la poitrine de cet homme. Le même couteau, probablement

– Eh, mec, dit quelqu'un d'une voix gentille. Tu te sens bien ?

Danny baissa la tête et se couvrit les oreilles. Le sang battait contre ses lobes repliés. Top-top-top.

Un homme en situation irrégulière dénonce un meurtrier, mais il est si stupide qu'il oublie sa propre situation et se fait expulser. Vous lisez ça et vous riez, Australiens. Lisez et riez...

Il imaginait parfaitement l'article dans le journal. Il n'aurait même pas les honneurs du *Telegraph* ou du *Herald*. Juste un entrefilet dans la feuille de chou locale distribuée gratuitement chez Pizza Hut.

– Je crois qu'il ne se sent pas bien. À votre avis ?

Perché sur un toit derrière lui, un corbeau croassait. Danny entendait son croassement même en se bouchant les oreilles. Puis le craillement de l'oiseau s'atténua en une note grave et rauque qui ressemblait à un croa-croa jubilatoire ; la gorge noire enflait comme celle d'un crapaud.

Danny entendit un bruit de pas derrière lui et supposa que c'était le nain qui venait de nouveau le railler. « Je ne quitterai pas ce canapé blanc. Je ne... »

*18 h 22*

Danny redressa la tête, et découvrit une petite fille qui l'observait. *Kadal kanni*, pensa-t-il d'abord. Une sirène. Une petite sirène.

Il se leva du canapé et fit un pas vers elle. Aussitôt la fillette recula.

– Sam ! cria une voix d'homme.

Les parents apparurent et la fillette, perdant sa magie, redevint une enfant remuante qui s'éloignait en courant dans la rue, suivie de son père et de sa mère.

Un Tamoul assis sur un canapé blanc regardant une fillette.

Il réfléchissait. Comment pourrais-tu garder le silence aujourd'hui et vivre demain, Danny ? C'est impossible.

– Non, ça va. Il s'est levé. Il n'est pas malade.

– Il pourrait nous remercier de l'avoir aidé.

– Il part peut-être en Afrique du Sud.

Du bas de la rue lui parvenaient encore les gloussements de rire de la petite fille. Pourtant Danny marchait de plus en plus vite.

Il se dirigeait vers Oxford Street, où il pensait trouver les cabines publiques les plus proches, lorsque l'écran de son téléphone s'alluma.

*M6*

Danny pressa le bouton de réception mais personne ne parla. Il perçut juste un son qui ressemblait à un sanglot. Est-ce qu'il pleure ? Est-ce qu'il a deviné que j'ai deviné ?

Où que vous alliez maintenant, Dr Prakash, j'espère que ce n'est pas aussi terrible que l'endroit où moi je vais.

Danny poussa un soupir dans le micro avant que la ligne ne fût coupée. Il contempla un instant son portable et prit conscience qu'il n'avait pas besoin de chercher une cabine publique. Il pouvait appeler la ligne spéciale de la police tout de suite, avec cet appareil vétuste.

Il le transféra dans sa main gauche et pressa les numéros un à un du bout de son ongle long.

*1 800 333 000*

La sonnerie retentit, encore, encore, puis une voix de femme répondit :

– Allô ?

Lorsqu'il entendit sa propre voix annoncer : « J'ai des informations au sujet d'un meurtre qui a été commis hier soir », Danny n'était déjà plus à Sydney, car l'Observatrice Effrontée, là-haut sur son balcon, mains sur les hanches, le toisait avec un sourire, et près d'elle se trouvait un vieillard terrible qu'il n'avait pas vu depuis quatre ans, son père. Danny pressa le portable si fort contre son oreille qu'elle s'échauffa à mesure qu'il répétait à la standardiste de la police : « Oui, elle s'appelait Radha Thomas. R.A.D.H… »

*19h02*

Vous rappelez-vous le tsunami de 2004 ? Il est survenu loin de l'Australie. Un grand nombre des victimes étaient au Sri Lanka. Sur la côte, une petite ville ancienne et renommée a été partiellement détruite. Danny, qui arpentait la région dévastée pour essayer de venir en aide aux sinistrés, avait trouvé cette vieille ville dans un état catastrophique. L'eau s'était engouffrée dans le marché, balayant tous les clients et vendeurs de légumes. En deux heures, ce matin-là, plus de mille personnes périrent. Toutefois, un groupe de gens, dans le secteur le plus touché de la ville, était sorti indemne du désastre. Uniquement des hommes. Savez-vous qui ils étaient ? Les spectateurs assis dans le cinéma situé sur la colline. Quel genre de cinéma ? Un cinéma porno. Ainsi, en bas de la ville, dans le marché, des honnêtes gens étaient morts, tandis que sur la colline, ceux qui regardaient un film porno à dix heures du matin, Dieu les avait gardés en vie.

En se remémorant cette histoire sur le chemin de Saint-Vincent, son portable encore tiède dans la main, Danny esquissa un sourire. Ça, se dit-il, c'est de l'ironie. Au sens australien du terme.

Arrivé devant l'hôpital, il s'arrêta pour lever les yeux sur un arbre et aperçut quelque chose, le cou strié de couleurs exubérantes, une sorte de perroquet multivitaminé voletant dans le feuillage du gommier et s'accrochant sur une branche blanchâtre, la tête en bas.

Une rosella. La perruche omnicolore.

Nommé comme il se devait, l'oiseau australien s'envola à tire-d'aile.

*19 h 03*

À l'intérieur de l'hôpital, en gravissant les marches quatre à quatre pour rejoindre Sonja, Danny croisa un homme qui descendait.

Cet homme, les oreilles recouvertes par des rabats de cheveux noirs shampouinés dans le style des années 1990, portait sur son dos un aspirateur dans sa housse.

Un astronaute – népalais à n'en pas douter, probablement de la région la moins prospère. Et cette bonbonne bleue étincelante sur son dos venait du Kmart, nouvelle version à quatre-vingt-quatre dollars du modèle argenté à soixante-dix-neuf dollars que Danny transportait partout depuis quatre ans. Dans la main droite du Népalais, un sac en plastique rempli d'éponges de rechange et de bombes aérosols, la plupart contenant sans doute du désinfectant Clorox. Cet astronaute venait peut-être à l'instant de nettoyer les toilettes de l'hôpital.

Le jeune Népalais vit Danny, et le choc des regards qui survient quand un homme à la peau sombre croise un de ses semblables dans Sydney se produisit.

Celui des deux qui descendait disparut, et Danny poursuivit sa montée de l'escalier vers la lumière artificielle.

– Vous n'êtes pas déjà venu ? s'étonna l'Indienne derrière la vitre du guichet de réception en posant son iPad.

– Si. Je voudrais voir l'infirmière Sonja.

– Vous voulez dire Tran. Sonja Tran. Je pense que son second service a commencé. Je vais essayer de la trouver.

Danny s'assit et attendit.

Son portable vibra et l'écran craquelé afficha

*M8*

La voix frêle de Rodney le Comptable s'annonça.

– Danny, je viens de rentrer chez moi et... je ne vous accuse de rien néanmoins... il y avait une odeur dans l'appartement à mon arrivée. J'ai éternué. Toutes mes allergies se sont réveillées. Vous savez que si notre relation de travail dure depuis si longtemps c'est parce que votre intégrité m'a beaucoup impressionné. Je me vois donc obligé de vous poser la question, mon ami. Avez-vous introduit quelque chose d'inhabituel chez moi aujourd'hui ? Un produit allergène ?

Tu pourrais lui répondre : *J'ai utilisé votre propre aspirateur. J'ai nettoyé vos toilettes avec vos propres brosses. Votre propre chat m'a surveillé en permanence.*

– Je suis désolé, dit Danny.

– Désolé ? Vous *savez* à quel point je suis sensible à ces choses.

Danny reconnut de loin, assis dans la salle d'attente, le patient en blouse grise qu'il avait précédemment vu dehors essayant de se couper les ongles. Il s'y efforçait toujours.

– Je vous ferai dix pour cent de remise, la prochaine fois, dit Danny.

Le comptable ne réagit pas.

– Vingt pour cent, soupira Danny. D'accord, je vous ferai cent pour cent de remise.

– C'est un peu trop, répondit le comptable. Toutefois j'apprécie le geste. Vingt pour cent suffiront. Et, s'il vous plaît, faites attention. C'est tout ce que je demande.

– Non. Je vous ferai vos foutus cent pour cent, insista Danny.

Et il raccrocha. Puis il pouffa de rire.

– Que se passe-t-il ?

Sonja apparut, ôtant l'ample tunique indigo que les infirmières, même les contractuelles comme elle, portent par-dessus leurs vêtements. Elle posa la tunique sur le sol et s'assit sur une chaise à côté de Danny dans la salle d'attente.

– Tu es en retard, Danny. Tu le sais ? dit-elle en lui donnant une petite tape.

– Oui, je le sais, répondit-il en lui donnant une petite tape en retour. Sonja, je dois t'avouer quelque chose. Je ne suis pas végétarien.

Sonja marqua un temps, puis elle éclata de rire.

– Je suis au courant !

Même après une longue journée de travail, son corps dégageait un parfum floral très agréable. Une odeur qui rappelait la frangipane.

– Ce que je veux dire, c'est que quand je t'ai rencontrée, je n'étais même pas végétarien.

– Ça aussi, je le savais, sourit Sonja. Tu me l'as dit. Tu as oublié ? Ce n'est pas grave. Les hommes végétariens sont les plus narcissiques de tout Sydney. Au fait, tu as réglé ton problème d'araignée ?

Danny claqua dans ses mains.

– Oh, tu n'aurais pas dû. L'araignée chasseuse est inoffensive.

Certes, Sonja n'avait pas peur des araignées, songea Danny, mais elle avait eu trop peur, un jour, pour oser entrer dans l'épicerie Sunburst.

Où habites-tu ? ne cessait-elle de lui demander. Elle avait même fait un saut à Glebe pour lui rendre visite, un samedi, et Danny l'avait emmenée près de l'épicerie pour lui montrer la petite fenêtre au-dessus du magasin. Elle en était restée bouche bée ; il lui était visiblement difficile d'affronter cette réalité. *Tu vis dans une arrière-boutique ? Vraiment ?* Peu désireuse d'en savoir davantage, elle avait refusé de voir sa chambre et ses pandas en peluche, même après qu'il eut été lui chercher un Kit Kat dans l'épicerie, qu'il rembourserait bien sûr par la suite à Tommo. Honnête Danny.

Tu aurais pu faire preuve de courage, ce jour-là, Sonja, être Sonja la Brave – si tu étais venue dans la chambre et avais accepté la vérité au sujet de Danny.

Plus tard, dans la soirée, ils avaient dîné au Pizza Hut, après quoi ils étaient descendus se promener au bord de la rivière Parramatta, aussi impatients l'un que l'autre, excités à la perspective de se rafraîchir à la brise nocturne de la rivière noire.

– Qu'est-ce que tu attends de la vie, Danny ? avait demandé Sonja alors qu'ils marchaient sur le pont.

– Recevoir des félicitations à Sydney. Comme Kiran Rao.

– Qui ?

En l'écoutant développer son idée des félicitations, Sonja avait éclaté de rire. Puis, osant une plaisanterie indirecte mais clairement salace, elle avait déclaré qu'elle allait bientôt le féliciter, et qu'il la féliciterait en retour. Oh, il comprit l'allusion bien sûr, et il commença à tendre la main vers son bras. Mais il se figea aussitôt : une dalle du trottoir venait de bouger sous sa semelle. Il titilla la dalle disjointe du bout du pied. Elle tremblait, et il eut l'impression que tout Sydney, de Richmond à Manly, avec Parramatta entre les deux, tremblait en même temps. « Je suis ici, clama Danny à la ville entière. Et *jamais* je ne partirai. »

– Que fais-tu, Danny ?

Sonja s'était rapprochée. Les sourcils froncés, elle l'observait ébranler la dalle du trottoir. Il crut qu'elle comprenait. Or soudain elle donna un coup de pied dans sa chaussure et cria : « Félicite-moi ! Félicite-moi ! » et elle descendit en courant vers la berge. Pour elle, ce n'était qu'un jeu.

Tu aurais pu te montrer plus courageuse, ce jour-là, Sonja.

À présent, c'est le sol lustré de l'hôpital que Danny frottait avec sa semelle. Il remarqua une rognure d'ongle et se réjouit que le malade en blouse grise eût trouvé la force de parvenir à ses fins. Il faut prendre soin de sa personne, même à l'hôpital, même en prison.

– Il y a autre chose ? s'enquit Sonja. Je dois bientôt reprendre mon service.

– J'ai une histoire à te raconter.

Sonja se pencha pour lui toucher le bout du nez.

– Danny a toujours une histoire à raconter. Beaucoup trop d'histoires. Je vois que tes sinus t'embêtent encore. Tu as une voix différente aujourd'hui.

Du doigt, elle suivit le tracé faussé de sa cloison nasale. Le fameux septum dévié.

– Tu sais, Danny, je ne pense pas qu'une opération chirurgicale soit une bonne solution. On voit ici des enfants qui ont été opérés et ça n'a fait qu'aggraver le problème. Je ne sais pas ce qu'il faudrait pour te soulager. Tu pourrais peut-être essayer le régime paléo pendant quelque temps. Tu le connais, c'est un régime à base de fruits et de noix. Excuse-moi, je dois vraiment retourner travailler. Je t'avais dit six heures et demie. On aurait pu discuter de tout ça. Dommage que tu sois arrivé en retard.

– Je sais. Excuse-moi.

Quelle perte elle serait. Pour n'importe quel homme, elle serait une perte.

– Je dois quand même t'expliquer pourquoi j'étais en retard.

Sonja se pencha, attentive. Danny se frictionna les avant-bras. Il faisait frais dans l'hôpital.

– J'avais un appel téléphonique à passer. Ça m'a pris longtemps, dit-il en baissant la voix. Un appel très important. Il y avait beaucoup de choses à expliquer.

– À qui ? demanda Sonja en fronçant les sourcils.

Danny la fixa un long moment en silence, puis il se gratta la nuque de son ongle long et répondit :

– La police.

South Sydney Herald
Tirage 16 000
Première Édition 2002

La police a arrêté un homme de quarante-quatre ans en lien avec le meurtre d'une résidente locale, Radha Thomas, ancienne responsable d'une agence Medicare.

Sur la foi d'une dénonciation, une équipe de la police de Nouvelle-Galles du Sud a arrêté le meurtrier présumé dans un appartement de Flora Street, situé en face de l'appartement de la victime.

L'homme, un dénommé Prakash Wadhwa, ex-membre des forces armées réformé, ayant des antécédents d'addiction, avait en sa possession un couteau sur lequel la police a trouvé des traces de sang qui serait celui de la victime.

« Nous pensons qu'il attendait le moment propice pour s'en prendre à sa prochaine cible, le mari de la femme assassinée la veille au soir », a déclaré le sergent J. T. Michaelos.

Le sergent a précisé que la personne ayant fourni le renseignement à la police a confessé être en situation irrégulière en Australie, et se trouve maintenant visée par une procédure d'expulsion.

(Rubrique immobilière : pages 2 à 5. Annonces pages 8 à 11)

# REMERCIEMENTS

L'échange entre Danny et l'agent d'immigration australien est adapté d'un échange réel qui a eu lieu sur le forum en ligne des services d'immigration il y a environ sept ans. L'idée d'*Amnistie* m'est venue alors que je séjournais chez James Payten, dans son ancienne maison à Erskineville. Ce roman n'existerait pas sans l'hospitalité de James, sa patience et sa parfaite connaissance de la loi, ni sans les multiples gentillesses de Shalini Perera. Jeremy Kirk et Katey Grusovin à Sydney, Stephen Rebikoff à Melbourne, et Keshava Guha à Bangalore ont lu les premières versions du manuscrit et apporté des suggestions, de même qu'Andrea Canobbio et Jeff Yurcan.

Au Sri Lanka, merci à Dominic et Nazreen Sansoni, ainsi qu'au regretté père Harry Miller, qui a longtemps résidé à Batticaloa et m'a abondamment conté l'histoire de sa ville.

À Chennai : A. R. Venkatachalapathy a patiemment répondu à mes questions. Toute ma gratitude également à Kamal Haasan, le distingué acteur tamoul, pour ses réponses à mes interrogations.

À Kuala Lumpur et Penang : merci à tous ceux qui m'ont confié leurs histoires de journaliers clandestins dans les fermes australiennes. J'espère que chacun d'eux aura une chance d'y retourner en toute légalité. Les conseils éclairés de mon éditeur, Daniel Loedel, chez Scribner, m'ont permis, après cinq années de travail, d'achever ce roman.

Ouvrage réalisé par Cursives à Paris

Cet ouvrage a été achevé d'imprimer
par Corlet Imprimeur
à Condé-en-Normandie
en février 2022

N° d'impression : 21120805
N° d'édition : 01
*Imprimé en France*